THE KILLING GAME

〔英〕詹姆斯·卡罗尔 著　崔阳洋 译

失控

北京联合出版公司
Beijing United Publishing Co.,Ltd.

图书在版编目（CIP）数据

失控 / (英) 詹姆斯・卡罗尔著 ; 崔阳洋译. -- 北京 : 北京联合出版公司, 2018.5
ISBN 978-7-5596-1557-2

Ⅰ. ①失… Ⅱ. ①詹… ②崔… Ⅲ. ①长篇小说—英国—现代 Ⅳ. ①I561.45

中国版本图书馆CIP数据核字(2018)第006711号

著作权合同登记 图字：01-2017-9150

失控

作　　者：[英]詹姆斯・卡罗尔
译　　者：崔阳洋
出版统筹：新华先锋
责任编辑：夏应鹏
策划编辑：刘思懿　王亚松
封面设计：王　鑫
版式设计：朱明月
营销统筹：章艳芬

北京联合出版公司出版
（北京市西城区德外大街83号楼9层 100088）
天津旭丰源印刷有限公司印刷　新华书店经销
字数200千字　787毫米×1092毫米　1/16　18印张
2018年5月第1版　2018年5月第1次印刷
ISBN 978-7-5596-1557-2
定价：46.00元

谨以此书献给凯伦。

THE KILLING GAME

目录

180

90

84

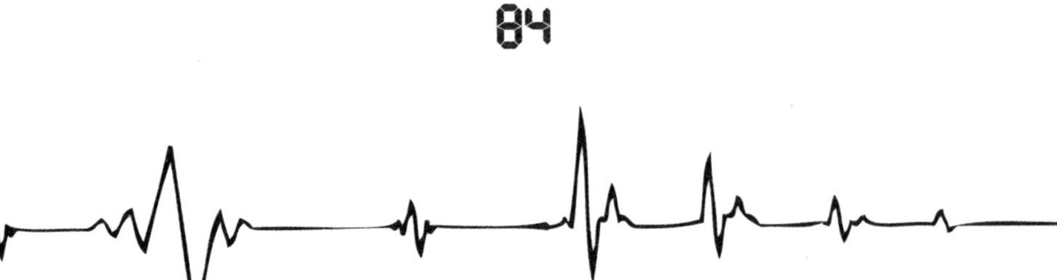

78

50

0

楔　子

这次你准备怎么玩?

首先，你关掉手机。然后，深吸一口气，从一数到十。你向来行事周密谨慎，冲动莽撞可不是你的风格。你需要时间消化吸收，就像在投身飓风的旋涡之前，你首先得安静地反思一下。数完这十秒，你就必须立刻列出两个清单，一为利，一为弊。接下来，你需要充分调动现有信息，将他们归入其中一栏。最终，你必然列出了更多的弊端，否则你还怎么混饭吃。

你的客户们似乎都不食人间烟火，不过幸好如此，你才开得起玛莎拉蒂敞篷车，能够坐在高耸入云的大厦里办公，还住得起全洛杉矶地段最奢华、能够俯瞰山谷的豪华公寓。这些人对自己总是坚信不疑。他们认为自己是神，但其实不是。内心深处，他们与常人无异，也有不安全感和缺陷。同样，他们偶尔也会把事情搞砸。最大的区别在于，他们的一举一动都会成为新闻头条。这时候就轮到你登场了。想压下这些新闻根本不可能，不过你可以让舆论转向，进而为自己所用。这就是颠倒乾坤的公关艺术。

那么，你都知道些什么呢?

你清楚，这位客户不是普通的一线明星，而是超一线大腕，不是一般的 A 级，而是 A+ 级大鳄。娱乐圈里遍地是有钱人，也不乏顶级富豪，而他绝对属于后者。他相貌俊朗，身材健硕，微笑也相当迷人。他以饰演正人君子成名，随后每部作品也基本都会重复同样的形象。不过只要他票房持续过硬，老板们绝对不会有任何意见。

A+ 先生的声誉全靠他高大正直的形象来支撑。在公众眼中，他不抽烟，不酗酒，不吸毒，不乱搞。他饮食健康，定期锻炼，还积极投身慈善事业。他娶了高中时代的恋人，儿女双全，令人艳羡。想必你之前肯定看过照片了。谁又会错过这些呢？这一家四口拥有完美的牙齿、完美的皮肤、完美的笑容，过着完美的生活。照片中，A+ 先生的脚下甚至还有一只可爱的小狗。A+ 先生从早年的默默无闻，到现在的如日中天，简直是现实版的美国梦成真。

如果有些东西好得难以置信，那多半不是真的。在这座城市里，这种事情早已不是什么新鲜事儿。因此，A+ 先生目前的状态并没有什么令人惊讶的：囚禁于贝弗利山警局的牢狱，极力摆脱宿醉，同时绞尽脑汁，思考自己怎么会沦落到如此境地。在他看来，自己并没有做错什么。可是一上升到法律层面，他就没有那么清白无辜了。目前来看，他这次凶多吉少。在脏兮兮的汽车旅馆里，跟一具妓女尸体和一大袋可卡因同时被发现，随便哪一项都算得上违法。

你还知道，A+ 先生并没有打电话给自己的律师，而是打给了你。

您的客户大致分为两大类。一类是安静型。他们知道自己搞砸了，所以对你言听计从，一心只希望风头赶紧过去。还有一些会像狮子一样咆哮，虽然最后他们会按你说的做，不过这需要时间和劝说，以帮助他们认清现实。A+ 先生就是一头狮子。不过他还没来得及发泄满腔正义的怒气，你就告诉他必须闭嘴认真听。

逆耳忠言之一：局面扭转之前往往要先经历一段不堪。

逆耳忠言之二：他会面临解约。

逆耳忠言之三：在可预见的未来，他的事业无异于一场车祸。

从电话另一端的沉默来看，你取得了他的注意。对付 A+ 之类的人，这种方法屡试不爽。现在他终于平静了下来，你语气也随即缓和了不少，平心静气地告诉他，一定要坚持住，因为事情会有转机的。只要他目光放长远，不要持短视思维，没有搞不定的事情。你反复强调，生怕他没有听进去。

接下来你告诉他，必须遵照你的指示来。没有商量的余地。现在是你统领全局，现在轮到你发号施令。如果他继续我行我素，那就等着跟自己的事业说拜拜吧。听筒里传来哼哼唧唧的声音，他依旧不太愿意信任你。这不是问题。他怎么想无关紧要。

你让沉默延伸到极点，然后告诉他你要一百万美元，全额付款，并且钱要立刻转到你的账户。他几乎是脱口而出：去死吧，怎么不去抢。你默不作声，给他充足的时间来考虑。

“你真有那么神通广大？”他半信半疑地问道。

“你最好相信我，这可都是为你好。”

等你准备挂电话的时候，他已经对你深信不疑了。

你首先打给全美收视率最高的日间访谈节目主持人。不是打到她办公室，而是她的私人电话。你向她承诺，这是灵魂深度的虔诚忏悔，保证有眼泪，保证有超赞的节目，收视率肯定没问题。你告诉她，她绝对很乐意做这一档采访。

你的第二个电话打给了《国家询问者》。这家杂志花了五十万美元，买下了一段模糊视频的独播权。视频中，A+ 先生使用塑料吸管，以异乎寻常、极富想象力的方式对那个妓女填灌可卡因。为了让你的计划奏效，公众需要看到 A+ 先生最糟糕的一面。正如所有顶尖的小报故事一样，摔得越狠故事才会越精彩。

你的第三个电话打给了一家五星级戒毒中心。

你的第四个电话打给了你最赞赏的狗仔，提供 A+ 先生到达戒毒中心的准确时间。按惯例，照片收益三七开，大头是你的。

你的名字叫乔迪·JJ.约翰逊，这就是他们花大价钱要你完成的任务。

13:00-13:30

1

维克多已恭候多时。JJ 把车钥匙丢到他手上，看了看表。对于这个特别的商务午餐来说，迟到四分半钟刚刚好，既能彰显自己忙碌的职业形象，又不至于太过失礼。

维克多熟练地钻进玛莎拉蒂，点火，然后从街边驶离，娴熟地停在附近的车位上。这位侍从年近花甲，先前是一名海军陆战队队员，如今临近退休，只等着颐养天年了。维克多还兼任阿尔菲的安保人员，职责基本上就是阻拦狗仔队进入。多年来，JJ 在这家餐厅里从来没有遇到过任何麻烦。

连接道路和餐厅入口的是一条一米多宽的步行通道，通道上方是大大的白色天棚，以防有人从空中拍照。它同时遮挡了洛杉矶炙热的阳光，那天直逼三十多度，所以这天棚绝对大有裨益。像往常一样，托尼·贝托里尼到门口热情迎接，亲密地吻了吻她的双颊。

“亲爱的 JJ，你今天真是神采奕奕。好像有点儿变化啊。你先别说，让我猜猜。是头发，对吗？”

不管从哪个方面来看，托尼都显得分量十足。他体重三百磅[1]左右，不过走起路来相当矫健轻盈。他五十多岁，一头整洁的白发，脸颊永远都是红扑扑的。蓝眼睛里时常闪烁着小男孩般的顽皮。他的意大利口音夸张幽默又高调，但绝对不属于惹人讨厌的类型。

“一定是头发，”托尼补充说，“你去挑染了。”

JJ 笑着摇了摇头：“托尼，我的头发和上周一样，上上周也是，下周也不会变。”

确实是一样的。黑色的短发，丝毫没有挑染的痕迹。时间太宝贵了，不值得在头发上多花心思。头发如此，衣橱也不例外。清一色量身定做的黑色西装，不仔细看根本不会发现细微的差异。唯一让人不舒服的是，她需要在男人主导的世界中奋斗，不过她发现，穿裤子比穿裙子更轻松自在。

不过话说回来，她倒的确有几件黑色连衣裙，只在个别有需要的场合，或者是如此着装对她有利时才会穿。实用主义是贯穿她衣橱和人生的永恒主题。一切为了实现目标。总之她最喜欢黑色。在黑色的映衬下，她绿色的眼眸愈加明艳动人。

托尼猛地吸了一口气，肉乎乎的手捂住了嘴巴，惊讶之情溢于言表：“你不会也赶时髦去打肉毒素了吧？”

JJ 不由得笑出声来：“不不，真没有。”

“反正不管怎样，你看起来美极了。”

“不敢当不敢当。托尼，你今天看上去也年轻了许多，有什么要跟我分享的吗？”

“寻寻觅觅这么多年，我或许终于发现了青春永驻的秘密。”

---

[1] 1 磅约 0.45 千克。

“对了，这人叫什么名字？”

托尼微微一笑，挽起她的胳膊，引着她走进餐厅。“丹·斯通已经到了，”他悄声说，“你别说，长得挺帅的。人家提前十分钟就到了，他肯定很上心。还有啊，传闻他玩意儿可大得惊人哦。”

“托尼，你又不正经了。”JJ 低声道。

她随他进了餐厅，镶木地板在脚下吱吱作响。墙壁是很酷的中性灰色，天花板则是柔和的灰白色。大幅波洛克风格绘画悬挂在大厅周围，炫目的白色帆布上用色大胆又鲜明。后厨飘来的阵阵香味让人垂涎欲滴。阿尔菲是她最喜欢的餐厅，原因有很多，不过名列榜首的必须是这里美味的菜肴。主厨切斯特轻而易举就能征服你的味蕾。他简直是个魔法师，要不然就是他把灵魂卖给了魔鬼。

餐厅小巧精致，幽静恬谧。值得一提的是，餐厅四面没有一扇窗户，这也因此成为好莱坞精英们最为钟爱的场所。置身娱乐圈内，最重要的就是现身在恰当的地点，然而讽刺的是，有时候最容易引起关注的方法就是不被发现。自打托尼在烟熏色的玻璃门外迎接的那一刻起，外部世界就仿佛消失了。目前午餐定位已经排到六个月之后了，晚餐更是要等上将近九个月，想插队的无一例外都吃了闭门羹。托尼对贿赂和恭维统统免疫，唯一能让他通融的只有 JJ。

几年前，托尼因为年轻男妓一事惹上了麻烦，正是她出面平息了风波，她甚至破例免掉了公关费。托尼的感激无以言表，她则回答说很乐意帮忙。托尼每周都会特意给她安排一个桌位，这让她开心不已。在此之前，她每个月预订桌位都费尽了心思。

自那以后，两人就成了铁哥们儿。JJ 喜欢托尼的玩世不恭，也欣赏他的豪爽仗义。她喜欢被他逗乐，总是忍不住开怀大笑。托尼知道她许多秘密，她也同样了解托尼。更重要的是，她深知托尼永远不会辜负自己的信任。有这么一个人，面对他可以完全放松，抛开伪装，这样真好。在好莱坞这个浮华肤浅的地方，如此可贵的友谊如同会拉钻石的独角兽一样珍稀。

餐厅通常只有五个桌位，上层三个，下层两个，彼此相隔甚远，充分保证了客人的隐私。今天有六个——为了照顾 JJ，托尼特意在下层安置了一个双人位。她飘然穿过大厅，顺便瞥了一眼周围。旁边的一对情侣太投入了，根本没注意到她。他们似乎相谈甚欢，不过 JJ 并不关心，任何人看到这一对都会认为，这是两个如胶似漆的热恋期小青年。托尼引她来到她最钟爱的位置——一个偏僻的角落，是暗中观察其他客人的绝佳座位。

斯通看到她后起身相迎。他给了 JJ 一个礼节性的拥抱，嘴唇轻轻掠过她的双颊，然后自行坐了下来。这位经纪人全身的打扮仿佛都在呐喊着“快看我”。他身着价格不菲的休闲装，手腕上是泰格豪雅，小手指上还戴着一枚钻石戒指。他四十多岁，不过因为整容的缘故，看上去要年轻十岁。一双蓝色眼瞳深邃迷人，俏皮的酒窝令人心旷神怡，头发做了个尖尖的造型，显得分外精神，指甲也是精心打理过的。这么一个帅气多金的男人，放到其他地方绝对是抢手货，不过这里可是洛杉矶，这里的标准非同一般。比他帅气的大有人在，足以让他黯然失色；比他多金的也大有人在，足以把他比成乞丐。

托尼拉出椅子，JJ 随即坐了下来。几秒钟之后，领班霍莉款款而来，送上两份菜单和一瓶伏特加汤力，然后又款款而去。她的工作技能已然娴熟得炉火纯青，以至于 JJ 几乎没有注意到她的存在，JJ 甚至还没来得及和斯通假意寒暄。

“丹，抱歉我迟到了。路况太差劲了。你知道的。”

“完全同意。你也知道，我上周提了一部法拉利，车是真漂亮啊！可惜能飙到一小时三百多公里又有什么用？在洛杉矶，一个小时连三十公里都开不到。”

JJ 似听非听，心不在焉。斯通大侃特侃的时候，她用余光环视四周，比照脑袋里的数据库开始认名认脸。排序，分类，整理。有她认识的，也有几个不熟悉的；有她愿意深交的，也有唯恐避之不及的。

加里·汤普森无疑是后一种，他是梦工厂的核心人物之一，一向喜欢欺负人，是个 A 级混蛋。几年前两人发生过口角，自那以后，JJ 就极力避免跟他打交道。这位总裁在离她最近的一张桌子上切着牛排。在 JJ 看来，他简直像个远古野蛮人。有切斯特这样的魔法大厨，你却点了份牛排，简直大错特错！

算上她自己和斯通，今天总共有十七位客人。大多数是午餐时段的常客——演员、导演、制片人和经纪人。其中有两个双人桌位，一个三人位，还有两个四人位。男女人数基本相当。

这其中甚至还有一名好莱坞老将。伊丽莎白·海沃德在五十年代可是风云人物。人们都说那是好莱坞的黄金年代，但其实所有的一切跟如今没什么区别，那些闪着金光的东西其实都不过是锡箔。经历多次整容之后，这位年迈的女演员皮肤已经紧绷到极致，简直可以反光了。眼睛周围的皮肤也使劲儿往外扯着，似乎永远是一副瞠目结舌般的惊讶表情。她是楼下四人小团体中的一位，似乎在庆祝着什么。JJ 心想大概是过生日吧，不过她绝对不相信海沃德会庆祝真实年龄。

真是可悲。不过 JJ 也清楚，这位女演员为何要采取如此极端的措施。海沃德曾经是世界顶尖美女。可惜岁月无情，尤其是对好莱坞的女演员们。随着她日渐年老色衰，影片邀约也越来越少，直到最后完全淡出银幕。这就是她竭尽全力想阻止衰老的原因，每老一岁就不免焦虑一分。

同样可悲的是，JJ 认识的女性当中，整过容的占大多数。这里挑高一下，那里垫一下，再注射点儿肉毒素。她一直都在抵制这种诱惑，不过估计最后也无法免俗，她已经三十八了，岁月不饶人。六个月前她脸上还没有皱纹——好在这些还算容易处理。

整形的问题在于，它就像一个令人失控的滑坡。界限在哪里？什么程度是个头？没人说得清，而且，不仅仅是女性心甘情愿地拜倒在手术刀之下，男人们也同样抗拒不了这种诱惑。就拿丹·斯通来说，他绝对不是个例。诚然，好莱坞对男性的衰老更为宽容，但如今男星整容也屡见不鲜了。

邻桌是艾德·理查兹。他不仅是全球最帅的男人之一，还是好莱坞最叫座的男星。单是最近拍的三部片子就赚了十多亿。他年近五十，再也年轻不起来了。理查兹坚称自己没做过整容手术，而且信誓旦旦当着 JJ 的面这么说过。不过据她了解，即便是他，也已经动过刀子了。

然后是亚历克斯·金。这名男星坐在下层的两座桌位上，正在享受与西蒙·克里斯蒂安森约会的美好时光。西蒙是挪威超级名模，金是影坛新秀。如果按照目前的节奏火下去，很快他就会跻身 A+ 巨星之列。《杀戮时刻》一直是今夏的卖座大片。这部电影让他一举成名，并新晋为动作片男主角的不二人选。

金算是极具人气的影坛新秀。银幕上他光彩照人，身材一级棒，演技也一流。他是一代人中只会出一个的那种才华型演员。他目前的片酬是三百万，不过这个数字正在迅速攀升。很快他就会位居八位数之列。JJ 又瞥了一眼，至少到目前为止他还不错，规规矩矩的。他显得异常专注，仿佛女友在跟他分享宇宙的秘密。这个小伙子果真会演戏。她都忍不住想给个赞。

JJ 简直是在策划一场军事运动。当二人离开阿尔菲时，狗仔们就该登场了。待到临近傍晚，照片就已经在互联网上散播开了。第二天晚间，两人被“抓拍”到一起离开夜总会，进一步证实阿尔菲的会面并非偶然。泳池边二人亲热的照片将证明，两人的绯闻早已成真。

等到下周这个时候，他们就已经成了好莱坞的又一对金童玉女，堪比布拉吉丽娜[1]。JJ 还在寻找一个合适的标签。西蒙历克斯不行，亚历西蒙听起来又像是治疗痔疮的东西。不过她最终会想到的，这只是时间问题。在她的筹划之下，这段恋情必将轰轰烈烈拉开序幕。

2

亚历克斯·金对西蒙笑了笑，然后四下环顾，将周遭尽收眼底。有时候他仍旧不敢相信，自己的生活发生了多大的变化。肯定是疯了，彻头彻尾地疯了。几年前，他大抵只能在这样高档的场所谋求一份勤杂工的差事，如今他却置身其中享用午餐。天啊，几年前他想吃顿麦当劳都困难。

《杀戮时刻》热度飙升，他也因而觉得自己同时生活在两个平行空间里。一个是动作片英雄亚历克斯·金。另一个却是来自俄亥俄州的穷小子，似乎永远不会有什么出息。有时候他觉得自己只是在等待这个梦的完结。每一秒他都可能突然醒来，发现自己又回到了洛杉矶市中心那个破烂的公寓里，跟扮装皇后“蓝宝石”做室友，在对方极具穿透力的鼾声中，担心纸一般薄的墙壁会碎掉。

西蒙说了些什么，然后停住了。接着是漫长的沉默，显然她希望他能说点儿什么。金点点头，希望这是恰当的回应。然后西蒙又

[1] 因布拉德·皮特和安吉丽娜·朱莉恋爱产生的合成词。

继续开口，兀自在那里滔滔不绝，语速直逼每小时一百公里。

金默默把她屏蔽了，目光又一次开始飘移。他发现了JJ，瞬间血液都凝固了。她就在正后方，身边的男伴像个话匣子，活生生一副讨好相。她想干吗？他缩回座位上，祷告脚下的地板把自己吞噬掉。即便没有她，这一天也已经足够艰难了。JJ盯着他的一举一动，他还怎么集中注意力？

他试图换个位置，这样JJ就看不到他的脸了。并不是说这么做有什么好处，她已经看到他了，再装下去反而没什么意思。她肯定一进门就看到他了。他深吸一口气，努力想把JJ驱逐出自己的思绪，但无论他多么努力，JJ还是阴魂不散，反而更可怕了。

洛杉矶的餐厅万万千千，她却选了今天，选了中午这个时候，选了这家餐厅。思来想去，她的做法完全说得通。毕竟是JJ建议他来的，也只有JJ能在最后一刻订到座位。显然，她是为了看紧他，免得他搞鬼。

“亲爱的，你没事儿吧？”西蒙问道。

金勉强挤出一丝笑容：“没事，放心吧。”

西蒙故作关心地望着他，在烛光的映衬下，她的担忧柔和了许多。她的言语里奇怪地混杂着挪威口音、英伦口音和加州山谷女孩口音[1]。金暗暗揣度，心想她小时候肯定看了超多美国电视剧。她大谈特谈真人秀，很显然，她现在仍旧是个电视迷。抛开真人秀不说，两人对电视的痴迷倒算得上是一个共同点。他的童年曾经是一场噩梦。电视不仅仅是他父母的，也是他的生命线，更是一种承诺，让他相信以后的日子会越来越好。

[1] 山谷女孩（Valley Girl）口音往往尾音上扬，说话人频繁使用like一词，口气和神态略显夸张。

“你确定没事吗？你的脸好白呀。”

金故作微笑状，隔着桌子俯身过去握住她的手：“你知道吗？你真美。”

西蒙笑了笑，显然这又不是头版爆炸新闻。她是世界上最美丽的女人。一直以来，不停有人跟她讲她有多么引人注目。

金无数次反问自己，他到底想干吗。这个地球上有万千男人，他们不禁好奇，跟西蒙云雨一番是什么体验，今天下午他会揭开答案。只是这么想想他都觉得浑身无力。想熬过接下来的几个小时，他只能靠演技了。对着镜头微笑，在恰当的时刻说出恰当的台词，并且保证完成任务。

灯光，镜头，开拍！

他恨透了JJ让自己陷入如此境地，恨透了她疯狂又混账的方案。

“抱歉，”他说道，“我需要去下洗手间。”

“好的，亲爱的，不要太久哦。”

“我两秒钟就回来。”

金取下餐巾叠放在餐桌上。一想到纷繁复杂的餐桌礼仪他就头疼。你得知道什么时候用什么刀叉，什么时候又该用哪种酒杯。他总是晕头转向。儿时在家中，餐巾都是纸做的，而且只能在有汉堡的晚上使用。

看到他起身，一名女服务员随即走来，示意他洗手间的位置。金有气无力地走过大厅，感觉所有人都在注视他，其实大家并没有。他们都陶醉在各自的小世界里。甚至西蒙都顾不上看他，趁着空档从古驰包里掏出一盒粉饼，抓紧时间整理妆容。

他匆匆进了洗手间，随手关了门。有一点儿独处的时间真是太好了。在这里，他感到很安全。没有人盯着他，没有人跟他说话，也没有人吆来喝去。洗手间干净小巧，四处萦绕着橙香，这完全出乎他的意料。以往，这样的地方通常肮脏凌乱，墙壁是纯白色的，水龙头是不锈钢的。而这里有柔和的灯光，架子上还放置着毛巾和薄荷糖。就是这样。

金把自己锁在遥远一角的小隔间里，无力地瘫坐在马桶盖上。他深吸了一口气，告诉自己要振作起来，拼命抑制大脑中不断徘徊的无助感。他能行。以前那么糟糕的生活他不也都挺过来了。拜托了，不过是一次约会。好吧，跟世界顶级美女的约会，说来说去只是约会而已，又没让你去行凶杀人。

他的空窗期已经很久了，以至于有点儿手足无措。拍摄《杀戮时刻》之前，一切都是如此简单。那时，他有一段稳定的恋情。他可以去看电影，去酒吧，或是随便闲逛，自由肆意，没有人会关心。

如今要复杂多了。大家跟他来往，原因只有一个——他是电影明星亚历克斯·金。他们并不是喜欢他这个人，只是想沾沾他的名气。偶尔那么几次，他遇到了真心实意的人，不过最后都因无力应付狗仔而收场，真是让人扫兴。他又一次深呼吸，世界退却到了更能令人接受的距离。不过一场约会，他再次告诉自己。

约会而已。

3

“天啊，他怎么还在说。”虽然有些不耐烦，但 JJ 始终礼节性地保持非常完美的微笑。事实上，她心里恨不得立刻转身走开，任由斯通自言自语去，不过即便她走了，斯通也不见得会觉察到。此时的丹·斯通仿佛置身宇宙中心，这可是他最中意的位置，最陶醉的时刻。JJ 深知自己为什么一拖再拖，不愿跟他见面。这个家伙自恋到了极致，自恋得堪称这方面的大师。

不幸的是，你还不得不让他这样的自恋狂高兴，虽然枯燥乏味，但这正是你的职责所在。斯通之类的经纪人就好比餐盘里的面包和黄油。他们负责照顾明星，因为那群明星时不时地就惹些麻烦出来，而且，他们还喜欢一遍又一遍重复前辈的错误。

你觉得他们会长记性，不过显然，他们从来都没有长过。为此，JJ 每天都真心实意地感谢上帝，她的工作保住了。如果有人研究出了治疗愚蠢的方法，那她就离失业不远了。对了，约翰尼·维斯纳生前曾无数次向她灌输这样的理念。在这个城市里，她真正敬佩的人不多，但维斯纳始终排在第一位。他在好莱坞公关界纵横驰骋五十多年，绝非浪得虚名。久经是非却始终正派耿直，不得不说是个奇迹，想找到说他坏话的人简直难如登天。

JJ 大学刚一毕业，维斯纳就把她招致麾下，当时他已经七十多岁了。直至今日 JJ 也不清楚他为什么雇自己。比她有经验有资历的人多了，她有什么值得看重的呢？他对她悉心培养，既是导师，也是她灵感的源泉。他把她精心包装，还给她起了新名字 JJ。“你需要时不时强势一点儿，”他和蔼地说，这温柔亲切的声音挽救并奠定了无数人的职业生涯，“叫乔迪的人天生没有这股狠劲儿。”

正是维斯纳鼓励她去开创属于自己的一片天地。他第一次中风住院后，她前去看望。维斯纳告诉她勇敢拼搏。“JJ，”他说，“除非你是一艘船的船长，否则你永远都不会真正开心。”中风之后他说话很困难，但依旧充满感染力。他说她让他想到了年轻时的自己。他还告诉她，他已经给她选好了有助她成长的客户。

六个月后，维斯纳再次中风，不幸离世。那时，JJ 已经能租得起一间像样的小办公室。她手里有 6 名客户，全是维斯纳留给她的资源。刚起步的几年里，日子过得很艰难但也很有趣。慢慢地，她的业务越做越大，客户越来越多，办公空间也扩张了不少。“光线”不是全洛杉矶最大的公关公司，但业界口碑绝对一流。一想到这些，JJ 觉得维斯纳地下有知也会感到骄傲的。

斯通依然唠唠叨叨个不停。JJ 啜了一口伏特加汤力，顺便用余光观察了一下西蒙。这位模特正凝视着房间，好像灵魂出壳一般，又好像在憧憬什么，这里抛个媚眼，那里送个秋波。西蒙和金真是俊男靓女的组合。JJ 心想，三个月的恋情应该差不多了。

这个计划妙就妙在，即便他们分手后，关于两人的头条新闻仍然不会停止。首先是西蒙的一手资料，她会告诉全世界，金床上功夫了得。又或者不是这样，这得视情况而定。哪怕是负面故事也没问题，因为金的忠实粉们会把它当作酸葡萄。接下来是漫天而来的推测，判断两人是否会再续前缘。只要你谋划得当，绯闻至少还能再持续六个月。维斯纳在天有灵也会开心的。

金还在洗手间。他要是敢开溜，JJ 是不会放过他的。安排他今天来这儿就像拔牙一样痛苦费劲。她知道这位明星的过去。她知道他曾经是个穷小子，她知道他曾饱受殴打和虐待，她也知道，不管未来如何闪耀，过去总是潜移默化地影响着你，不管你多么努力地想摆脱。过去定义了你，塑造了你。不管你现在多么光鲜亮丽，你永远无法逃离这个事实。

金的顾问团队都必须谨慎再谨慎。只要他规规矩矩，大家都能安安心心挣大钱。一旦出了什么差池，那他只会成为好莱坞的牺牲品。

“我要把卡迈恩打造成史上最火的女星，”斯通说，“比玛丽莲都要火。”

“那是当然。”JJ 心想。这是斯通最津津乐道的话题，每个客户都将是接下来最火的。他的乐观简直让人烦透了。

“什么时候开拍？”她问道。

“已经在拍了。卡迈恩现在就在蒙特利尔。据说那里的报纸可厉害了。这么说吧，JJ，她天生就是这块料。导演喜欢她，剧组喜欢她，每个人都喜欢她。”

JJ倒是很怀疑这能持续多久。不出意外的话，卡迈恩·哈特会红上一段时间，到后来开始慢慢相信那些炒作，直到最后摇身一变成为小婊子。

“丹，感觉你这次是探到宝了，你可要好好把握。”

斯通哈哈笑了：“我让她签的合同即便是胡迪尼[1]都无法脱身。”

JJ伸手拿起菜单，斯通也赶紧打开自己的那份。菜品她已经烂熟于心，不过只要能让他闭嘴安静一会儿，她什么都愿意做，所以宁愿装出一副仔细研究的样子。

突然有人发出一声尖叫。JJ抬起头，在阿尔菲静谧的氛围中，这样的尖叫绝对不合时宜。尖叫声中的惊恐，简直让人摸不着头脑。众人纷纷放下餐具，房间里一下子安静了。所有人的目光都集中到那个尖叫的女人身上，她用手捂着嘴，直勾勾凝视着走廊通往后厨的方向。

顺着她的目光，JJ看到了一个人体炸弹，有那么一秒钟，她只是呆呆地看着。她注意到了三个细节：黑色巴拉克拉法帽[2]、微声冲

---

[1] 哈里·胡迪尼（Harry Houdini，1874.3.24—1926.10.31），匈牙利裔美国魔术师，享誉国际的脱逃艺术家，能不可思议地自绳索、脚镣及手铐中脱困。

[2] 巴拉克拉法帽（Balaclava）发源于克里米亚（Crimea）地区的巴拉克拉瓦（Balaclava）。在克里米亚战争（Crimean War）期间，当地居民都戴着这种帽子以保护脸和脖子不受寒冷和强风的侵袭。后来英军入乡随俗，并且将这种帽子带回英国，Balaclava成为这种帽子的名称。后来，其含义得到了进一步的延伸，人们把具有巴拉克拉法帽特征（遮住脸部，只露眼鼻）的头罩，统称为巴拉克拉法帽。巴拉克拉法帽由于能掩盖脸部、隐藏身份，在许多领域发挥着作用。比如，中东地区的行刑人员配戴，特种部队配戴，甚至恐怖分子和劫匪也会配戴。

锋枪和炸弹背心。

后厨人员被赶着往前走。他们双手做投降状，脸上写满了恐惧和疑惑。切斯特走在最前面，在 JJ 的记忆里，这位大厨什么时候都满脸微笑，是一个非常温和的人。服务员霍莉也在其中，她满脸泪水，双腿疲软，靠着别人的搀扶才勉强没有倒下。JJ 没看到维克多，但愿他没事。JJ 的叉子咣当一声砸在盘子上，每一寸肌肉都高度紧绷，好像下一秒炸弹就会引爆。或许她还没来得及感受到疼痛，一切就已经结束了，这一秒还活着，下一秒就蒸发了。

汤姆的形象在她脑海里闪过。不管她接受了多少心理治疗，也不管她多么忘我地工作，这些记忆始终无法褪去，只是平时潜伏起来罢了。有那么一瞬间，她仿佛看到了泳池里反射出的灯光，以及他脸朝下浮在水面的样子。

JJ 努力抛开这段记忆，压抑内心深处的内疚，开始搜寻美好的记忆。如果求生无望，那她希望最后那一刻想的是美好的东西。她锁定了其中最好的一段。若没有汤姆，那段时光绝对是暗无天日、不可思议的。那时候满是欢声笑语和浓情蜜意，以至于 JJ 觉得，他们会爱到天荒地老。

那一刻，她和汤姆坐在游泳池旁，欣赏最辉煌的日落。她转身望着汤姆，期望他跟自己一样如痴如醉。不过他并没有看落日，而是深情凝望着她。他一句话都没说，无须言语，因为脸上的表情说明了一切。那一刻，JJ 感觉到了前所未有的爱意。

4

JJ 不知道时间过了多久。她只知道，自己还奇迹般地活着。她睁开眼睛，看见那个歹徒拿枪指着后厨一干人往前走。他走到下层中间地带，转了一个圈，枪也随之懒洋洋地绕了一周。

"诸位，我就不绕弯子了。首先，这件背心的炸药足够毁掉整个餐厅、整栋楼还有相邻的一栋楼。一旦我触发引爆器，你们都将尸骨无存，到时候你们家人最多只能找到一星半点骸骨，能装满一个火柴盒就不错了。从现在开始，我就是神，我能让你活下去，你们要明白，我也能轻易地要了你们的命。"

这话似乎是预先准备好的。歹徒的口吻不禁让 JJ 想到了塞缪尔 •L. 杰克逊[1]。同样的口气，同样的庄重严肃，口音也差不多。歹徒又转了一圈，威胁性地用枪瞄了所有人，只为证明现在他说了算。

"第二，别想逞英雄。谁要是敢使劲儿推我，我就按下开关。所以，你们都给我乖乖听话，按我说的做。你们可不像我这样无牵无挂，你们玩不起。"

歹徒摘下背包摆在地板上。他朝托尼走去，食指微微动了动。

"你，过来。"

托尼走上前去。没有犹豫，没有讨价还价。他一直盯着歹徒，仿佛他是一条响尾蛇。

---

[1] 塞缪尔 •L. 杰克逊（Samuel L. Jackson），美国影视演员、制片人，代表作有《侏罗纪公园》《低俗小说》《星球大战前传》等。

“你是这儿的老板，对吧？”

“没错，我是老板。”高调夸张的意大利口音突然消失了，取而代之的是刺耳的新泽西方言。JJ 有点儿摸不着头脑，不过也不是完全出乎意料。两人刚认识的时候，有一次他们彻夜长谈，直至天明，他们喝掉了好几瓶两千美元的珍藏红酒，还有一瓶特级拿破仑 XO。最后他们玩起了真心话大冒险。

托尼说自己出生于新泽西的一个工人家庭。他早年是一名拳击手，并且有过十五战十五胜的光辉战绩。JJ 相信前两点，第三点就确定不了了。像许多好莱坞的传奇人物一样，托尼的生活也处在事实和虚构碰撞的灰色地带。

“把你的手机放到桌子上。”歹徒说道。

托尼掏出手机，把它丢在最近的桌子上。手机先是发出“啪啦”一声，然后颤了几下，最终静止了。JJ 搞不清楚这声音有多大，她心想，这或许是角度问题。每个人都尽可能保持沉默。偶尔有一些呜咽啜泣和椅子的咯吱声，也就这些了。稍微一点儿噪音都显得格外清晰而有分量。她自己的呼吸声简直震耳欲聋，空调温和的嗡嗡声也仿佛一架喷气式飞机的呼啸。

“我要你放下卷闸门，锁上所有的出口。”

托尼纹丝不动。歹徒抬起枪，抵着托尼的胸口。JJ 的心脏都要凝固了。他在干什么？有人拿枪指着你，你就得按他说的做。你不争辩，也不犹豫，按要求做就行了。

“至少放女士们离开。”

歹徒停顿了一下，似乎在认真考虑，随后抡起枪柄狠狠打在托尼脸上。金属与面部肌肉、骨头撞击的声音充斥了整个房间。托尼跪倒在地，血液从鼻子里喷涌而出，嘴角、下巴、衣服上到处都是。JJ 猛吸一口气，她惊恐万分，用一手捂住了嘴巴，不让自己尖叫出声。

她泪流满面，既恐惧也心疼托尼。“上帝啊，求求你，不要让他死。”JJ在心中默默祈祷。

歹徒再次拿枪瞄准了托尼。JJ 重复刚才的祈祷，恳求奇迹会降临。“不要让他死。不要让他死。上帝啊，不要让他死。”正当她万念俱灰之际，歹徒把枪放下了。JJ 长出一口气，疲软地靠在椅背上，这绝对谈不上舒服。托尼抓着旁边的桌子，费力地把自己撑了起来。他一言不发，径直朝前门走去。几分钟后，电动卷闸门随着隆隆声降了下来。随之而来的沉默仿佛世界末日一般。

5

亚历克斯·金推开洗手间的门，想听听外边发生了什么。他小心翼翼地开了一条窄缝，以便随时可以关上。一切都那么安静。太他妈安静了。他关上门，额头抵着门后冰凉的木头，努力想弄清楚现在该做什么。

太虚幻了，他彻底崩溃了。这样的事情应该发生在叙利亚或阿富汗，而不是洛杉矶。感觉像在拍电影，不过有一点明显的不同，这是现在真实发生的。恐惧感随着血液流淌到全身。他不想死。怎么能这样？他只有二十六岁，大好的未来正等着他。他一定得离开这里，必须立刻逃出去。但是怎么出去呢？

他的心怦怦乱跳，好像马上要炸开一样，冷汗黏在他的皮肤上，太糟糕了。这个人体炸弹随时都可能触动引爆器，然后一切都将结束。金再次轻轻打开门，仍然一片沉寂，感觉情况比刚才糟上一万倍。

思考。

可是已经不可能思考了。他脑袋里满是白色噪音，每当稍微有点儿头绪，他就禁不住开始想象炸弹引爆的情形，紧接着大脑就一片空白了。唯一能停留的想法就是，他要死了。

他闭上眼睛，仿佛回到了辛辛那提[1]。他可以听到妈妈在隔壁房间里哭泣，他可以听到狭窄通道里沉重的脚步声。他的耳朵里回荡着拳打脚踢的声响，他的灵魂都要尖叫了。他讨厌妈妈，但还是想冲进去。不仅因为应该这么做，更重要的是，他希望这声音能快点儿停止。然而问题在于，如果他冲进去，妈妈的男朋友必然会转而对付他。

金睁开了眼睛，重归现实。还是阿尔菲，还是那个绑着炸药的疯子。他不知道哪个更糟，是辛辛那提的拖车公园，还是阿尔菲？仔细考虑之后发现，它们其实没有太大区别。他过去无能为力，现在仍然无能为力。

6

亚历克斯·金不在这儿。

这想法乘虚而入，JJ 顿感一股电流游走全身。她扫视了一圈，事实证明自己是对的，他去洗手间还没回来。她不知道这算不算好。如果他决定逞英雄，那绝对是大写的好事。现在还没有人遇害，但是她丝毫不怀疑歹徒会扣动扳机。

她暂且把金抛诸脑后，试图理清头绪。问题在于，这件事情太过火太疯狂了，根本难以理解。在洛杉矶，疯狂向来是一种生活方式，

[1] 辛辛那提，美国中部俄亥俄州西南端的工商业城市，是俄亥俄河河港。

但即便如此，这样的事情也是惊世骇俗的。为了摸清状况，她必须与之脱离。她胆战心惊，比以往任何时候都害怕，她认识到了这一点。然而，感情用事从来不能解决任何问题。

她闭上眼睛，放松呼吸，然后从一数到十。这招确实有效。睁开眼睛时，她感觉平静多了。她的心仍在狂跳，不过头脑更清醒了。

她需要好好分析一下。

首先，这不是恐怖袭击，这点很重要。如果是恐怖袭击，他们现在早死了。自杀式袭击者不会这样做。他们往往不动声色地登上公交或者火车，安安静静坐下来，向他们信仰的神明祈祷，紧接着引爆炸弹。他们不会挥舞着枪支，发表预先演练过的精彩演讲。

第二，她可以看到歹徒的手以及眼睛周围的皮肤，那是和她一样的白色。从脚和背包判断，他少说也有五十岁。那人说起话来好似南方浸信会[1]传教士一般，田纳西州、佐治亚州或者路易斯安那州。根据CNN[2]的报道，恐怖分子要么是阿拉伯人，要么是黑人，这些人一开口可不会让人觉得，他们是密西西比河畔长大的。而且恐怖分子大多是年轻人，二十几岁，三十几岁，有些甚至更年轻，只是青少年，因为年轻人更容易被洗脑。你去关塔那摩湾[3]看看，那里遍地是这样的年轻人。

[1] 浸信会是基督教新教派，认为只有年长至能够理解其含义并接受基督教信仰的人才能接受浸礼。

[2] CNN是美国有线电视新闻网（Cable News Network）的英文缩写。

[3] 关塔那摩湾，加勒比海的一个海湾，位于古巴东南部，为世界最大、屏障最佳的海湾之一。根据1903年的一项条约，这里建立了一个大型美国海军基地，后又增建了要塞和机场。

话又说回来，本土恐怖主义也不能排除。也许这个家伙是下一个提摩太·麦克维[1]，或者下一个大学炸弹客[2]。九十年代时，麦克维在俄克拉荷马城引爆了一枚炸弹，杀害了一百多人，那次袭击让他臭名昭著。或许，还有另外一种可能性，他仅仅是为了出名。毕竟，约翰·列侬[3]遇害到现在已经将近四十年，而人们仍在谈论马克·查普曼。

另外一点发现让 JJ 不禁毛骨悚然。歹徒流露出着魔且陶醉的目光，还带着十足的自信，这种人洛杉矶城里倒有不少，最大的区别是他们通常没有炸弹或枪支。

“你们都站起来，”歹徒抬头示意，“现在我要你们都上去。”

JJ 站起来，下层的每个人都匆匆爬上楼梯，算上她总共有二十五人，其中十六名顾客、八名员工，外加托尼。男女人数基本对等。

“吹灭蜡烛，把桌子和椅子挪到一边，然后坐在地上。”

JJ 和斯通一道把旁边的桌子搬开，托尼则把椅子拉到一旁。他脸上血迹斑斑，显得很痛苦。两人对视片刻，她低声问道：“你还好吗？”他微微耸了耸肩，费劲地挤出一丝笑容。搬完桌子后，她和其他人一起坐在冰冷的木地板上。

“你，过来。”

歹徒指着一名中年黑人女子，她头裹亮橙色头巾，与裙子十分

[1] 1995 年，提摩太·麦克维用卡车装载自制炸药在俄克拉何马城炸死 160 多人，伤及 600 余人，是“9 · 11”恐怖袭击之前美国最大的恐怖袭击事件。

[2] 指希尔多·卡辛斯基，16 岁读哈佛的神童，曾经的伯克利大学数学系助理教授。他还有另外三重身份，连环爆炸案的主谋、恐怖分子、反科技“斗士”。

[3] 约翰·列侬，出生于英国利物浦，英国摇滚乐队“披头士”成员，摇滚音乐家、诗人、社会活动家。1980 年 12 月 8 日晚上 10 点 49 分，列侬在纽约自己的寓所前被一名据称患有精神病的美国狂热男性歌迷马克·查普曼枪杀，时年仅 40 岁。

相称。JJ 一下就认出来了，那是娜塔莎·洛维特导演，她曾获得奥斯卡奖，执导的电影广受好评，大多涉及较为深刻的社会问题。她的作品艺术性极强，商业气息并不浓郁，正是业界权威们的最爱。洛维特站起来，走到歹徒身边。她从头到脚都在颤抖，看起来惊慌至极。

“请不要伤害我。”

“按我说的做你就不会有事。把你的手机拿出来。”

“抱歉，我不能。”

歹徒拿起枪抵着她胸口：“这答案不对。”

“不不，不要开枪，”娜塔莎慌张地吐字都不清晰了，她满脸通红，泪流不止，“我手机在包里。还在餐桌那边。”

“那你他妈还等什么？去拿！”

娜塔莎踉踉跄跄下了楼梯，近乎一路小跑。她偷瞄了歹徒一眼，又偷瞄了那支枪。她走到了台阶底部回头看了看，歹徒正举着枪瞄准她的头部，她迅速转身，再次小跑起来。JJ 可以听到，她一边疯狂喘气，一边嘴里还咕哝着什么。她听到了几个词：“神圣。王国。力量。荣耀。阿门。”

歹徒仍然时刻拿枪对着她，密切关注她的一举一动。娜塔莎来到桌边，从椅背上拿起她橙色的背包，拉开拉链。

“停。”

娜塔莎定格在那里，手半伸进包里，歹徒又瞄准她。JJ 感到心在颤抖，她坚信他要扣动扳机。她一辈子从未如此确定过。她血液翻涌，肾上腺素使得她浑身发抖。她的感官正在高度敏感地运行，视觉、嗅觉、听觉，食物的气味仍然遍布房间，但这曾经诱人的菜肴现在让她备感恶心。

“我觉得你最好把包拿上来。”歹徒调整了一下手里的枪，他的眼睛已经眯成了一条缝，“我怎么知道你有没有枪？开枪杀了我是件很诱人的事，你不觉得吗？扣下扳机，我就是死人一个，你会成为人尽皆知的英雄。市长或许还会给你颁发奖牌。你是不是想要块奖牌？一块闪闪发光的奖牌，来证明你有多聪明？”

“我没枪。”

“你只管把包拿过来。”

娜塔莎颤颤巍巍地爬上梯级，每迈出一步似乎都相当费力。她递上包，歹徒一把抓了过去。他把包往地上一倒，她的整个生命似乎都被摔得粉碎，化妆品、剧本、纸巾，各种垃圾，手机是最先掉出来的。

“好吧，看上去你说的是实话。奇迹永远不会停止，也许这座城里终究还有一些诚实的人。好了，拿起你的手机。”

娜塔莎俯身拿起手机，她用拇指和食指捏着它，好像它是个放射源。

“好的，接下来听我跟你说。你要跪在地上，把手机指向我。然后你快速扫过所有这些精英们。他们会像乖巧的小老鼠一样安静。我觉得十五秒镜头就够了。注意，片子得看起来像是在偷拍。能做到吗？”

娜塔莎点头，歹徒也点点头。虽然他的嘴巴大部分藏在面罩之后，JJ 还是能清楚地感觉到他在笑。这个混蛋还挺享受的。他的声音也传递出同样的信息。

“一定得把枪和背心拍进去，这很重要。开始吧。”

娜塔莎跪了下来。她眼睛里满是恐惧，颤抖得无以复加。她把手机对准了歹徒。他摆好姿势，露出自己的枪，同时扭过头去，炸弹背心把他裹得严严实实，绝对不可能被镜头忽视。

这位导演划过一道弧线，把蜷缩在地板上的所有人都拍了进去。

有些人直视着她，有些人扭过头去，每个人看起来都害怕得要命。娜塔莎完成了拍摄然后放下手机。

“给我看看。”歹徒说道。

娜塔莎举起手机。JJ 看不到屏幕，但她可以判断，歹徒频频点头，肯定是很满意。娜塔莎是被随机选中的吗？可能是巧合，但她并不相信。根据她的经验，巧合都是制造出来的。就拍电影而言，娜塔莎无疑是现场最在行最优秀的。早些时候，歹徒就知道托尼是老板。如此想来，他显然是做了一些调查。问题在于调查到何种程度，以及为什么要调查。这当然是值得思考的。

“拍得不错，”歹徒说，“去，跟其他人坐到一起。”

娜塔莎匆匆转身离去，一下子瘫坐在地。

“谁看 CNN？举手。”

众人无甚反应。

“有什么难的。谁看 CNN？”

一些人迟疑片刻后举起了手。

“Fox 呢？有没有 Fox 新闻[1]的粉丝？”

刚才那些人迅速放下，另外一些人举起了手。

“我喜欢 TRN。它或许小一些，不过这意味着它更努力。”

歹徒从口袋里拿出一小叠纸，在娜塔莎的手机里输了些什么，如果 JJ 猜得没错，那这段视频是准备传给 TRN 的。

[1] Fox 新闻网，是福克斯娱乐集团（Fox Entertainment Group）下属的一个子公司，主要从事电视与网络新闻行业。

7

亚历克斯·金的手机在牛仔裤的口袋里颤抖着，希望顿时冲入他的血液。他不仅带着手机，而且还调的是振动模式。谢天谢地。他把手机从口袋里拿出来，看到他经纪人的名字在屏幕上亮起，然后把呼叫转到了语音信箱，他对自己的经纪人真是讨厌至极。

现在这一刻绝对称得上幸运。上一次运气这么好还是他通过了《杀戮时刻》的试镜，那是他人生的转折点。自那以后，他的生活就像过山车，偶尔能够喘口气，但大多数时候都得紧紧抓住扶手，随着过山车一遍遍绕上绕下，太刺激了。

他甚至开始相信，好事儿应该发生在自己身上。经历了昔日种种艰难困苦，他终于赢得了好运，这种回报算得上慷慨。然后，就有了今天的事情。某种程度来说，他并不觉得惊讶。人生本就如此，你以为人生从此万事大吉，然而今天这件事足以证明，生活真是糟透了。金不敢再往下想了，他最不想做的就是陷入悲观消极。是的，情况很糟糕，但希望尚存。

这家伙从一开始就没想搞自杀式袭击，这点很明显。如果他真想如此，现在他们早都死了。这绝对是个大大的好信息。只要你还在呼吸，只要你的心脏仍然在跳动，希望总是有的，对吧？如果他幼年时学到了点儿什么，那就是这个道理了。另一个积极因素是他带着手机。他拨通911，把手机按在耳边，接线员是个声音尖锐的东海岸女人。

“这里是911。你遇到了什么麻烦？”

“我在阿尔菲，”金低声道，“那个豪华餐厅。有个疯子带了个炸弹进来。一个恐怖主义分子。我们需要帮助。”

“先生，你能大点儿声吗？”

“不，我不想让他听见。”

“你现在安全吗？”

“我觉得是。希望如此。”

“好的，不要乱跑，我会立刻派一辆巡逻警车前往。”

“巡逻警车？”金愤怒了，“你没听到吗？这儿有一个带着炸弹的恐怖分子！”

“先生，请努力保持镇定。我需要一些细节。你怎么称呼？”

“亚历克斯·金。”

“跟演员同名啊。”

“我就是那个演员。”

接线员停顿了片刻：“先生，我得提醒你，给911打电话恶作剧是犯法的。”

金叹了口气，摇了摇头。他脑中的白色噪音又浮现了，而且比先前更喧闹。“听着，女士，这是真的。”

电话那头沉默了。

“拜托，这不是恶作剧。我再说一遍，这不是恶作剧。我的名字真是亚历克斯·金，我真的在阿尔菲，这里真的有个携带炸弹的疯子。”

“好的，先生，请冷静。你在餐厅的什么位置？”

“我躲在洗手间里。”

“其他人质呢？”

“他们在餐厅大堂。”

“有多少人？”

“我不确定。大概二三十人。”

“就一名歹徒吗？”

“我怎么知道？你有没有在听？我困在洗手间。”

“好的，别挂电话，好吗？”

“好。”

门外有东西在咯吱作响，听起来像是脚步声。金急忙挂断电话，慌里慌张把手机塞进口袋里。人质劫持类的电影他可没少看，歹徒会发现他躲在这里，随即杀了他。引人注目的人质麻烦最多，而困在洗手间里给 911 打电话必然算得上引人注目。不过转念一想，即便他要死，那也得在抗争中死去。他不再是俄亥俄州的那个孩子，不会再蜷缩成一团。曾经遭受母亲男友殴打时，他想过自己应该一死了之，好在他坚持住了。有一天，一个孩子趁大人不注意，偷偷爬上辛辛那提的一辆长途汽车，离开了那个鬼地方。

在《杀戮时刻》中，他扮演了参加过海湾战争的退伍军人马克思·墨菲，女友遭人谋杀后，他做了一名义务警员。这部电影是《第一滴血》[1]和《猛龙怪客》[2]相融合的产物。马克思·墨菲早年可不是血汗工人，而是美国三角洲特种部队最年轻的一员。他是赤手肉搏方面的专家，还是百发百中的神枪手。说白了，他就像一个杀人机器。为了适应角色要求，金做足了功课，他学会了射击，还学了搏斗的技巧，天天请私人教练指导训练。现在，他的身材和体力都处在巅峰状态。

他要杀歹徒个措手不及。他紧贴在门边的墙上，等待歹徒出现。

---

[1] 《第一滴血》于 1982 年在美国上映，该片讲述了退伍军人兰博在小镇上屡受警长欺凌，被迫逃入山林，对警察展开反击的故事。

[2] 《猛龙怪客》于 1974 年在美国上映，讲述一名温和的商人，在太太和女儿被暴徒强奸，爱妻更因此而死后，人生态度发生改变，开始主动出击，在暗夜的纽约街头找寻潜在的暴力犯加以制裁。警方对这名神秘的城市英雄感到困惑：难道打击犯罪真的要这样才有效吗？

他的计划很简单，门打开时，他会拿起手头上所有东西，拼命攻击歹徒。歹徒绝对想不到有人会反抗。

时间一分一秒过去，什么都没发生。金的耳朵紧贴在门上，努力想听到点儿什么。自刚才的咯吱声过后，他什么都没听到。没有更多的咯吱声，没有脚步声，没有声音要他举起双手。但是这并不意味着歹徒不在门外。他或许正拿着枪在走廊上来回走动。

此时此刻，洗手间的门随时会被撞开，扫射可能紧跟其后。金曾被“枪杀”过一次，虽然只是拍摄需要，但感觉已经足够真实了。《杀戮时刻》片尾，墨菲被坏人所算计，金清楚地记得血袋在二头肌上炸开的那一瞬间，天啊，简直疼痛难忍!

他再次把耳朵贴在门上，依旧很安静。他又数了三十秒，然后小心翼翼推开门，透过门缝往外观察，走廊里空荡荡的。他关上门，自顾自开心地微笑起来。目前为止还不错。最近他太幸运了，以至于他都想给自己加个中间名：亚历克斯·“幸运”·金。

微笑变成了咧嘴笑，幸运甚至不足够贴切，他岂止幸运，他简直是一只九条命的猫。

8

歹徒拎着洛维特的橙色帆布包在空中荡了几下，所有人的目光都集中在上面。

“各位，把你所有的贵重物品都放进来。手表、戒指、项链、手镯，所有值钱东西。哦，我还要你们的手机，一个都不能少。我可不想有人打电话搬救兵。我妈总是告诉我，应对诱惑的最好办法就是不要看到诱惑。眼睛看不到，内心就没有渴望。”

面罩之后，他又咧嘴笑了。他朝艾德·理查兹走去。JJ 自忖，这位演员怎能如此泰然自若，他要么比 JJ 想象得要勇敢，要么就是在演戏。还有一种可能性，他早已超脱现实，以至于难以辨别事实和幻象。想来想去，最后一种解释似乎最合理。理查兹堪比昔日的好莱坞皇室，如今，他于现实世界只是过客罢了。

理查兹把手表、手机和钱包放了进去，他犹豫了片刻，然后把结婚戒指也放进去了。接下来的三个人都准备好了各自的物品，他们将东西放进包里，全程都不敢与歹徒进行眼神接触。JJ 是下一个。歹徒蹲坐下来，冲着她晃了晃包。包里的东西叮当作响，金属和塑料相互碰撞。靠近一些时，她可以闻到他身上廉价的须后水，以及衣服上廉价的洗涤剂的味道。她可以感觉到，他是多么趾高气扬。

她可以感觉到他正盯着自己。

她突然意识到自己的生命是如此脆弱，这个陌生人只要动动手指，就可以结束她的心跳。她抬头迅速瞥了一下他灰色的眼睛。面罩之下，这双眼睛冷酷漠然，毫不妥协，似乎热衷于品头论足，眼白里遍布蜿蜒的红血丝。她快速摘下自己的劳力士丢了进去，接着是手机。JJ 不大热衷珠宝首饰，她从来没有打过耳洞，还讨厌戒指戴在手上禁锢的感觉，不过她还是戴着一个纯金戒指圈——只不过戴在脖子上而已。

她十三岁时父母分手了，两人大吵一场，父亲摔门离去，母亲一口气灌了半瓶伏特加，然后把戒指扔进了垃圾桶。趁母亲在沙发上昏睡之际，JJ 把戒指捡了回来。当时正值她痴迷《指环王》的阶段，所以她坚信戒指的能量能挽回父亲。

魔法没能奏效。父亲随后跟一个小他十岁的女人结了婚，母亲则嫁给了一名房地产经纪人。JJ 成了家庭破碎的牺牲品，她学会了接受现实。多年来，她一直留着这个戒指，因为它不时提醒自己，王子和公主并没有永远幸福地生活下去。童话故事的作用只是糊弄幼儿园小孩儿和重度妄想症患者。

JJ 解开项链，重新合上扣环，然后丢进了包里。歹徒继续走，各种珠宝和手机在包里晃荡。他停在伊丽莎白·海沃德面前，朝她晃了晃包。她放进去的首饰少说价值五十万。天啊！石头大小的宝石、耳环、手链、戒指一应俱全，发出炫目的光芒。

“手表也拿下来。”

海沃德泪眼婆娑地看着那块镶钻“卡地亚”：“请让我留着吧。这是我丈夫给我买的最后一件东西。”

歹徒考虑了片刻：“他什么时候去世的？”

“六个月前。”

“你肯定很想念他吧？”

“是的。超乎你的想象。”

“好的，我准备卖你个人情。你可以留着手表。”

海沃德满怀感激，眼睛瞬间有神了：“谢谢你！太谢谢你了！你不知道这有多重要。”

“我可不是在帮你。”

感激变成了困惑：“我不明白。”

“替我向你丈夫问好。”

歹徒拿起枪，扣动了扳机。

13:30-14:00

1

罗伯·泰勒骑着自己的复古哈雷摩托车，呼啸驶入棕榈树酒店的停车场，停在一辆生锈的庞蒂克汽车旁边。他弯下腰，对着后视镜理了理头发。很快就弄好了，他把头发弄得像刚起床一样乱糟糟，一是实用，二是粉丝们喜欢他这样的造型。

罗伯不是那种传统意义上的帅哥，但是他的脸很上镜。他最早供职于《洛杉矶时报》，TRN 看到了他的潜力，挖他过来做外场记者。他跳槽跳得相当成功，工资翻了两番，而且每晚都是派对之夜。摩托车也是他的福利之一。

塔拉·克拉克骑着铃木尾随其后，她并排停在一旁然后熄了火。塔拉今年二十八，比罗伯小几岁，她金发蓝眼睛，有着地道得州人的彪悍性情。罗伯早就注意到了这个问题，不过他从来没打算去得州——她会把他生吞活剥了的。

两人下了车，穿过停车场。烈日当空，温度一直居高不下，摩托车的皮革被晒得发烫。罗伯穿着衬衫和牛仔裤，塔拉穿的是牛仔裤和白色T恤。

棕榈树酒店比罗伯想象的还要破败，或许六十年代刚落成时盛大奢华，但如今却辉煌不再。这家酒店是一栋八层高的混凝土建筑，外墙粉刷的涂料已经开始剥离，曾经是白色的，如今却成了脏兮兮的灰色。窗户被一层污垢覆盖，灯泡很久之前就不亮了，而且一直没有更换。

近百人聚集在游泳池周围。所有的眼睛都盯着那个女人，她站在顶楼阳台锈迹斑斑的围栏外面。罗伯盯着泳池，心想，没有水还算什么游泳池，只能算是地上的一个大洞。

“我拿五十块钱打赌，她绝对会跳下来。”塔拉操着浓重的得州口音说道。她从背包里拿出一部相机边走边摆弄。

“我才不赌呢。跳楼带来的收视率肯定高啊。”

“是的，我还知道，很多时候想要轻生的最后都被劝住了。”

“那你干吗还要赌她会跳下来？”

“我就是有种感觉，这次情况不妙。来吧，罗伯，不过五十块钱，这样比较有意思。”

罗伯考虑片刻。八月总是没什么新闻，但今年的八月是他见过的最糟的，一天的亮点不过是个想要轻生的人，可见这个八月是多么无趣。

“好吧，你的目的达到了。”

他举起手来，遮住刺眼的日光，然后抬头往上看。爬到八层说明她还是有些决心的，四层往上就表明有轻生的念头，四层之下不过装装样子，只是想寻求帮助。他初步目测了坠落的轨迹，看到六名消防队员在拼命给气囊充气。有人喊道“跳啊”，其他人很快开始附和，最后变成了集体唱和：“跳！跳！跳！”塔拉用相机对准顶层并调整了焦距。

“现在是怎么个情况？”罗伯问道。

“一名白人女性，黑色头发，棕色眼睛，不到三十岁，挺漂亮的——前提是你喜欢那种面黄肌瘦型的。警方派出的劝解员谨慎地保持着距离，以防她把他也拉下去。他似乎在苦口婆心地劝说，可惜这个姑娘似乎并没有听进去。”

“如果她跳下去……”罗伯纠正道。

“当她跳下去的时候。”

“麻烦你继续盯着，以防她决意跳下来。我要看看能不能进一步发掘这个神秘女孩儿的信息。”

罗伯走进人群，立刻被认了出来。认出他的那个女人肯定有三百磅，她有四层下巴，浑身一股糖果变馊似的酸臭味儿。她的粉色工作服松松垮垮，足够容纳一群难民。

“嗨，你是电视里的那个家伙，罗伯•泰勒。”

罗伯露出标志性的微笑：“没错。”

盯着他的不仅仅是那个胖女人，周围十几个人也扭头过来，看她为何大呼小叫。

“各位听好了，”他喊道，“谁认识这个轻生的姑娘，我就给谁一百块。”

“两百块，你绝对不吃亏。”

声音来自左边的某个位置，罗伯转过身来，看到一个波多黎各女子穿过人群。他一眼就断定，她是个瘾君子兼妓女，因为很明显，她的眼睛就像两颗垂死的星星。他停顿了一秒钟，希望还有别人走上前来。没有别人了，好吧。他本来想找个能上镜的体面人。

“你怎么称呼？”

“你可以叫我坎迪。”

罗伯看了看阳台："她是谁？"

"先给钱。"

罗伯拿出一卷钱，抽出四张五十块递给她，钱顿时消失在坎迪的胸罩里。

"她叫莎莉·詹金斯，我们一起合租，至少之前是这样。"

"她还没死呢。"

"好吧，如果这次没成功，那下次肯定会实现。"

"她之前就有过自杀倾向？"

"天啊，你有没有在听，她每个月至少要来这么一出，通常嗑了药会这样。这是她第一次这么离谱。"

"你对莎莉了解多少？"

"绝对劲爆。她从小在俄克拉荷马州出生长大，十七岁的时候，她离家出走跑到了好莱坞，因为她觉得自己会成为大明星。经历种种挫折后，她开始酗酒，酒精都不起作用之后，她又开始嗑药，很快就入不敷出。她欠了毒贩子很多钱，接下来就开始站街，出卖她甜美的小屁股了。"

"真可怜。你确定不是在瞎编乱造？"

"怎么会！我干吗要这么做？"

"好吧，这两百块只是个开头。"罗伯警惕地看着她——她可能在撒谎，不过不要紧，"千万不要让事实妨碍一个好故事"，这是他的第一位编辑告诉他的，绝对的金科玉律，"还有什么能告诉我的吗？"

坎迪耸耸肩："再给五十我就再讲点儿，如果能给两百保证你满意。"

人群突然发出一片雷鸣般的欢呼。罗伯匆匆赶去，正巧看到莎莉在五层绊了一下，她擦过气囊边，一头栽在水泥地上。几名护理人员冲上前去，快速看了一眼，摇了摇头。罗伯推开人群，朝塔拉走去。

她窃笑着伸出手："愿赌服输哦。"

罗伯找出一张五十递给塔拉，她嗅嗅那张钱，塞进了牛仔裤口袋里，然后给了他一个麦克风，把相机扛在自己肩上。

"准备好了吗？"

"给我一秒钟，"罗伯擦了擦脸上的汗水，晃了几下衬衫，确保没有黏在身上，然后用手把头发弄蓬松，"怎么样？"

"帅爆了，亲爱的。"

"塔拉，别开玩笑了。"

"谁开玩笑了。"

电影《凶兆》的主题曲从罗伯口袋里传来，隔着一层牛仔布，铃声略显沉闷微弱。但尽管如此，这音乐带来的不祥之感丝毫不减，这是专门给老板约拿设的来电铃声。约拿是新闻编辑室的头儿，有严重的上帝情结[1]，他的真名是塞特·艾伦，但约拿更贴切[2]。罗伯掏出手机接通了电话，他边听边"嗯"了好几次，然后挂断了电话。

"计划有变，"他说，"不要管这个跳楼的了。ISIS[3]似乎终于光顾了阳光灿烂的洛杉矶。"

---

[1] 上帝情结指一种不可动摇的信念，其特征是持续膨胀的盲目自大。即使面对无可辩驳的证据、复杂或难处理的问题、困难或不可能的任务，也可能认为他们的个人意见是无可辩驳的。

[2] 《圣经》中的约拿是一位希伯来先知，他乘船逃离上帝，被抛入大海后遭大鱼吞吃并被鱼吐到一块干地上。此处暗含罗伯对老板的厌恶。

[3] 极端恐怖组织"伊斯兰国"（Islamic State）的英文简称。

2

"都站起来。"

大家茫然环顾四周，等着有人带个头。自海沃德中枪身亡后，整个房间都弥漫着不安的气息，有些人静静啜泣，其他人则好似灾区的幸存者，面无血色，茫然地凝望远处。恐惧让 JJ 感到深入骨髓的寒冷，多么陌生的处境。她习惯于发号施令，习惯于统筹谋划，而不是被动应对。突然间，好像所有的控制权都被剥夺了。她讨厌自己如此软弱。

四下张望一番，很明显，不单单是她在努力适应和调整。这里不乏电影界重量级人物，这些人生活奢侈，养尊处优，她也不例外。她永远不会富有到能买得起私人飞机，但她总是坐头等舱。如今的生活方式跟童年比简直是天壤之别。毋庸置疑，她混得很不错。不幸的是，世界上所有的钱此刻都救不了她，救不了在场任何一位。无论你多么春风得意名利双收，死亡面前人人平等。

死亡阴云笼罩整个房间，火药味儿和血腥味儿交织在一起。JJ 当时离伊丽莎白·海沃德很近，因此，脸颊上不免溅了一些血迹，即便如此，她还是努力试图弄清状况。事情太突然太残忍，完全无法理解。她想蒙蔽自己，让自己相信眼前所见只是幻象，然而她看着海沃德躺在那里，半个头颅都炸开了，镶着钻石的卡地亚在纤细的手腕上闪闪发光，她实在无法否认现实。

歹徒拍了拍手，这声音比枪声还响亮。每个人都缩在地上，努力让自己变小一点儿。

"我说，站起来，快点儿，赶紧行动。"

艾德·理查兹率先起身，其他人也跟着站起来，一时间乱哄哄的。JJ 两条腿就像软面条，地心引力好像加强了，使劲儿拽着她向下。地板上似乎更安全，她觉得站起来更暴露，也更脆弱。

“脱掉鞋子。”

大家一动不动，满脸疑惑。“来吧，伙计们，这又不是什么难懂的尖端科技，脱掉你们的鞋子。”JJ 俯身下去，脱掉脚上的名牌鞋，然后一手提着一只鞋子直起腰。歹徒靠在房间另一头的墙上，头顶上方的墙面上挂着一副色彩鲜艳的油画。

“我要你们挨个把鞋子放过来，”他看着艾德·理查兹，“你似乎是领头羊，那就你先来吧。”

理查兹走过去，把鞋子放在歹徒脚下，然后返回坐下。他脚步平稳，面无表情，如果这是一部二战逃生电影，他就好比其他囚犯敬重的领袖。问题是这不是电影，如果理查兹没有这样做，很快就会有更多人死去。

轮到 JJ 时，她加快步伐，放下鞋子，赶紧走了回来。歹徒盯着她的样子让她毛骨悚然。最后一双鞋是托尼的。只见他挺起胸膛走了过去，单单看他脸上的干血印，还以为他出了车祸。JJ 瞥了一眼海沃德，然后回头看了看托尼。感谢上帝，他还活着。JJ 不禁感叹，托尼真是太幸运了。转身回去的时候，JJ 微微一笑，想给他一些宽慰，她想让他知道他并不孤单，他们会彼此支持。

她希望知道自己并不孤单。

托尼用余光瞥了一眼，确保歹徒没有在看，然后快速回了一个微笑。这个小小的动作意义非凡。像往常一样，他能完美地解读她的心情，同时提供需要的帮助。

歹徒往左挪了几步，离开了那一堆鞋子。“脱掉所有衣服：裤子、衬衫、裙子，内衣可以留着，然后把衣服都放过来，”他又拍了拍手，大家都畏缩了，“来吧，大伙儿，行动吧。”

JJ 犹豫片刻，在引起注意之前，她终于动了起来，衣服一件件滑落，最后是裤子。所有人都在脱，毫无疑问，他们和她一样尴尬和脆弱，但没有人争辩，海沃德身亡后就没人再争辩了。

如此赤身裸体简直是奇耻大辱，JJ 觉得全世界都在看她。可是半裸的耻辱总比死亡要强。这种交易似乎有损人格，但如果是生存所需，那就随它去吧。识时务者为俊杰，无论情况多么糟糕，总有办法能扭转局面为我所用，这是约翰尼·维斯纳教给她的最重要的道理。

理查兹再次打头，他走到歹徒面前把衣服放下，然后转身回去。歹徒蹲下来翻了翻，拍拍口袋，好像在找东西，JJ 看到他惊讶地睁大了眼睛。

“瞧，看看我们找到了什么？”他直起身，在空中晃了晃手机，“我没有说清楚吗？”

每个人都蜷缩在地板上，有些在大口喘气，有些在啜泣，JJ 四处看去，到处都是恐惧。

“我说的是外星语吗？我反复强调，早就说过把手机交出来。能不能麻烦谁跟我说说，为什么这么难理解？”

歹徒大步穿过房间。JJ 努力想闭上眼睛，但还是没做到，她脑袋里闪过万般念头，但始终没个头绪。她再次瞥了一眼躺在地上的伊丽莎白·海沃德，接着她看着理查兹，心想他怎么会这么愚蠢。

“跪下。”理查兹没有动，他低头盯着地板，房间里开着空调他仍然满头大汗。歹徒抓住他的肩膀把他推倒在地，然后用枪抵着他的头。理查兹看着周围的众人，眼神中流露出绝望。JJ 闭上眼睛，等待着标志他生命终结的那一声枪响。

3

“TRN 重大新闻，我们得到消息称，洛杉矶的一家高端餐厅发生了恐怖袭击。”

塞特·艾伦坐镇控制室，看着他的女主播播送消息。卡罗琳·布拉德利简直是动感的诗歌，她把握时间的火候刚刚好，一脸关切恰如其分地表明了情况的严重性。她光彩照人，就像返校日皇后[1]，一头齐耳短发，西装的剪裁和颜色充分衬托出了她的曲线，性感而不失优雅，即便略微保守的观众也不至于有意见。

卡罗琳轻轻碰了一下耳朵，好像她收到了新消息，塞特会心一笑。她真棒！她的话大都出自自动提词机，甚至看似即兴发挥的东西都来自这个机器——你最不希望主播有自己的思想。这样做人们就会相信，他们是货真价实的记者。

塞特是一位资深记者，为此他备感自豪。他最开始在报社工作，然后跳槽去了广播电台，最后到了电视台。印刷业有些人说他是个叛徒，不过他们可挣不了六位数的薪水，所以他们爱说什么说什么。他已经六十岁了，眼看一天天变老，眼睛下面有重重的黑眼袋，皱纹也很深。由于常年抽烟喝酒，加上控制室常年晒不到太阳，因此，他皮肤有些泛黄。

他目前的妻子是第三任，家中有四个孩子，其中两个女儿正值青春叛逆期，他常半开玩笑说这就是自己秃顶的原因。塞特个头不大，

[1] 美国中学的传统，在暑假后的返校节时，由所有学生投票选出品学兼优、人缘好、长得漂亮的学生，即返校日皇后。

但气场够强，有人曾经这么描述他：一个装在小小身躯里的高个胖子。

“罗伯死哪儿去了？”他吼道。

“马上就来。”其中一位助理急忙回答道。他总共有三位助理，两位男助理，一位女助理，在他眼里他们都还是小毛孩。他们一个是亚洲人，一个是黑人，一个是白人女同性恋。严禁搞歧视简直是扯淡。放在以前，他能轻轻松松招到三个长腿金发美女，而且没人会有意见。眼前这三个都二十几岁，大学刚毕业，他说点什么做点什么，他们都会吓得要死。不过他还挺受用的。恐惧是最好的动力，如果你担心随时会丢掉工作，那肯定会倍加努力。除了三位助理，他还得保证手下的六位技术人员能保持画面和声音的连续性。

“马上？”他吼道，“他昨天就该露面了！我要你赶紧把他揪出来。告诉他，如果再不快点儿，那就交出他心爱的摩托车，换自行车骑吧。”

塞特浏览了一遍所有的显示屏。主屏幕左上角是 TRN 直升机传来的航拍。目前，直升机在洛杉矶警察局划定区域内最靠近阿尔菲的上空盘旋，不过远远算不上足够近。飞行员是一名退役军人，曾经在伊拉克和阿富汗执行过飞行任务，所以，洛杉矶一家餐厅的爆炸不至于让他胆怯。但是没办法，警察命令他待在至少三个街区之外。

显示屏的右上角是娜塔莎·洛维特拍摄的手机视频。视频刚发到 TRN 时，塞特以为是在开玩笑，然后他看到发送人，意识到了问题的严重性。娜塔莎·洛维特绝不是搞怪的那种人。

他一口气看了两遍——只有十五秒，所以没有花太久。第一遍他无论如何都不敢相信。两遍结束后，他浑身的新闻嗅觉都活跃起来，这个新闻不仅大，也许还是他职业生涯中最大的。

塞特又播放了一遍，然后想了想新闻的五个基本原则：时间、地点、人物、事件、起因。他先思考地点。卡罗琳提供了详细信息，她在阿尔菲用过几次餐，并且认出了餐厅内饰。塞特只打了一个电话就得到了确切消息，娜塔莎·洛维特今天中午的确在阿尔菲用餐，这也说明了时间。

接下来呢？很显然，一个戴着面罩、穿着炸弹背心的恐怖分子劫持了好莱坞的大腕。ISIS是合理的解释，原因也很容易猜测，这些疯子憎恨美国以及美国精神，把目标锁定在好莱坞难道不是最佳选择吗？

在这种情况下，“人物”是最不重要的。叙利亚、阿富汗和巴基斯坦有许多基地，里面满是这种孩子，他们巴不得要把自己做成自杀式炸弹，以此效忠自己的王国。

“TRN已经设法获得独家视频片段，片段是受困阿尔菲的人质发来的，”卡罗琳语速非常快，显得气喘吁吁，“有些观众看了可能会不安。”

希望如此，塞特心想。

“听我口令，准备切入手机片段，”他说道，“三，二，一。”

主屏幕从工作室切换到了洛维特拍摄的十五秒片段。影片拍摄得摇摇晃晃，考虑到情况，这完全可以理解，这样反而更有说服力，否则倒显得缺乏真实性。他每看一遍，就不由得心里一惊，进而同情洛维特的危险处境。这位导演真是勇气可嘉。

片段开头出现的是恐怖分子的背影，他肩膀上的消音赫克勒–科赫MP5枪已经够吓人了，炸弹背心更是让塞特惊恐万分。塞特也是业界老手了，情况着实非同寻常。

画面中，恐怖分子一袭黑色，面罩、衬衫、裤子、靴子无一例外，他就像一团阴影。画面很快从他身上移开，快速扫过人质，然后切换成黑屏。塞特已经吩咐一个小组负责确定人质名单。

“听我指示切回卡罗琳，”他说，“三，二，一。”

主屏幕重新换成女主播的近景，她严肃的表情恰如其分。

“现在我们正在连线直升机上的布莱恩·汉尼根，”她说，“布莱恩，能否介绍一下阿尔菲的事态发展？”

“切到直升机。”塞特说道。

画面切换成直升机吊着的摄像机拍摄的场景：警方已经封锁了街道两端入口，人群开始在警戒线外汇聚，周围还有几辆救护车和消防车。

“警方已经在阿尔菲周围进行了人员疏散，”布赖恩努力压倒直升机的轰隆声，但他的声音依然像小蜜蜂，“现在炸弹有多大还无从得知，所以警方没有轻举妄动，第一时间安排周围人员撤离到安全区域。”

镜头进一步拉近，画面中出现了一栋L形低矮平顶建筑。这栋建筑不甚起眼，是混凝土结构，历史可以追溯到五十年代，又好像昨天才建成——全国有成千上万的类似建筑。餐厅后方的停车场就与众不同了，满是高端车辆：法拉利、宾利，甚至还有劳斯莱斯，价值轻轻松松过百万。

“电话快被打爆了。”白人女同性恋说。

“CNN，Fox和ABC都想买洛维特的视频片段。他们简直报出了天价。”

“告诉他们，不卖！”

塞特不由得笑了。这是属于他的时刻，一个扣人心弦的爆炸性新闻。不仅如此，作为一名行家，他深知这是千载难逢的机会，是每位记者毕生所祈祷的巅峰时刻。这个故事够劲爆！

4

歹徒在艾德·理查兹周围徘徊，双腿呈作战姿势分开，瞄准了这位演员的后脑勺。理查兹正跪在地上，他浑身颤抖，低声自言自语。JJ看着他的嘴型，意识到他正在祈祷。娜塔莎·洛维特的祈祷都应验了，那么或许这法子对他也适用。不过，她并没有抱太多希望，尤其是看到歹徒如何对待海沃德之后。

太疯狂了。有人质二十四个，只有歹徒一个，他却拥有绝对的权力。如果他们并肩合作，绝对能制服歹徒，不过这需要有序的组织，而组织就需要言语交流。现在每个人都吓得说不出话来了。这样的举动意味着牺牲，歹徒被击倒之前多少人会被射击，多少人会死？他们都是温和的人，习惯了温和的生活方式，他们并不急于放弃美好生活。

还有炸弹。

风险太大，胜算太低。二十四个人质，一个歹徒，无论JJ如何分析，歹徒总是获胜的一方。她认识理查兹许多年了，两人并不是特别亲近，但她也不想看到他这样死去——后脑勺中一颗子弹，然后倒在餐厅冰冷的地板上流血身亡。没有人应该这样死去。

她闭上眼睛，这样反而更糟，闭上眼睛气味就更强烈了：食物、火药，以及可怕的恶臭。JJ睁开眼睛。理查兹正低头盯着地板，他双眼和两颊全都是泪水。没有演戏的成分，这个时候绝对没有。她想扭过头去，但终究还是做不到，她只能无助地看着，等待结束生命的那一声枪响。

“砰。”歹徒喊道。

众人不由得猛地抽搐了一下。理查兹灰色丝绸内裤上湿了一片。歹徒抬起枪，后退了几步，他又在面罩后奸笑起来。一部手机响起，JJ 跟着声音往娜塔莎·洛维特的橙色帆布包看去。几秒钟之内，铃声、嗡嗡震动声和短信唧唧声交织在空气中。“各位，看来消息已经传出去了。”

歹徒的手伸进包里，拿出一部手机，在众人面前晃了晃，关掉之后漫不经心地扔回包里。他又拿出一部，关掉，然后扔回包里。就这样，他把手机一一关闭。他的举动非常刻意，似乎是要让众人明白，他们现在完全与外界断了联系。

“各位，计划有变。我本可以一枪打死领头羊先生，可是杀了他有什么用呢？”他扫了一眼海沃德的尸体，“真是糟蹋了这精致的地板。”

JJ 再次看了看理查兹。这位演员还跪在地上，他双手捂脸，极力抑制自己的啜泣。这是她见过的最可悲的景象之一，但仍然比想象中的另一种好得多。

“我在想，或许可以趁这个机会好好教育教育你们。记得小时候玩过的表演秀[1]吗？”

无人应答。每个人都茫然地盯着房间某一处——任何一处，只要不看到歹徒就行。

“肯定都玩过。现在看看我的表演秀吧。”

歹徒不紧不慢地扫视众人，他的目光在每个人身上依次逗留。轮到 JJ 时，她一动不动，盯着镶木地板上的一片划痕，他只看了她一秒，但她感觉有一年之久。

“你，还有你，过来。”

---

[1] 表演秀（Show and Tell）指孩子在课堂上展示并介绍所带的物品。

JJ 快速瞥了一眼，看到娜塔莎·洛维特站了起来。JJ 与这位导演并无交集，不过她可是无人不知无人不晓的名人，想不了解她的动向都难。娜塔莎的丈夫是大卫·威尔斯，为数不多荣获奥斯卡奖的黑人演员之一。两人是好莱坞首屈一指的强力夫妻档。他们一直是话题中心，尤其在当今这个追求种族多样性的时代。他们家中的壁炉架上可能摆着各自的奥斯卡奖杯，不过他们都清楚，自己只不过是个特例。

JJ 不太认识站在娜塔莎旁边的人，他四十多岁，体形微胖，发际线已经略显后移。如果她没猜错，这人大概是个会计，一看就是爱操心的命，好像要确保各项名目相加跟总数对得上。他身穿白色内裤，脚上是黑色袜子，站在那儿呆呆地盯着地板。他低着头弯着腰，似乎想让自己没那么显眼。娜塔莎看起来也同样脆弱，她穿着一套绛紫色的内衣内裤，双手交叉放在小肚子上。

“别害羞嘛。来，你们俩过来吧。”

娜塔莎和那位会计终于挪动了步子，他们的脸上写满恐惧，双腿木头般移动。歹徒指了指理查兹面前的一块地方。“跪在领头羊先生面前。”

两人跪下了。

“现在我们来聊聊后果。要知道，无论做什么都要承担相应的后果。你把晚餐放在炉子上忘记拿下来，晚餐就会烧煳，这是一种后果。你酒后开车撞死一个人，这也是一种后果。现在，如果我让你做些什么你却无动于衷，那你最好相信这也是有后果的。”

歹徒转向理查兹：“我决定让你活着，但是这个决定也有相应的后果。如果我任由你不尊重我，这样下去怎么能行？所以呢，你得做个选择，决定哪一个人要替你去死。如果你不想开口，那最好再考虑考虑，不然他们两个都得死。”

他转向娜塔莎和那位会计。

“公平起见，我会给你们每人三十秒说服领头羊先生，说说你为什么该活下去，”歹徒看着会计，“你先来吧。”

“请不要杀我。”他低声说道。

“你不需要说服我，你的目标应该是领头羊先生。”

会计心存愧疚地看了一眼娜塔莎，然后转向理查兹。

“我家里还有妻子和两个孩子，”他声音颤抖，好似蛋壳般脆弱，“我小儿子只有三个月大，我想看着他长大，我想看到两个孩子长大。求求你了，不要杀我。”

歹徒缓缓鼓掌：“真感人。打亲情牌，不错。我们的导演朋友得拿出点儿更站得住脚的理由了，”他转向娜塔莎，“轮到你了。”

娜塔莎挺身站起，直勾勾地盯着歹徒，她满脸泪水，双臂无力地耷拉着。“没什么好说的。”

歹徒走上前，头歪向一侧。娜塔莎畏缩了，但仍旧原地不动。

“我不会这么做的，”她平静地说道，“我不要玩这个游戏。”

“那你就错了。不管你喜欢还是不喜欢，你都已经没法退出了。亲爱的，不管我给你定什么曲子，你都得配合着跳舞。说什么不说什么在我看来没有任何区别，”他停下来，给娜塔莎一些思考时间，“现在，你想对领头羊先生说点儿什么吗？”

娜塔莎直视前方，一言不发，一动不动，甚至点头摇头都没有。

“那好吧。”歹徒把注意力转向理查兹。

“是时候做决定了，谁生谁死？”

“请不要让我这么做。”理查兹低声道。

“抱歉，我没听清。”

“求你了，不要让我这么做。”

“那好，我就把他们两个都打死。”枪在娜塔莎和会计之间来回往复，就像钟摆一样。嘀嗒，嘀嗒。“换个角度，或许这是救人一命的机会，这么想或许有帮助。”

“等等。”理查兹喊道。

“做好决定了？”

这位演员点点头闭上眼，“娜塔莎。”他静静说道。

“你想让她活下来？”

理查德再次点点头，然后看了一眼会计道：“对不起。”他似乎还想说点儿什么，可是不知道要怎么表达了。他垂下头闭上眼睛，满脸都被泪水浸湿了。他这样让 JJ 想到了受了惊吓的孩子，仿佛不看那些糟糕的事情，糟糕的事情就看不到自己一样。

会计突然跳起来朝楼梯跑去，他的腿和手臂疯狂摆动，眼神疯狂而绝望。歹徒不慌不忙，缓缓举起枪。JJ 没办法看下去了，无处可逃，无处可躲。

子弹扎进他的背部，刺进胸膛，顿时一片血肉模糊。他的手臂在空中摇摆，继而倒在身边的餐桌上，碟子、杯子碎落一地，蜡烛也掉了下来，在坠地前熄灭了。他在桌子上挣扎了一阵，然后最终安静地滑落到椅子上。

眼前的一幕让 JJ 难以置信。毫无由来的内疚如旋涡般吞噬了她，她觉得自己有责任，就好像是自己扣动了扳机——虽然这想法近乎疯狂。这个人与她素未谋面，放在以前她会觉得没什么交往的价值，但这并不意味着他的生命一文不值。他是一位父亲，一位丈夫，他值得被爱，理应被哀悼。然而最大的悲剧是，有一个小男孩永远都无法了解自己的爸爸了。

5

金蹑手蹑脚关上门，然后瘫坐在地板上，试图思考一下自己现在要怎么办。歹徒已经开始杀人了。目前为止已经有两个人不幸身亡，悲剧只会愈演愈烈。金看过相当多人质劫持类电影，知道局面会怎么进一步恶化。杀戮一旦开始，一切就都变了。

他唯一能确定的是，他不会在洗手间里就此了结一生。他是九条命的猫，他用亲身经历重新定义了什么叫幸运。好不容易熬过了凄惨的童年，他是绝对不会丧命于此的。现在他对 JJ 简直恨之入骨，甚至超过他对妈妈的恨。都是 JJ 的错！他本来不想来阿尔菲，但她执意如此，她说了，他还真就照做了。这下好了，她心心念念的新闻头条终于有了。不过他深感怀疑，她能否料到事情竟到了这般地步。

金刚刚在圣基茨岛度过了新年，那时他坐在游泳池畔，手握酒杯，迎接新年的到来。他坚信，自己的未来将一片光明，光明得令人炫目。那些美妙的派对将是他新生活的开始，梦寐以求的生活终于来临了。他的演艺之路一帆风顺，《杀戮时刻》轰动一时，影片邀约纷至沓来。总而言之，生活妙极了。他从牛仔裤兜里拎出一个小小的密封塑胶袋，痴痴地看了一会儿。这袋子他已经装在兜里很久了，以至于有些地方都磨白变粗糙了。吸一下他就会立即飘飘欲仙，但他不准备这么做。

已经 43 天了。

决心戒毒后，他第一时间分出一份可卡因，足够一回的用量，剩下的都冲进了马桶。从那天起，他好多次拿出袋子，就像现在一样，只是盯着看看，一次都没有打开，现在他同样没想打开。那一小袋粉末可能会给你答案，但事实上答案都建立在谎言的基础之上。

他把袋子重新放回裤兜里。康复中心可能适用于一些人，但自己例外。每当他把袋子重新放回口袋里时，他就会重温 43 天前自己做出的承诺，发誓再也不碰这混账玩意儿了。

金闭上眼睛，专注呼吸。观察吸气，观察呼气，就像瑜伽教练教的那样。与此同时，他反复在脑袋中默念“九条命的猫”，好似念经一般。他需要把所有的愤怒和消极情绪搁到一边，他需要保持积极心态。这就是他的生存之道。

他长叹一口气，睁开眼睛，然后拿出手机。他的经纪人打了十个电话，另外还有三个陌生来电。他想打过去，不过最后还是作罢。毫无疑问，肯定是探到他号码的粉丝。如果是这样就太扫兴了，金已经不记得有过多少次类似的经历。

他打开通讯录一一浏览，一个名字跳了出来，他好几年没跟这个人联系了。事实是，这个人或许再也不想跟他有瓜葛。其实他也挺委屈的，但即使如此，只要换新手机，他总会把这个号码存上。

金犹豫片刻，然后打开文本框输入：爱你。前任亚历克斯。他没多想就点了发送，省得自己变卦。他知道自己有点儿冲动，这么做对前任不公平，但他太需要找人倾诉了。如果遇到不测，反正无所谓了。如果他有幸活着出去，那就随后再面对吧。他闭上眼睛，前任的形象映入脑海。那是一个慵懒的星期天早上，他们做了爱，暖暖的阳光在廉价的窗帘缝边游走，卧室门外的世界仿佛不复存在了。

金色的阳光洒在肌肤上。

咖啡和吐司的香味四处弥漫。

完美的一刻。

金放好手机，轻轻把门推开一条缝，想听听外边情况如何。目前一片安静。他关上门，又蹲坐在地板上，重新思索刚才的问题。

现在该怎么办？

6

新闻刚刚播出，阿尔菲外面就聚了五十多人。街道的一端大概有三十个人，在警戒线外推推搡搡，另一端也有至少二十来人。这只是开始，一小时内人数肯定要变成三倍，甚至四倍。没有什么比酝酿中的灾难更吸引凑热闹的人了，也没有什么比24小时新闻频道更有鼓动性了——有名人涉及其中更是夺人眼球。

人群构成很有趣，几乎每个类别都有代表，白色、黑色、黄色、红色，老年人、年轻人还有中间各个年龄段的人，有踩着滑板戴着耳环的逃学孩子，也有本该在家看肥皂剧的老年人。所有人混杂在一起，只是因为他们嗅到了杀戮与血腥的味道。

罗伯和塔拉是率先抵达现场的新闻组。摩托车的最大优势就在于他们可以第一时间抵达目的地。可惜的是，现在消息已经传开了，别家记者很快也会尾随而来。

“准备好了吗？”塔拉扛起摄像机，看架势像是要发射火箭。她气势汹汹，仿佛士兵要上战场。

“女士先请。”

塔拉冲向警戒线。“记者。让一让，让一让。”她高声喊道，人群如红海般分开[1]。

负责看守路障的两个警察似乎挺郁闷，这么个无关痛痒的任务，

---

[1] 源自《圣经·旧约》中的《出埃及记》。据记载，摩西和以色列人被埃及法老王追击逃到红海边，这时上帝显露神迹，用一股强风将海水分开，让以色列人从这条通道逃生。以色列人逃亡后，法老的军队追随而至，但这时海水突然倒流将法老的士兵们淹死。

换作是谁都不乐意。里面扣人心弦，而他们却只能困在这里，像看孩子的保姆。罗伯钻过警戒线，两名警察一同走来把他拦住。管事儿的那个家伙一副没精打采的样子，估计不是第一次负责看守警戒线了，他旁边的那个家伙看样子连大学都还没毕业。

“先生，”那名年纪稍大的警察说道，“请你回到警戒线外。”

罗伯置若罔闻，反而伸手过去自荐道：“TRN 的罗伯·泰勒。”

警察瞅了眼罗伯的手，然后跟他握了握手。罗伯感觉到那张百元钞票滑走了。警察把手伸进口袋，再伸出来时就空无一物了，旁边的小兄弟一言未发。

“你有两分钟拍照时间，然后就赶紧退回去吧。还有，必须在我周围十米左右活动。明白吗？”

“放心，一定照做。”

罗伯绕开警戒线，塔拉紧随其后。她肩扛相机开始拍摄。角度好不到哪里去，但总胜过站在警戒线外。阿尔菲离这里隔着三栋楼，看不到什么特别的场面，只有对着人行道的白色混凝土墙面，没有门，没有窗户，也没有任何标识。建筑物左侧有一条小路，通向餐厅后门外的停车场，名流们在天棚下走几步就进去了，绝对私密，狗仔无论如何都无法靠近。

路上寂无人烟，信号灯设定成了红色。人员疏散是首要任务，民居、餐馆和商店无一例外，全部撤离到三栋楼范围之外。警察在距离阿尔菲一栋楼多一点儿的距离建立了大本营。所有的行动都围绕写有“洛杉矶警察局移动指挥部”的大型白色卡车展开。

十几辆救护车停在一旁，发动机持续运转，随时准备出动，旁边还有几辆消防车。罗伯数了数，几十名警察穿着防弹背心四处徘徊，努力表现出一派忙碌的景象，但其实没有任何实际行动。目前一片安静，但众人蓄势待发，时刻准备着冲锋陷阵。

一辆大型新闻车停在道路另一端出口的警戒线外。车身侧面醒目地印着 CNN 的标志，卫星天线直指天空。看来第一家重量级媒体已经到了，其余几家怕是也快了。

“您怎么称呼？”罗伯问那位年长一些的警察。

“吉姆・贝克。”

“大家怎么称呼你，吉姆还是贝克？”

“兄弟们都叫我贝克。”

“那你老婆怎么称呼你？”

贝克哈哈笑了起来：“你不会想知道的。”

罗伯不抽烟，不过他总是随身带着一包“长好彩”[1]，以备不时之需。同理心是优秀记者的独门秘诀，给刚刚车祸丧子的母亲递上纸巾，给无聊透顶却又可能掌握关键线索的警察递根烟。罗伯递上烟，贝克犹豫了，不过只犹豫了一秒钟，他瞥了一眼，耸了耸肩，然后抽出一根，罗伯顺势点上火。

“如果我老婆知道我又吸烟了，她肯定要弄死我。”

“好像你老婆真不知道一样。”罗伯心想。“到底发生了什么？”罗伯问道。

贝克长吐一口气：“这是私底下交流，对吧？”

“当然。”

“我的信息可不是一根烟就能搞定的，少说得几百块吧。”

罗伯悄悄把钱塞到他手里。

“据我们掌握的消息，一个自杀式袭击人员劫持了二十五名人质。既有顾客，也有餐厅工作人员。我听说基地组织已经宣称对此负责。”

[1] 美国香烟品牌。

“不是ISIS？”

贝克摇摇头：“这回不是。看来ISIS的新闻实在太多了。”

“你能确定吗？”

“我敢打包票。估计你还不知道，现在已经有人受伤了，是停车场的服务生。”

“你知道名字吗？”

“维克多·科马内奇，他以前是海军陆战队的，负责为顾客泊车以及安保工作。据说他走到歹徒跟前，准备盘问他要干吗，那个家伙毫无预兆地朝他腿上开了一枪，然后直奔餐厅而去。”

“他伤得重不重？”

“腿骨粉碎，严重失血，不过没有生命危险。”

“还有什么消息？”

贝克犹豫了，他的表情不会撒谎，肯定还有什么，只是不知道能不能透露。罗伯没有追问，稍有差池就可能与重要线索擦肩而过。贝克伸出手，罗伯连忙又掏出几百块。

“有朋友跟我说，洗手间里还困着一个人，歹徒还没有发现。”

贝克格外小心，紧贴着罗伯耳边，罗伯顿感心跳加速。真是猛料！“你朋友有没有提到具体是谁？”

“亚历克斯·金。”

“演员亚历克斯·金？”

“千真万确。”

“你朋友可靠吗？”

“我认识她二十年了，你绝对不用怀疑。”

她，而不是他。洛杉矶警察局高层中女性寥寥无几，所以贝克的关系估计来自基层，大抵是秘书或者接线员吧。

“还得请你帮个忙，”罗伯说，“而且是个大忙。很快就有一堆记者聚集过来，这消息天知地知你知我知，如何？”

贝克最后吐了一口气，按灭烟蒂。“行，不过你得再出点儿血了。”

7

金拿出手机看了看屏幕，图标显示来了条短信，他心中一颤。他第一时间想到了前任，结果短信是之前一个陌生号码发的，于是兴奋立刻变成了失望。他打开信息，惊讶地睁大了眼睛。

“我是 FBI 驻洛杉矶办事处负责人、特工布莱德·卡特。我现在急需跟你通话。看到后请立刻回电。不方便说话请短信回复。”

金盯着屏幕。这才像回事，FBI 会想办法救他们出去的。他们必须这样，他们可是 FBI，职责所在。他把门推开一道缝，竖起耳朵仔细听，依旧是一片沉寂。他又关上门，踮着脚躲回隔间。他拨通电话，只响了一声卡特就接了起来。听筒那头的声音放松又淡定，一点儿特工的感觉都没有。

“你好，亚历克斯。”

“是卡特特工吗？”金低声问。

“是的。叫我布莱德吧。我先说明，我们会尽一切可能救你们出来。你有没有受伤？”

“我没事。”

“我需要问你一些问题，可以吗，亚历克斯？”

“好的。”

“现在情况如何？”

“歹徒已经杀了两个人。这家伙简直是个精神病。”

“遇害的是哪两位？”

“抱歉，我不知道。”

“好吧。亚历克斯，你还在洗手间吗？”

“是的。”

“外面的动静你能听到多少？”

“一点点。为数不多的喊叫声能听到，其他时间我只能勉强听到几个词。”

“总共几个歹徒？”

金认为只有一个，不过或许有更多。他结合听到的只言片语细心回忆，现在他敢确定，这个家伙的确是独自行动。

“只有一个。”

“跟我讲讲你了解到的，什么都行。”

“他英语很棒，懂我的意思吧？”

“就像是美国本土出生的？”

“如果不是，那至少也定居有一阵子了。”

“能听出什么口音吗？”

“听不出来。”

“没关系，亚历克斯，兄弟，已经很好了，真的很好。你手机电量怎么样？”

他没看就知道，电量肯定不多了，他总是记不得给这个破玩意儿充电。他把手机拿离耳朵，瞥了一眼屏幕，基本上所剩无几。“估计只能再讲十分钟。”

“这样的话那我就不多说了，不过别关机，方便随时联系。”

“好的。”

“还有，亚历克斯，我说到做到，我们一定会救你出来。”

“尽快吧。”

“一定。你要稳住，好吧？”

卡特说完挂断了电话。金愣愣地盯着手机。“我们一定会救你出来。”这可是 FBI 特工说的。“我们一定会救你出来。”但愿卡特能信守诺言吧。

8

远处电话响起，JJ 猛地抬起头。不单单是她，众人不约而同朝铃声方向看去。铃声微弱遥远，但丝毫不显虚幻。从老式的铃声判断，应该是电话不是手机。这声音荒凉寂寥，让人心中隐隐作痛，也不禁让他们唏嘘，曾经熟悉的世界近在咫尺可又遥不可及。

“电话在哪儿？”歹徒问托尼。

“在我办公室里。”

“是无线的吗？”

“是的。”

“去，把它拿过来。”

托尼费力起身，歹徒示意他停住。

“你要是接了后果自负。”

托尼迅速走下台阶，虽说是小步疾走，但依然风度翩翩。JJ 不太适应他的新泽西口音。在她心目中，只要他一张口，肯定活脱一个高端美发沙龙里的发型师。不过经历了凡此种种，适应他的口音这种小事已经微不足道了。电话声音逐渐清晰。几秒之后，托尼重新出现在下层。他匆忙走上台阶，把电话递了过去。歹徒看了看来电显示，然后又拿给托尼看了看。

“这号码你认识吗？”

托尼摇摇头。

“估计是警察或者 FBI 吧。是时候该露个面了，对吧？”

托尼一言不发。电话又响了两声然后停了。当啷一声，电话被丢到了旁边的桌子上。

“好了，各位，站起来吧。”

这次没人再敢犹豫，纷纷起立，像机器人一样四肢僵直。艾德·理查兹最后一个站起来，他目光呆滞，萎靡不振。娜塔莎·洛维特也没好到哪儿去，脸上写满了负罪感。

“我要你们挨个走过来。领头羊先生，就从你开始吧。”

理查兹梦游一般走上前去，在那堆衣服边站定。歹徒从口袋里抽出一支红色马克笔，摘下盖子，拨开他的刘海，在他前额写下了大写的 ED[1]，红色的笔迹仿佛血迹一般。接下来是娜塔莎，歹徒在她前额写了 NAT，红色印记与黑色皮肤混在一起，基本很难辨别。

JJ 不敢动弹也不敢抬头，她眼神一直落在歹徒旁边的衣物上。一堆是鞋子，一堆是衣服，她不禁想起先前看过的奥斯维辛集中营旧照片，照片里受害者的物品都整整齐齐地摆放在仓库地面上，鞋子、眼镜、手提箱、牙刷等等。她目光移开，再次看到了海沃德和会计的尸体，它们仿佛被丢弃的垃圾，四肢凌乱扭曲，呈诡异的角度，眼睛睁得大大的，空洞无物还一眨不眨。JJ 简直要崩溃了。

轮到 JJ 了。他摆摆手让她过来。区区六步却好像有好几公里。JJ 一路低着头，她呼吸急促，耳朵里一片嗡嗡声。站定之后，歹徒挑起她的下巴，直至目光与她相遇，然后撩开她的头发露出前额。他动作出人意料地轻柔，但 JJ 仍然觉得很不自在。她再次闻到了他的须后水味以及浑身的汗臭味儿。她不知道他能否感觉到自己的恐惧。

[1] Edwards 名字的缩写，以下同此。

“你叫什么？”

“乔迪·约翰逊。”她默然答道，毫无感情，毫无波澜。

歹徒在她前额写上 JODY。她感到笔尖在皮肤上划过，油腻腻，亮闪闪，潮乎乎。这味道让她想起了在伊利诺伊州的求学时代。那是天真烂漫的岁月，大家关心的都还只是你喜欢哪个歌手，你想跟谁谈情说爱。她怎么就变成了现在这个样子呢？

轮到西蒙了。这位超模小心翼翼走过去，歹徒上下打量了一番，然后问了她名字，西蒙磕磕巴巴地回答了。如果 JJ 没记错，她的挪威口音之前可没有那么明显，或许是因为害怕。

“你是工作人员？”

“不，我是个模特。”

“我不记得在预约名单里看到过你的名字。”

JJ 顿时蒙了。西蒙肯定会出卖金，然后歹徒会把他揪出来杀掉，或许回过头来还会顺带把西蒙也杀了。倘若是这样，那 JJ 就要背负两条人命了，因为正是她让亚历克斯今天带着西蒙来的。

“她跟我一起来的。”

JJ 不假思索地脱口而出。JJ 现在只能祈祷，希望西蒙没那么蠢，如果她说错话，那 JJ 就活不成了。歹徒目光冰冷，仔细审视着 JJ。“就是这样了，”她心想，“他随时都有可能发现我在撒谎，然后就会开枪杀了我。”

“我可以解释。”托尼说。

JJ 转过身来看着他。他想干吗？他俩好像都疯了。她张开口，准备说点儿什么，歹徒示意她打住。

“不，我想听听。”歹徒转向托尼，“包括尸体在内总共十六位顾客，可是预约名单里只有十五人。怎么回事？”

“我欠 JJ 一个人情。”托尼因为鼻子受伤声音都变了，口齿也不甚清晰，“她昨晚打电话来，说想带西蒙一起来，我说没问题，所以把她的名字加上了。”

“这人情看来不小。我可听说，进阿尔菲的门比进天堂还难。”

“确实人情不小。”

“想说说吗？”

“如果非要我讲我也没办法，不过我不太愿意。”

“很尴尬是吗？来吧，让我们听听吧。”

“有人散布消息，说我因为找男妓被抓，乔迪出面摆平了这事儿。”

“她还真是善良。果真是这样？我要听真话。”

“一点儿不假。”

JJ 一动不动。男妓一事不假，不过西蒙的故事最多算是半真半假。JJ 前一晚的确给托尼打过电话，不过她是要给西蒙和亚历克斯安排桌位。托尼答应了，不过显然预订信息里没有他们两个。她屏住呼吸，祈祷托尼不会被拆穿，他站出来保护她和亚历克斯，JJ 从没见过他这么勇敢，也从没见过他这么傻。

歹徒盯了托尼一秒，然后转身盯着西蒙。JJ 不敢看她，甚至连瞥一眼都不敢。她猛地又想到，歹徒进来时西蒙是坐在下层的。一旦他记起来可就都玩完了。

JJ 感觉自己心怦怦直跳，血脉贲张。她没什么信仰，不过还是默默祈祷了一番，这至少没什么坏处。妈妈偶尔参加天主教礼拜，JJ 偶尔被拉着同去，主要是圣诞节和复活节的时候。甚至早在汤姆去世前，她就说自己只算半个天主教徒，之后，她就永远跟上帝说拜拜了。不过她还记得如何祈祷。她也知道负罪感为何物。

歹徒再次动了起来。“完了，”JJ 心想，“有人要遭殃了。”不过他没有伸手拿枪，反而往前挪了一步，在西蒙前额上写了 SIMONE。他瞥了一眼 JJ，然后示意西蒙退下，叫下一位过来。西蒙毫发无损地回到原地，JJ 这才如释重负地喘了口气。

凯文·唐纳修是最后一个。这位制片人年近花甲，身体状态并不是很好，他面色苍白，眼窝深陷，瘦削得肋骨清晰可见。JJ 估计他得了癌症。歹徒问了他名字，写上 KEV，然后让他退下。

“都坐下吧。”

JJ 坐了下来。她双手交叉放在大腿上，省得双手不听指挥，拼命想擦掉头上的墨迹。这些字母蚀刻进皮肤里，好像愈合期的文身。她想抹掉这些，一点儿痕迹都不要留。

她猛地意识到，自己可能不经意间救了金的命。歹徒说看过预订名单，那金的名字到底在不在上面？如果在，那歹徒又有没有留意到？或许会吧，毕竟金现在可是红得发紫。如果名单上真的有金，那歹徒会留意到他没在吗？还是可能会的。就餐决定是最后一刻安排的，这显然帮了他们，对于歹徒而言，金或许根本就不存在。

JJ 偷偷环顾四周。理查兹状态很糟，这也难怪，那位会计因他而死，他没有触动扳机，可比自己动手还难受。他进退两难，可最后还是做了决定。那么他为什么要选娜塔莎呢，因为她是女性，还是因为他认识她？又或者名人跟名人惺惺相惜，也许就这么简单。

之前她认为，歹徒是随机选择了娜塔莎和会计，不过现在她开始怀疑。这是他第二次选中娜塔莎，也许是巧合，但这个解释依然很牵强。如果不是巧合，为什么选娜塔莎，又为什么选择会计？也许她是妄加揣度，但即使如此，这个问题还是值得考虑。

如果不是巧合，那就意味着娜塔莎已经成为目标。这是有可能的。如果事先看过预订列表，那么对午餐客人进行背景调查简直轻而易举。花上三十分钟谷歌一下，在场各位的信息必将了然于心。正如维斯纳曾经告诉她的，知识是唯一真正重要的力量。如果歹徒一直在调查他们，那就意味着这是某种程度的预谋事件，他的动机也就有迹可循了。

JJ 略微仰头瞥了一眼。歹徒腾空一张桌子，然后从背包里拿出一台笔记本电脑。他隔着面罩搓了搓脸，然后从背包里拿出一瓶药，他倒出几片干吞了下去。

接下来的几分钟，他目不转睛地盯着屏幕，好像其他一切都不复存在了。JJ 看不到屏幕，但声音听得一清二楚。他在浏览各大新闻频道，有 CNN，Fox 和 TRN。她还能捕捉到英国记者的声音，这就意味着消息已经传遍世界各地。JJ 倒没觉得意外。显然，好事不出门，坏事传千里。

所有的频道都在播送一模一样的故事。洛杉矶一家高档餐厅发生恐怖袭击，一名自杀式袭击者挟持了多名人质，可能多达四十人。洛杉矶警察局和 FBI 已经奔赴现场，并且正在同歹徒进行谈判。虽然基地组织已经声称对此次事件负责，但也可能与先前巴黎巴塔克兰剧院的 ISIS 袭击事件有关。这些又进一步引发公众对人质们目前的悲惨处境大胆猜测。

JJ 越听越觉得难以置信。记者们根本都不知道自己在说什么。没有谈判，人质根本不到四十名，跟基地组织和 ISIS 也没有半点儿关系。记者忙着填补空当，把猜测包装得跟事实似的。经过他们的炒作渲染，消息只能越来越失真。最令她担心的是，媒体的观点可能说明，警察或许也是同样的思路，只可能更扭曲，更耸人听闻。新闻业的乱象她太了解了。这随即产生了两个问题：

警方的想法是怎样的？

更让人担心的是，他们多大程度地偏离了事实？

9

“我们现在将连线现场记者罗伯·泰勒。”卡罗琳·布拉德利一脸严肃地直视着镜头。她把红西装换成了黑西装，因为塞特觉得红色略显轻佻，不能体现事情的严重性。他一声令下，主显示切换到了现场。

罗伯的头突然偏向左侧，相机紧跟他目光方向而去，大批记者正在匆匆前往一个刚布置好的发言台。罗伯见势立刻冲了上去，画面也随即晃了一下。塞特满意地笑了。又是一个不错的手法，很有戏剧化效果。这种能力可不是教会的，有就是有，没有就是没有，而罗伯·泰勒天生就是这块料。

镜头逐渐拉近，洛杉矶警察局新闻办公室负责人亚伦·沃尔特斯登场了。他四十多岁，留着整齐的灰白色头发和胡须，一看就是典型的政客。今天他穿着最郑重华丽的制服，连上面的纽扣都闪耀夺目，脚下的鞋子也锃亮发光。他一举一动都传递出这样的信息：“相信我。”塞特跟这位公关人员打过几次交道，他可不会相信这个溜须拍马、两面三刀的混账东西。

沃尔特斯走上发言台，他的目光从左向右移动，环视四周的摄像机、麦克风和记者们。四下一片沉寂，气氛格外紧张，仿佛一群猎犬在竭力遏制自己。

“女士们，先生们，在此我需要发布一条简短的声明。今天13：26，我们收到了有关阿尔菲事件的911报警电话。我们立刻采取行动，第一时间控制了现场。周围三个街区的群众都已安全撤离。鉴于事件的性质，洛杉矶警察局正与FBI驻洛杉矶办事处紧密合作，确保事件得以迅速解决。敬请各位提醒广大群众，远离阿尔菲及周边地区。有哪位需要提问？”

各家记者纷纷举手。沃尔特斯示意罗伯提问。

“我是 TRN 的罗伯·泰勒。请问这是基地组织发起的袭击事件吗？”

“目前我们不排除这种可能。”

“请正面作答。如果是基地组织，我们的观众有权知道。据我了解，恐怖分子穿着炸弹背心。阿尔菲是一个知名度高的袭击目标。这是基地组织的惯用手法，不是吗？”

“正如我刚才所言，目前我们不排除这种可能性。”突然一大堆问题袭来，打断了他的发言，他举起手示意大家保持安静，“但是，”他补充说，“在此我必须强调，恐怖主义只是我们调查的一个可能。”

“你们还调查了哪些可能？”

发问的是 CNN 的一名美女记者，她有深棕色的眼睛，一头柔软乌亮的秀发。塞特敢拿一个月工资打赌，这位美女绝对很有头脑。沃尔特斯顿了一下，双手放到演讲台上，他一脸严肃，似乎在认真考虑答案，而不是照稿子念。塔拉拉近镜头，捕捉到他的每个动作和表情。

“在目前这个阶段，我们还无法排除其他可能。我无法提供都有哪些可能。洛杉矶警察局只负责调查事实，不负责处理毫无根据的猜测。”

“我是 Fox 新闻的吉姆·格里格。如此说来，这个人可能只是为了报复社会？”

“格里格先生，这个问题我无法回答。”

“里面有多少恐怖分子，视频上显示是一个，他是否还有其他同伙？”

“我们认为只有一名罪犯。”

“您提到 FBI 也参与其中，这是否意味着洛杉矶警察局会被边缘化？”

镜头角度不佳，所以塞特没有看到是谁问的，听声音是位女士，她的声音异常沙哑，八成是个老烟民。

“并非如此。正如我先前所言，我们正在与 FBI 密切合作。”

“你们是否与罪犯进行了对话？”罗伯问道。

“还没有。不过这是我们的首要任务之一。”

“目前是否有人受伤或者遇害？”吉姆·格里格问道。

“目前没有人遇害。不过阿尔菲的一名雇员受到了严重的枪伤，好在伤势没有危及生命。”

“方便提供姓名吗？”

“现在还不行，”沃尔特斯举起双手示意暂停，“好了，目前就是这些了。感谢各位的提问。”

沃尔特斯在两名警官的护送下迅速朝指挥部走去。记者们一边追，还一边喊着许多问题。

“准备切回演播室，”塞特说，“三，二，一。”

几秒之后罗伯打来电话。

“有没有打听到金的号码？”他问道。

“我们正在努力。”塞特盯着主屏幕，卡罗琳正在向观众们播报，说受伤的雇员是五十八岁的维克多·科马尼奇，先前为海军陆战队队员，目前负责阿尔菲的泊车和安保工作。两个较小的显示屏调到了 Fox 和 CNN，两家都还没有得到这条消息。TRN 再次领跑。

“我们还是继续恐怖主义的视角吧？”罗伯试探地问道。

“那是当然。沃尔特斯一心只想轻描淡写，因为他不想引发公众的全面恐慌。”

“然而我们在煽风点火。”

塞特笑了。“你良心发现了？想都别想。听到没？”

“放心吧老大，我肯定牢记于心。”

塞特挂了电话。“谁能告诉我，我的恐怖主义问题专家死哪儿去了？”

“他在化妆，”其中一位助理答道，“两分钟就好。”

“好什么好。我需要他立刻出场。抓紧时间，我们还有新闻要播呢。”

10

“我们活不成了，是吗？”

JJ 感到耳后一阵温热的呼吸，可是忍住没有回头。声音是从后面传来的，小得跟蚊子哼哼一般。她看了一眼歹徒，他仍然沉浸在电脑的报道中。她已经总结出规律了。他会看看屏幕，扫视一遍人质，然后再回到屏幕上，就这样循环往复，每个周期大约持续一分钟。二十秒前他刚刚又转向了屏幕，所以中间有个短暂的空档。

她小心翼翼地微微转身，发现丹·斯通正盯着自己。从开始用餐到现在还不到一个小时，可是丹已经撑不下去了。他双眼血红，头发也挠得乱七八糟，额头上的 N 早就蹭掉了，他似乎随时会崩溃发狂。JJ 不禁有些担心。倘若他失去理智做了傻事，那绝对小命不保，这是肯定的。JJ 不确定的是，坐在他周围的人是否要跟着遭殃，而她就坐在他正前方。

“我们不会死的。”她低声回应道。

周围有几个人很不友好地瞪了她一眼，不过她只当没看见。必须得让他悬崖勒马。斯通看了看歹徒，然后往前挪了挪，直到摸到JJ 的手。

“不能坐以待毙。我们联合起来肯定能制服他。”

“像 93 号航班[1]那样？丹，这想法真棒。我们都知道下场怎样。”

“剩下三架飞机就好到哪里去了？”

JJ 关注着歹徒的一举一动，他很快就又会看过来。“反抗是死，不反抗也是死。”

“总不能什么都不做吧？”

“可以的。现在不是逞英雄的时候。新闻你也听到了，警察会控制局面的。”

JJ 自己都知道这话有多蹩脚，斯通一脸怀疑与不屑。歹徒突然动了。JJ 瞬间凝固，她使劲掐了一下斯通的腿。“闭嘴！”JJ 低声吼道。歹徒从一头的托尼开始，目光轮番扫过每个人。

轮到斯通时，JJ 明显能感觉到他紧张得不行。紧接着，歹徒的目光落到了她身上，好像要把她生吞活剥了。她知道这只是自己的臆想。不过她敢发誓，歹徒盯她的时间比其他人更久。他的目光终于移开了，JJ 也终于敢喘口气了。她看了一眼斯通，这位公关还是一副嗑完药的疯狂模样。

“答应我，不要犯傻。”她悄声说。

---

[1] 93 号航班为“9 · 11”恐怖袭击事件里遭到劫机的四架飞机之一。与事件中另外三架飞机不同的是，联航 93 号班机并没有抵达原先恐怖分子预定的撞击目标——华盛顿哥伦比亚特区，而是坠毁在接近宾夕法尼亚州索美塞特县尚克斯维尔镇（Shanksville）附近的一处无人田地。事后官方公布的“9 · 11”调查报告显示，联航 93 号班机上的乘客和空服员们在遭劫机后通过电话与亲人联络，最后决定采取行动击退劫机者并夺回飞机。调查报告总结指出，乘客们的反击行动最终迫使劫机者将飞机坠毁，而没有抵达原先的目标。

11

“现在做客我们演播室的是加州大学恐怖主义问题专家多里安·麦考斯。”

控制室里，塞特吩咐将镜头往后拉。卡罗琳·布拉德利将座椅旋转九十度，面向麦考斯教授，她与镜头配合得天衣无缝，简直像是精心预演过的。

“麦考斯教授，欢迎您的到来。”

麦考斯点头致意，一派学者气息与贵族风范。他满头白发，留着干净的山羊胡，一双深邃的监眼睛显得格外澄澈睿智。他六十有余，但依旧精神矍铄，面色红润，并且没有一丝赘肉。

“基地组织已经声明为此次事件负责，”卡罗琳说，“您认为他们是幕后主使吗？”

“回答这个问题之前，我首先需要谈以下几点，希望对广大观众朋友们有帮助。”麦考斯说起话来柔和轻快，略带爱尔兰口音。卡罗琳点点头，请他继续。塞特忍不住要发牢骚了，学者怎么这么多毛病，回答个简单问题怎么就这么难？TRN 的恐怖主义问题专家现在在柏林参加会议，塞特是第一次用麦考斯，第一次，也是最后一次。

“人们经常误以为，基地组织是一个大型跨国集团，类似麦当劳或者可口可乐，”麦考斯停顿片刻，露出灿烂的微笑，“按照他们的想象，该组织的领袖就像 CEO，执掌大权，逐级下达命令。然而事实却相差甚远。基地是一种价值观，一种思想体系。就好比基督教与罗马天主教堂的区别。基督教本质上是一种纯粹的思想体系，而罗马天主教堂则是等级森严的实体组织。”

又是同样的停顿，又是同样的微笑。“就像基督徒一样，很多恐怖主义组织都可以自称是基地组织。其精妙之处就在于此，没有人会反驳这种声明，所有以基地组织名义发动的袭击都师出有名。换言之，此种暴行越多，基地组织的信条就传播得越广泛。”

“他竟敢把基督教和基地组织相提并论？！”塞特吼道，“开玩笑呢？”他怒气冲冲抓过耳麦，提醒卡罗琳把这位教授拉回正轨，否则就切回罗伯那里。这种威胁再有效不过了，一想到有人要跟她抢风头，卡罗琳就恨得咬牙切齿。

“在您看来，此次事件能否定性为基地组织袭击？”

“这不重要，”麦考斯说，“是否是基地组织无关紧要，关键在于人们是否将其视为基地组织。”

“不，这不重要！”塞特简直火冒三丈。这个问题不重要，那什么重要？他们选定的角度三岁小孩儿都能懂，一名基地组织自杀式炸弹客袭击了洛杉矶的高端餐厅，劫持了一群娱乐圈名流，怎么就这么难理解？

“总而言之，此次袭击是相关信徒发起的，这种说法您是否同意？”

“有可能。”麦考斯承认道。

“可能！”塞特要气炸了。这个蠢货怎么想的，他以为这是辩论赛吗？他们付了五千块请他来，只为了求个肯定的答案，仅此而已，无须半句废话。

“够了！”塞特尖叫道。他怒不可遏，一拳捶在桌子上，指关节都撞白了。“下次他再停顿就抓紧切回洛维特的视频。叫保安把这个混蛋撵出去。至于费用，告诉他钱捐给索马里的孤儿们了。”他没好气地瞪着助理们，“我只想找个人，要他一口咬定就是基地组织所为。我不管他什么背景，哪怕他学历是从网上买的我也不关心，关键要听话。拜托，需要我提醒你们新闻是谁挖掘出来的吗？”

12

亚历克斯·金靠着门，呆呆地望着自己的手机。没有电话，没有短信。更确切地说，是没有自己期待的短信。他仍然抱有一丝幻想，期盼着那条“爱你”的短信能收到回复。

和前任分手可不是什么光彩的事，他简直是个十足的懦夫，然而讽刺的是，公众眼中他竟然是个英雄。两人外出吃饭时金抛出了重磅炸弹，提出要分手，他特意选了一个公开场合，只为了避免出丑。他只想尽快了事，断得干干净净，只差没有懦弱到用短信分手了。

他感觉已经几个小时没有跟卡特通话了，但事实上只过了十分钟。天啊，太折磨了，时间慢得简直跟蜗牛爬似的。他无聊透顶，只想找点事情做，做什么都行，这么闲坐着简直是煎熬。他想出去。FBI 现在在干吗，他们在安排救援行动吗？如果是，那他希望他们能快点。

他从未真正有过轻生的念头。当然了，幼年在辛辛那提时，他有时候真希望自己一死了之。不过他也不是真的想死，只是希望殴打能停下来。可是他现在真的动了自杀的念头。纵然他满怀希望，可随着时间一分一秒地流逝，他的运气或许最终会消磨光。

26 岁是风华正茂的年龄，现在却得思考这些。死亡本该发生在遥远的未来，从俄亥俄州逃出来之后，他更关心活着的问题，这才是该有的样子。他的人生刚刚步入正轨，生活完美得就像一场派对，他才刚刚开始享受。但现在看来，派对随时会戛然而止，曲终人散。

金坐在瓷砖地板上，心想都有谁会参加自己的葬礼。可以肯定的是，他的家人都不会露面。祖父母在他出生前就去世了，襁褓时父亲就跟母亲分开了。据他所知，父亲或许也已经不在人世了。倒不是说他多关心，毕竟他都不认识那个人。

母亲去世也将近三年了，吸毒酗酒终究是要付出代价的。他没有去参加葬礼，即便去了也没什么意思，只不过会挖掘出一大堆努力要埋藏的记忆。他拼命要忘记生命中的这一部分，将它从记忆中抹去，假装从未发生过。

偶尔他也会好奇，母亲看到自己成功会怎样。换作其他任何母亲，她们肯定会备感骄傲。但玛莎·金不同，毫无疑问，她会把儿子看成自己的私人提款机。问题在于，他最终肯定会因为同情怜悯而给她钱。她八成也会挥霍一空，全都用来吸毒酗酒。

金努力要挖掘出童年美好的回忆，不过实在寥寥可数。大约五六岁的时候，有一年圣诞节，他一直嚷嚷着要一辆自行车，他想要的是亮红色的“施文”[1]，而得到的却是一辆生锈的二手货，上面还涂着黑色乳胶漆。不过没关系，因为他终于有了一个带轮子的东西。

那是母亲罕见地关心自己，为数不多地尽做母亲的责任，类似的情况他一只手都数得过来。一想到这些，他就再也不伤心了。他的眼泪早就哭干了，对母亲再无感情。

他能安然度过童年简直是个奇迹。所谓的家不过是辛辛那提郊区房车公园里蟑螂横生的破烂窝。身边不停有各种叔叔出现，其中不乏身穿夹克、嗑药成瘾的摩托车手。金跟母亲一样，挨打几乎是家常便饭。

如此的童年却还是有两个好处。第一，母亲对他仿佛视而不见，

---

[1] 美国知名自行车品牌。

所以他相当自由。唯一的规矩就是不要惹上警察，并不是为了他好，而是为了她自己，她可不想让警察在自己房车周围发现蛛丝马迹。这种安排他很满意。第二点好处，这让他下定决心，一定要尽快逃离俄亥俄州。

他离开时马上就满十七岁了。之前的两个暑假，他一直在油气田干活儿，十二小时轮班工作，薪水却少得可怜，即便如此，他也慢慢攒了将近一千块。如果被母亲发现，这钱花得肯定比一瓶伏特加进肚还要快。所以他买了个存钱罐，把它埋在了房车公园边上的树林里。

最后一任叔叔身材高大，留着浓密的络腮胡，爱摩托车胜过爱生命。一天晚上，他醉醺醺回到家，先把母亲打得不省人事，然后又开始动手打金。最后金只记得，自己缩成一圈，双手护着脸，真希望一死了之。

恢复意识后，他听到母亲房间里鼾声如雷。外面太阳正徐徐升起，阳光照在破旧的窗帘上，温柔的橘色洒在皮肤上。他浑身疼痛不已，但神奇的是竟然没有一处骨折。他不知道有多少时间，所以迅速行动起来。他抓了一件衣服扔进手提袋，然后去树林里拿钱。离开之前，他用螺丝刀卸了摩托车的轮胎，还用油漆胡乱抹了一通。接着便一去不回。

他踏上城际巴士，直奔洛杉矶，一路上走了两天多。不到一个月，他的钱就花光了，只能又找了份油气田的工作。这次倒没有做太久。有个陌生人找到他，表示愿意付几百块请他担任模特，当时他以为是在开玩笑。那人留下名片，说如果改变主意可以打电话过去。做模特可比手上的活儿强百倍。自那以后他就一发不可收，往表演方面努力。在拿下《杀戮时刻》的试镜前，他有过几年不温不火的惨淡日子，但即便是那样，跟以前的日子比也有显著的进步。

他走到小便池旁，耳朵贴近地板，试图搞清楚声音从何而来。似乎是从地下传来的，接近下水道连通地面的位置。他跪了下来，想听仔细一些。这声音绝对越来越大，也越来越近，有点儿像胡椒研磨机的响动。

几秒之后，手机在他汗津津的手里振了起来。

14:00-14:30

1

“以下是 TRN 为您带来的独家整点播报。在此次基地自杀式袭击案件中，受困阿尔菲的人质包括艾德·理查兹和荣获过奥斯卡奖的知名导演娜塔莎·洛维特。”

塞特吩咐给了卡罗琳一个特写，她一脸凝重，塞特希望能捕捉到这个细节。身后的大屏幕里是直升机传来的航拍，近景里有警察、消防员、医护人员及相应车辆，远景里是阿尔菲所在的 L 型建筑物。

“目前有二十五人受困餐厅，”卡罗琳继续道，“截止到现在，唯一受伤的是阿尔菲的泊车员维克多·科马内奇。三个街区范围内的人员均已安全撤离。警方呼吁公众远离现场。接下来我们将卫星连线纽约大学恐怖主义问题专家阿利斯泰尔·诺贝尔。”

“准备切到诺贝尔，”塞特高声说，“三，二，一。”

诺贝尔体态偏胖，一张肉乎乎的圆脸，还有三层下巴。他远不如麦考斯上镜，不过只要他能讲出塞特想听的故事，那这些就都不是问题。诺贝尔身后是纽约的图景，帝国大厦傲然挺立，异常醒目。

“诺贝尔先生，您如何看待目前的情况？”

“这是基地组织的惯用手法。”诺贝尔说。

毫不犹豫，无须提示，塞特几乎要手舞足蹈了。这位专家一口布鲁克林口音，只不过重音柔和了许多，他说起话来一本正经，信心十足，令人信服，非常适合上电视节目。

“他们选择了一个高调的场合，”他继续道，“这与他们的信条相吻合。回顾一下基地组织过往的种种暴行就不难发现，伦敦爆炸案、马德里爆炸案，还有“9·11”，这些案件目标的共同之处都在于它们广为人知。我是土生土长的纽约人，时至今日大楼倒塌的场景仍然历历在目。当时那一瞬间反复在电视里播放。现如今，每当我登高眺望整座城市，我都不由自主要看看大厦曾经矗立的地方。”

“还有什么证据可以表明这是基地组织所为？”

“他们选择的目标往往具有一定的标志性意义。“9·11”事件中，他们选择袭击五角大楼和世贸中心，分别是对美国军事和财政的打击。据推测，第四架飞机是准备攻击白宫的，如果是真的，他们的企图不言自明。”

他沉思片刻又补充道：“在此次事件中，基地组织没有选其他传统餐厅，独独看中了娱乐圈钟情的阿尔菲，这不是对阿尔菲的攻击，而是对美国梦的攻击。”

塞特听完会心一笑，“对美国梦的攻击”，他要好好做个片段剪辑出来。塞特低声给卡罗琳抛去一个问题，他提前跟诺贝尔沟通过，所以他知道这位专家会说什么。直播就像法庭，除非你已经知道答案，否则一开始就不要问这个问题。

“不过基地组织有时候也不按常理出牌，”卡罗琳说，“他们往往悄无声息地发动攻击，但是这次似乎并非如此，原本应该是一场直接的自杀性爆炸，现在却成了持久战，对此您有何看法？”

“问得好。”诺贝尔欣赏地冲卡罗琳笑了笑，“某种程度上是这样，没错，他们通常会快速而安静地发起攻击。但他们的另外一个特点是灵活性，他们总是在调整和完善战术。必须记住的是，他们希望信息的受众尽可能广泛，这次就是如此，拉长了战线就等于把媒体曝光率发挥到了极致。”

“您认为此次事件会如何收尾？”

塞特觉察到了诺贝尔的迟疑，“拉近一点儿。”他低声冲着话筒说。

屏幕上诺尔贝的脸变大了，纽约市的图景渐渐模糊，他看上去忧心忡忡，无奈地摇摇头。

“我也希望这么说，不过这种情况很难圆满收场。这位恐怖分子穿着炸弹背心出现时，他唯一的目的就是制造事端，我唯一确定的是，他必定会引爆炸弹，如此一来，人们怕是无法幸免于难了。”

2

罗伯看了看表，刚好两点钟，看之前他就知道。工作日里就意味着有一个接一个的整点播报。他把手机按到耳朵上，仔细数着响铃声。塔拉站在身旁，戴着耳机，手持数码录音机，准备一字不漏录下来。他们找了一个阴凉地方，远离人群、噪音和纷扰，最重要的是防止其他记者偷听。第三遍响铃时金接起了电话。

“哪位？”他低声问道。

“我是罗伯·泰勒，TRN 的记者。”

“你怎么打听到我号码的？”

其实不是他打听到的。TRN 用尽手段，不惜撒谎、贿赂加哄骗，辗转多人，终于打听到了号码。罗伯早就知道，最巧妙的方法是用一堆问题轰炸金，搞得他措手不及。直接抛出问题，十有八九会得到答案。条件反射真是太强大了。

“你现在藏在阿尔菲的洗手间里，是吗？”

“你怎么知道的？

“你有没有受伤？”

“没有。”

“你知不知道其他人的情况？”

“他已经杀了两个人了。”

罗伯笑了，这可是第一条独家新闻。亚伦・沃尔特斯可是一口咬定至今无人遇害。

“有多少恐怖分子？听说只有一个，你能确定吗？”

“恐怖分子？你是这么想的，恐怖袭击？”

“不是吗？”

“这家伙绝对不是恐怖分子。我只知道他跟你我一样，是地道的美国人。”

“警方有没有联系你？”

“没有。”

“FBI 呢？”

“有。FBI 有个叫布莱德・卡特的人联系过我，他是洛杉矶办事处的负责人。”

罗伯以前跟卡特起过争执。卡特经常一身灰色西装，戴着墨镜，像钢梁一样死板不知变通，一副典型的特工形象，换句话说，一个十足的浑蛋。

“天啊！”金声音很低但听起来很愤怒，电话突然断了。

罗伯和塔拉两人面面相觑。

“他怎么突然这么紧张。”他说。

“亲爱的，想知道答案还不容易，打回去呗。”

他重新拨通电话，再次把手机贴在耳边。一阵幽灵般的静音和噪音传来，然后电子音提示线路忙，请他稍后再拨。他挂掉电话，看着塔拉，她一脸紧张，罗伯也跟着紧张起来。每次有坏消息，她都是这么一副表情。

“怎么了？”

“这采访我们不能用。”

“为什么不能用，录音有问题吗？”

塔拉冲他翻了个白眼：“反正就是不行。”

“到底为什么？”

她摘下耳机放到脖子上：“如果歹徒看到新闻怎么办？如果他知道金躲在洗手间跟 FBI 通话怎么办？你觉得他会怎么做？他会杀了金吧，金的话你也听到了，他已经杀了两名人质，再杀一个也无所谓。”

“塔拉，你这有点儿杞人忧天吧。他看 TRN 的概率有多大，我觉得几乎不可能。”

“我觉得很有可能。金的话你也听到了，这不是恐怖袭击。一切都变了。恐怖分子最后会引爆炸弹，制造吸引眼球的头条新闻，可是这家伙想干什么我们就不知道了。”

没等罗伯继续，塔拉就举起手示意他打住。

“他有什么目的？”她继续道，“可能性很多，比如钱财，又或者他只为能出名。如果是这两种中的一种，他肯定会密切追踪新闻报道的。如果是这样，而且这次采访又被公开，我们就等于亲手签发了金的死亡执行令。”

虽然他不愿意承认，可塔拉说得句句在理。他又打给塞特，还是交给老板决定吧，推开责任，扔掉这块烫手山芋。约拿自有定夺。

3

钻头发出沉闷的摩擦声，最后终于穿破了洗手间的墙壁，一小片瓷砖叮当一声落地，紧接着扬起一团灰粉，悬浮在空中的颗粒被一束太阳光捕获，好似一道射线。钻头慢慢缩回，留下一个硬币大小的孔，透过小孔可以一睹户外诱人的日光，金不禁看得眼花缭乱。他的手机再次振动。

"嗨。"

"亚历克斯，听到你的声音真好。"布莱德·卡特听起来跟之前一样轻松自如，但还有细微变化，"我一直在联系你，不过通话都转到语音信箱了。"

"我把手机关了几分钟，想省省电。"金说。他也可以告诉卡特，说自己在跟一名记者通话，不过他觉得这么做是自找麻烦。

"亚历克斯，不要再这么干了，我得能联系上你。"卡特轻轻叹了口气。金立刻明白了卡特的心思，这个FBI特工以为他已经死了。

"这个洞是干吗的？"

"亚历克斯，我们需要你的帮助。"

"做什么？"

卡特细细讲来，金越听越觉得难以置信。这简直是让他去送死，简直是疯了！卡特最后说："如果你不愿意，我们也能理解。但如果你能帮助我们，我们真的很感激。"

"天啊，我真的不知道……"

"兄弟，决定权在你，不用有压力。"

"如果我照做了，是不是能更快离开这里？"

“当然。”

“你保证？”

“我保证。”

金搓了搓脸，摇了摇头，无力决断。本能告诉他不要这么做，不过似乎没用，危难时刻不该畏缩。此时此刻，他应该挺身而出，照卡特说的做。正如卡特所言，餐厅里的人都指望着他呢。

他也需要考虑自己的事业。如果他照做了，那就不只是银幕英雄了，而是货真价实的英雄，这绝对会锦上添花。当然，拒绝就意味着自己成了懦夫，即便是 JJ 估计也无力扭转乾坤了。

“好吧，我做。”

“谢谢你，亚历克斯。”

“省省吧，我只想让你赶紧把我救出去。”

“兄弟，一定。”

金挂了电话，匆匆把手机塞进口袋，他的手抖得厉害，试了两次才把手机放好。所有的血液似乎都灌到了脚上，心跳也快得好像要突发心脏病了。从小到大，他有过恐惧的时候，不过现在他慢慢意识到，恐惧真是各不相同，俄亥俄房车公园里的恐惧与他踏进演播室的恐惧不同，而这次又是一种全新的恐惧。这位 FBI 特工无异于让他去送死，万一暴露了，他的小命肯定保不住了。

4

“各位，我得打个电话，希望你们保持绝对的安静，老鼠放屁的动静都不准有。明白吗？”

没人点头，也没人做出任何回应，表示听到了，但是 JJ 知道房间里每个人都明白。看看海沃德和会计冰冷的尸体就足以确保这一点。歹徒拿起餐厅座机，按了几个按钮，他把听筒放在耳边，使劲儿贴在面罩上。几秒钟过去了。

“你叫什么？”

片刻停顿。

“就叫你路易斯吧。有问题吗亲爱的？”

又是片刻停顿。

“这才对嘛，路易斯。”

又是片刻停顿。

“为什么要告诉你我叫什么？来，给我一个充分的理由。借此联络感情吗？《人质谈判者手册》是这么教你的吗？接下来你是不是还想让我告诉你人质的名字？”

这次停顿更久了。

“你们是不是搞错了？新闻上都说我是基地组织恐怖分子，你们哪来的消息？这是对我人格的侮辱。极大的侮辱！”

又一次停顿。

“我想要什么？这个问题有意思，那得从世界和平还有工作说起了。”

依旧是片刻停顿。

“好了，时间紧迫，所以我必须打断你，虽然我喜欢跟你玩，不过得先说正事儿。你肯定对我穿的炸弹背心很感兴趣吧，这里面可有将近五公斤的军用级别 C4 炸药，足以把我和这里的朋友们炸得粉身碎骨。炸弹有两种引爆方式，可以使用标准触发器，也可以自动引爆。”

电话那头沉默了一阵。

“路易斯，这个问题问得好。你知道慢跑的人戴的手表吗，监测心率的那种？我现在就戴着一块，不过我的跟商店里买的可不一样，我的连着雷管。我的安静心率是每分钟75下，如果它降到50以下，炸弹就会引爆；如果它飙到180以上，炸弹也会引爆。”

他顿了一下，JJ看得出他又在窃笑。

“如果你想往餐厅里释放神经毒气，或者考虑开展救援行动，那我劝你还是放弃吧，这些想法蠢透了。你要知道，每种计划都有相应的破解方法，我死了他们也活不成。想清楚了吗？”

又是一片沉默。

“回答正确。真是个聪明姑娘。早些时候你问我想要什么，我准备把这个问题抛回给你，还有你身后的一帮精神病学家们。五分钟后我再打给你，你跟我讲讲我想要什么。”

歹徒按下挂机键，轻轻把电话抱在胸前，一副若有所思的样子。透过面罩的狭缝，他的眼睛显得异常明亮。这个浑蛋还在笑。JJ看着他的手表，大家都看着它。之前她无论如何都没留意到，现在却格外关注，表盘大而圆，数字十分醒目，时间是二十四小时模式，显示屏上方还有一个跳动的红心，目前的心率是每分钟84下，JJ盯着的时候又从84跳到了83。这比他安静状态的75要高些，不过仍然在安全范围内。

最新的情况令人担忧。之前JJ还抱有一丝幻想，以为反恐特警随时会风驰电掣一般破门而入。电影里都是这么演的，反恐特警猛冲进来，歹徒最终毙命，只不过如果发生在这里，大家都会跟着没命。这也再次证明，歹徒是费尽心思早有预谋的。可惜她苦思冥想，还是琢磨不透他到底有什么目的。

歹徒看看大家，然后举起胳膊，指着手上的表：“没错。大家都好好看看。”

5

亚历克斯·金卷起黑色丝绸衬衫的袖子，取出碎瓷片，小心翼翼地带进了厕所隔间。他把胳膊伸进马桶的冷水里，胳膊肘被水没过，伸到弯弯曲曲的下水处，然后他松开手里的碎片，接着移开手臂，双眼直直地盯着水面，直到确定什么都没浮上来才放心。

做完了这些，他走出隔间，拿起门边架子上的白色毛巾。他擦得太用力，到最后皮肤都疼了，可是不管多用力，他还是觉得脏。其实他想去洗一洗，可是情况不允许，水流的声音可能会让歹徒警觉。如果歹徒搜查起来，情况只会比现在糟上百万倍。

金在小便池边跪下来，拨开灰渣，往后挪了挪，如果不仔细看绝对发现不了这里的小孔。五秒之后，一根细长的棒子顶着一条金属管从洞里穿了进来，金在它碰到地板前抓住了它。他拧开盖子，把里面的东西倒在手心里。

一部一丁点大的相机，通常是间谍才会用到的物件，他很难相信它的确是个相机。有那么一秒钟，他只是痴痴地看着它躺在自己的手掌上，脑袋里反复思量着卡特的话。想想接下来要做的事情他不禁一身冷汗。

他深吸了一口气，反复咕哝着“九条命的猫”，竭力抑制自己想吐的冲动。他的脚好像粘在了地板上，好一会儿才重新挪动。他朝门边走去，轻轻把门推开。他的心脏狂跳不止，血液已经充盈到耳朵里，身体里肾上腺素也发疯似的四处乱窜。

金隐约能听到歹徒的声音。很好，人在说话的时候必然有些分心，歹徒越分心当然越好。金一点一点推开门，从空隙挤出去，然后又一点一点轻轻关上门。他没敢把门关严，如果出现问题，他不想让门把手成为自己的障碍。

餐厅下层就在面前，只有不到十米。餐桌上的菜品都只吃了一半，餐椅也在混乱之际倒得七零八落，有几根蜡烛还在燃烧。眼前这些金似乎并没有留意到，他所有的注意力都集中在一具横在椅子上的男尸上。他从来没见过尸体，至少从来没有见过真正的尸体。

这个家伙肯定死了，绝对没有第二种可能，此外，他只在片场见过这么多血。可是眼前的一幕和片场完全不同，这血迹比好莱坞那种黑得多，也亮得多。男人的衬衫已经被血浸透，椅子腿周围形成了一片黑红色的血泊，木地板也染上了颜色。金从自己的角度看过去，感觉这男人正在直勾勾地盯着他。

有那么一瞬间，金只是愣在那里，比以往任何时候都要恐惧，比以往任何时候都想吐。餐前点心在胃里翻滚，似乎分分钟就会重新露面。他努力吞咽，却感觉嘴巴干得厉害。挺身而出怎么感觉这么差劲？怎么成了这个样子？动起来。动起来。动起来。他脑袋里反反复复默念着，双脚却还粘在地板上。再不动起来他就要打退堂鼓了，那样的话相机就放不过去了，大家也都会因为他丧命。

他鼓起勇气，终于向前迈出一步，然后又立刻凝固住了。皮鞋磨得木地板吱吱作响，听起来简直震耳欲聋。他怎么会这么蠢？他的心怦怦跳得厉害，好像马上就要穿破胸膛爆炸开来。歹徒随时有可能从拐弯处冲过来，用机枪疯狂地四处扫射。

什么都没发生。

他的心又狂跳了一阵，可是仍然什么都没发生。

心绪平复之后，他终于能听到歹徒与人质的交谈了。歹徒的语调轻松悠闲，听起来暂时不会有任何危险动作。金解开鞋带脱掉鞋子，他很谨慎，很安静，把鞋子放在地板上，沿着走廊继续前行。木地板透过袜子传来丝丝凉意，但至少他没有发出太多噪音。

走廊的尽头有一堵矮墙紧紧连着餐厅下层，墙顶部有一小片枝叶茂盛的绿叶植物。金爬到墙后，慢慢抬头，直到眼睛与墙的顶部齐平。浓密的枝叶阻挡了视线，不过他勉强能辨认出上层的情形。餐桌、餐椅被推到两边，人质坐在地板上，都只穿着内衣，他们的鞋子和衣服摆在放电脑的桌子旁边。

这个歹徒一身黑色，头上蒙着面罩，上面有三个圆孔，露出眼睛，嘴巴上的孔稍大一些。歹徒个子不小，不过比金想象中要矮，也没有那么多肌肉。歹徒大约一米八，在金的心目中，这人应该身高两米以上，像大山一般魁梧。

金粗略地浏览了一遍人质。他们额头上都有红色的名字，看上去一个个惊慌失措。西蒙身穿黑色蕾丝内衣，坐在靠后的位置，躲在一名工作人员背后。JJ 坐在离他最近的那一边，她也是黑色内衣，不过比西蒙的更朴素。艾德·理查兹坐在 JJ 附近，这位演员的胸膛迅速起起落落，黝黑的皮肤上缀满汗珠，灰色内裤上有块湿漉漉的污渍，怎么都不像金在电影里看到的艾德·理查兹。

一具老妇人的尸体横在人质和歹徒之间。金慌忙闭上眼睛，揉了揉脸，指望着尸体能就此消失。自欺欺人从来都没有用，他睁开眼睛，尸体还是原地不动。尸体扭曲狰狞的姿势不禁让他意识到事态的严重性。趁自己情绪还没有失控，他抓紧时间拿出相机，把它放到植物丛中。卡特之前简单跟他介绍了如何安放，他反反复复检查了三遍，生怕自己弄错了。

歹徒突然转身，警惕地向下层看了看。金顿时心跳都停滞了，心想自己肯定被发现了。他背靠在墙上，然后迅速朝洗手间爬去，沿途抓起自己的鞋子，壮着胆子飞快移动。此时此刻，他只关心背后的动静。他肯定接下来会听到细密的脚步声朝自己而来，再接下来就是一声沉闷的枪响，然后就什么都没有了。

金终于爬到了洗手间门口，这才喘口气回头望了望，还好没人。他赶紧溜进去，轻轻关上门。金呆呆地坐着，感觉自己要疯了。他的胸口憋着一声尖叫，脑子里憋着更多尖叫。渐渐地，他的呼吸舒缓下来，心跳也趋向平稳。他打死都不会再去冒险了。不管卡特说什么，他绝对不会再这么干了。

6

“好的，我等。”罗伯说，“但我可不会一直等下去。还有，劳烦转告沃尔特斯先生，告诉他塞特·艾伦可没有忘记。”

“没忘记什么？”洛杉矶警察局的接线员问道。

“‘塞特·艾伦可没有忘记。’你原话转告他就行，好吗？”

不到三十秒，亚伦·沃尔特斯就接起了电话。他说起话来活像一个汽车推销员，语调欢快温和，好像丝毫没有受到这起重大人质劫持事件的困扰。

“泰勒先生，有什么能为您效劳的？”

“我想进行一次独家专访。”

沃尔特斯爽朗一笑：“我十分乐意，可问题是我目前抽不开身。”

“塞特就觉得你会这么说。”

电话另一端是一阵长久的沉默。沃尔特斯长叹一口气：“好吧，你可以采访，不过你得告诉塞特·艾伦，我俩就此两清，再无瓜葛。”

电话砰的一声挂断了，罗伯一时间没反应过来，愣愣地盯着自己的手机。

“答应了吗？”塔拉问。

“嗯，答应了。”

“那你怎么还这么个表情。”

“我没料到会这么容易。天知道约拿知道些什么，不过肯定是猛料。”

“儿童色情？”塔拉猜测道。

“至少得是儿童谋杀。”

塔拉哈哈一笑，拿起相机道：“走吧。”

“嗯。‘别忘了新闻是谁发掘的。’”每次念起塞特的这句口头禅，罗伯都感觉非常悠然自得。要知道，罗伯私底下已经练习模仿过好多遍了。

7

汤姆·格里森少校年纪已经七十有余，不过仍然英雄不减当年。他每天能做一百个俯卧撑、一百个仰卧起坐，还能跑五英里[1]。或许这些都是在早餐前完成的，塞特心想。汤姆·格里森少校曾经服役于三角洲特种部队，是围攻局势方面的专家。他满身都是奖章，一枚紫心勋章[2]，一枚青铜星章[3]，一枚国会荣誉勋章[4]。这个家伙还参加过越南战争和第一次海湾战争，绝对是货真价实的战斗英雄。

对塞特来说，以上这些都无关紧要，关键是他非常上镜。他有

[1] 1 英里约 1.609 公里。

[2] 美国授予作战负伤军人的奖章。

[3] 美国授与英勇作战者的奖章。

[4] 美国国会可以授予的民间最高级别的荣誉。

着饱经风霜的面容，留着整齐的小平头，头发花白，一双蓝眼睛投射出锐利的目光，不难想象他带领部队参加战斗的样子。今天他身着军礼服隆重登场，每个衣服褶皱都完美无瑕。他的脚被桌子挡住了，不过塞特相信，少校的靴子肯定擦得能照出人影。跟少校一比，卡罗琳·布拉德利看上去个头极小，简直像个小姑娘。

“感谢您做客我们的演播室，格里森少校。”

“荣幸之至。”

“警方和 FBI 已经控制了该区域，您认为他们接下来会有什么行动？”

“接下来应该要与歹徒取得联系，这样合乎逻辑，或许他们已经这么做了。” 格里森嗓音浑厚洪亮，相当有穿透力，“获取信息至关重要。不管你在巴格达街头还是洛杉矶街头，你都要摸清局面。你得了解你的敌人，只有这样你才能决定是迅速出击还是静观其变。”

“如何做决定呢？”

“通过权衡利弊，同时确定主要目标。在这种情况下，主要目标就是让尽可能多的人活下来。”

“如此说来，你预计可能会有伤亡？”

“很不幸，附带伤害不可避免，把伤亡降到最低才是最终目标。”

“您提到了迅速出击和静观其变，哪一种策略更好？”

“总体而言，静观其变更好。迅速出击需要稳准狠，不过这种战术往往会增加平民伤亡的风险。如果是我统领全局，我会首先思考歹徒为什么到现在都没有引爆炸弹，他没这个胆量，还是有我们还未知道的计划？不管怎样，如果他被逼上绝路，你觉得他会做何反应？”少校沉默片刻然后继续道，“如果警方和 FBI 选择按兵不动，那就需要说服歹徒放弃引爆炸弹。人命关天，风险不容小觑。”

“具体怎么操作呢？”

“那会是一场持久拉锯战，说是心理战也可以。你得力争让歹徒疲惫，围困越久他就可能越了解受害者，如此一来他就不太忍心下手。同时他会渐渐感到身心俱疲。谈判者的任务是劝说歹徒，让他相信唯一的办法就是和平解决。”

“困难重重。”卡罗琳一脸严肃地望着格里森。

“是的。”格里森同意道，“不过我们也得明白，他们可是训练有素的。”

“谈到救援行动，阿尔菲的格局造成了一些问题，是吗？”

控制室里，塞特说道：“我数三下，准备切到演示图。”他边数边动弹着手指。主屏幕变成了阿尔菲的 3D 演示图。

餐厅位于毗邻街道的一栋 L 形单层建筑内。L 的长柄区被分为上下两层，上层三张桌子，下层两张。厨房占据了 L 底部大部分空间。从餐厅大堂沿着走廊过去，经过洗手间和办公室就到了厨房。餐厅没有一扇窗户，只有前后两扇门，一扇在厨房里，直通外面的停车场，另一扇就是餐厅大堂接待处的正门。

“从战术的角度来看，这种布局带来了一些挑战，”格里森说，“从视频中我们得知，人质被困在餐厅的上层。”屏幕上上层部分闪烁了几下。

“如果从正门发动攻击，肯定会惊动歹徒，这个方法不予考虑，因为平民伤亡风险太高。同样的原因，从厨房攻入也是不可能的，反恐特警还没来得及有任何动作歹徒可能就察觉了。没有窗户意味着狙击手也无能为力。”

“用气体呢？”卡罗琳提议。

“2002 年莫斯科剧院围困事件表明，这也是一种高风险的战略。据说当时使用了化学武器芬太尼。芬太尼是一种阿片类[1]镇痛药，效果是吗啡的八十倍。那次救援行动演变成一场十足的灾难，一百三十三名人质死亡。”

塞特吩咐把镜头拉近，突显出格里森的面容。

“阿尔菲的情况不适合用气体。歹徒被逼急了可能会惊慌失措，很有可能引爆炸弹。”

8

近一个小时过去了，可对 JJ 来说，好像已经被困了一辈子。没有之前，没有以后，只有现在。每一次呼吸都可能是最后一次。她实在无法搞清楚，歹徒脑袋里究竟在谋划什么，也无力阻止歹徒按下引爆开关。

最初的惊恐逐渐褪去，取而代之的是恐惧与麻木的交替起伏，这一秒她怕得要死，下一秒又完全与现实脱节，恍惚得好像是灵魂注射了普鲁卡因[2]。

她又忍不住回想起与汤姆相处的点点滴滴：第一次见面、婚礼日，还有汤姆为结婚纪念日策划的纽约惊喜之旅，大大小小的回忆都有。也有更黑暗更危险的，每当这些想要浮出水面，她就努力把它们推开。

为了挺过去，她必须要加倍努力，她以前是这么做的，现在还得这么做。关注好的而非坏的，关注轻松的而非阴暗的，如果被阴暗面俘获，问题也就接踵而至了。这道理看似浅显易懂，但是 JJ 经

---

[1] 阿片类物质是从阿片（罂粟）中提取的生物碱及其衍生物，能缓解疼痛，产生幸福感，大剂量可导致木僵、昏迷和呼吸抑制。

[2] 局部麻醉药物。

过多次心理治疗才得出这个结论。

她斜瞥了一眼歹徒，生怕引起注意。结束与人质谈判代表的通话之后，歹徒就开始坐在电脑前发呆，直到现在。他盯着不远不近的地方，什么都不说，什么都不做。电脑屏幕甚至都没亮，估计是关机了。他的举止令人毛骨悚然。JJ 不知道哪种更糟，听他吆来喝去把大家吓个半死，还是看他这副魂不守舍的样子。

她看了一眼伊丽莎白・海沃德，随即就后悔了。害她丧命的卡地亚手表熠熠发光，这也进一步表明情况是多么危急——躺在那儿的可能是他们当中的任何一个，因为歹徒根本不在乎死的是谁，他只想表明谁是老大。他对海沃德太冷酷无情了，举起枪，扣动扳机，脑袋一下就炸开了，没有犹豫，没有迟疑。想到这里，JJ 就觉得那一幕又发生了一遍。他连手无寸铁的老妇人都不放过，又怎么可能对其他人手下留情。

趁歹徒不注意，她迅速扫视一圈四周。每个人都在极力保持镇静，只不过有些人显得更加脆弱。有几位女士两颊通红，有几位男士也同样如此。几乎所有人都神情恍惚，夹杂着震惊、恐惧和难以置信。如果她现在照照镜子，肯定会发现自己也是一样。

艾德・理查兹仍旧不免让人担心，这位演员像是到了崩溃的边缘，论起做傻事，他可是当仁不让的冠军。她仿佛看到，他跟会计一样拔腿就跑，结果同样丢了性命。这位演员家里也有妻子和孩子们，JJ 见过他的妻子凯瑟琳几次，她为人相当和气，JJ 看得出来，凯瑟琳对丈夫用情至深。JJ 希望理查兹能振作起来，哪怕只是为了凯瑟琳和孩子们。

她也非常担心凯文・唐纳修。这位制片人状态糟糕到了极点，他面无血色，瘦削虚弱，看上去跟鬼一样。也许因为他最近在用药，而且已经错过了服药时间，目前显得异常痛苦，把他困在这里未免

太残酷了。JJ 从来没有跟他打过交道，对他不太了解。他素来以强硬公正著称，在好莱坞可谓是“正直”的代名词。她没有听过他什么负面新闻，但是这并不意味着他就没有丑事。不过即便有，估计也不是什么了不起的大事。

亚历克斯•金怎么样了，他有没有设法脱身？洗手间里没有窗户，但至少厨房还有一扇门，够幸运的话，说不定他在卷闸门放下之前就已经逃出去了。虽说这推测有些大胆，但不是完全没可能。新闻上没有他逃出的消息，不过不报道也是合情合理的。假如他逃了出去，警方肯定会缄口不言，他们或许正在问询，让他绞尽脑汁回忆所听所见。

JJ 希望他已经逃出去了。FBI 和警方掌握的信息越多就越有可能尽快解决问题，越有可能阻止流血事件进一步扩大。她瞥了一眼歹徒，不好，他早就不再恍惚了，而是直勾勾地盯着她。

他盯了多久了？为什么要盯着自己？

第二个问题比第一个更容易回答，他一定发现了她在研究其他人质。她扭过头去，心脏怦怦作响，肺也好像冻结了。她觉得这次搞砸了。不能让坏人注意到你，这是这里的黄金法则，唯一的生存之道就是藏匿在背景中。但她是这么做的吗？不是。现在她要为自己的错误埋单了。JJ 盯着镶木地板，相信下一次呼吸必将是最后一次，她不知道自己是否会听到枪响。

9

罗伯有警察保驾护航，惹得 CNN 和 Fox 的记者们一脸疑惑和惊讶，想到这他是相当过瘾的。他们快要气死了，罗伯倒丝毫没有怪他们的意思，如果双方角色调换，罗伯也会愤愤不平。这些人恨不得在他后背捅几刀，可罗伯还在微笑。罗伯不禁暗自得意："是的，你们得小心了，搞不好我就抢了你们的饭碗，废柴们。"

骑着哈雷在洛杉矶各处搜罗新闻很有趣，但是罗伯有更高的追求。这有什么错吗？他有野心，而且从不遮遮掩掩。他想要大房子、更好更快的车，还想找一个回头率超高、惊艳四座的妻子。最重要的是，他想对父亲说："去你的吧！"

老罗伯特•泰勒不明白儿子为什么偏偏要做记者，他是一名律师，每周工作八十个小时，这才是正经的工作。罗伯的成长过程中父亲大部分时间是缺席的，偶尔露个面还从来都没有好话。无论罗伯怎么努力终究都达不到父亲的标准，他几乎门门得 A，但父亲却只关注少数的 B。所以，要是真说出这句"去你的吧"肯定非常过瘾。

塔拉就在他身边，咧嘴笑个不停，显然跟罗伯同样享受众人的瞩目。警察带他们穿过消防员和医护人员，来到洛杉矶警察局的移动指挥部前。罗伯可以明显感受到周围的紧张气氛，好像有一根绷到极限的橡皮筋，每个人都在等待它啪的一声断开。阿尔菲的白墙就在前面不远处，往常这是洛杉矶最繁忙热闹的地段之一——今天除外，通往餐厅的道路荒无人烟，所有的交通灯都是红色的，实在有点诡异。

亚伦•沃尔特斯大步走下台阶，鞋子踩得梆梆直响。他一脸不悦，但是罗伯才不关心。沃尔特斯让罗伯等了足足五分钟，这也就意味着约拿也足足催了罗伯五分钟，一分钟比一分钟难熬，罗伯觉得有趣才怪。

沃尔特斯在他面前停下："有话快说！"

罗伯打量了他一番。抛开各种花哨的头衔、制服以及标准的政客式微笑，他本质上只不过是个公关，而公关只比满嘴大话、坑蒙拐骗的销售员强了一点点而已。

“亚历克斯·金。”罗伯说道。

“他跟这事儿有什么牵扯？”沃尔特斯面无表情——一点儿突破口都没有——他太擅长不露声色了。

“是这样的，”罗伯继续说，“我刚刚采访了亚历克斯·金，他跟我讲了一大堆有趣的东西。比如他告诉我，他现在正藏身阿尔菲的洗手间，并且需要你们的帮助，他还告诉我已经死了两个人。我有点儿困惑了，亚伦，你看，我记得你不久前还站在镜头前断言没有人被害。到底是怎么回事呢？”

沃尔特斯深吸一口气摇摇头：“这个蠢货！他是不是脑子有毛病，跟你通电话？”

罗伯耸耸肩，一言不发。

“这采访你不能用。你已经意识到这点了，对吧？”

罗伯又耸耸肩。

“拜托了，泰勒，我们都清楚，如果歹徒发现了金，他必死无疑。”

“亚伦，我还发现了一件事，这回不是恐怖袭击吧？”

“天啊，你有没有在听我讲，这采访不能用。”

“亚伦，你放心。正因为我没法用，所以你得提供点儿能用的。”

“你想怎么样，让一个大活人送命？”

“你对我大可放心。”

“塞特……”沃尔特斯诅咒般低声道，无奈地摇摇头，“不，他不会这么做，即便是他，也不会这么混账。”

“我们说的是同一个塞特·艾伦吗？我认识的塞特·艾伦分分钟敢把自己的亲妈卖了。”

沃尔特斯无言以对。

“你看，”罗伯又说道，“我比你更不愿意看到这事儿发生。”

他撒谎撒得确实露骨，可是有时候为了占得上风，必须有所取舍。

沃尔特斯摇了摇头，叹了口气。他扭头看看远处，回头时还在摇头：“要怎样塞特才不会播这段采访？”

“一段独家专访，你得告诉我里边情况怎么样了，而且在我们播出之前不能再告诉其他人。”

“我做不到。”

“你可以的，你能做到的。”

“好吧，不过你们播出之前我要审查。”

“这个不行。”

罗伯忍不住笑了，也难怪，这次自己大获全胜。只要采访一播出，各家广播台都会向他抛出橄榄枝。未来只会越来越光明，照这个速度发展，他很快就需要一副新墨镜了。

10

没有枪响，也没有报复。JJ 知道躲过了一劫，也意识到自己多么幸运。刚刚她还觉得自己必死无疑，歹徒直勾勾地看着她，她以为他下一步就准备开枪了，但是什么都没有发生。

从现在开始，她再也不敢引起注意了，再也不敢出头了。她告诉自己，要像壁纸一样隐形，平淡无奇，异常无聊。她已经受过一次惊吓，无力再应对第二次了。她偷偷瞥了一眼歹徒，他正在盯着电脑，完全被眼前的东西所吸引。她赶紧移开目光，省得又被发现。

“以下是 TRN 最新的独家报道，”一位女性的声音传来，“我们的前方记者罗伯·泰勒正在对洛杉矶警察局发言人亚伦·沃尔特斯进行采访。罗伯，能讲讲现场的情况吗？”

“卡罗琳，事件有了新进展，绝对是爆炸新闻。此次事件似乎并非恐怖袭击，沃尔特斯先生，对吗？”

“没错。”沃尔特斯一股政客口气，话语流畅、文质彬彬又信心十足，“我们已经与歹徒取得了联系，我可以确信此次并非恐怖袭击。”

“那么到底发生了什么？”

“我们正在全力调查。目前歹徒没有提出任何要求，因此暂时无法确定他的动机。”

“您不妨猜测一下。”

“泰勒先生，猜测对任何人无益。”

“人质目前状态如何？”

“这是谈判代表的职责。”

“据您所知，目前无人受伤，是这样吗？”

沃尔特斯沉默了一下：“很不幸，已经有两名人质遇害。”

“能讲讲具体经过吗？”

罗伯的话语里夹杂着震惊与意外，不过他糊弄不了JJ，他分明是装出来的。除了知道有人遇害，他还知道什么？更重要的是，他是怎么知道的？怎么是TRN得到了独家专访，为什么不是CNN或者Fox？相比后两家，TRN简直无足轻重。这不合理。她重新在脑海中回放采访内容，唯一的解释就是，TRN掌握了主动权。到底掌握了什么呢？肯定事关重大。

她突然冒出一个想法，心里顿时咯噔一下。亚历克斯·金还在餐厅里——这足够重大——如果金还在，并且警方知道他在，那他们肯定会全力保护他。如果TRN设法得知此事，塞特·艾伦必然毫不犹豫，借机要求进行独家专访。JJ不敢断定，但直觉告诉她没错，而且这也符合好莱坞一贯的尔虞我诈风格。

“现阶段我们正在整合各方面信息，”沃尔特斯说，“我不会妄加揣测。”

“方便透露遇害者姓名吗？”

“我们正在核实。当然，消息公布之前，我们会先通知遇害者家属。”

“沃尔特斯先生，非常感谢。卡罗琳，就是这些了。”

“各位观众已经听到了阿尔菲事件的重大进展。”卡罗琳说，“此次报道同样是TRN独家为您播送，TRN将始终为您带来最新消息。各位刚刚加入我们的观众朋友你们好。目前已经有两人遇害，另有23人受困洛杉矶的这家顶级餐厅。”

歹徒关掉声音站了起来，消音枪也随之来回摇摆。JJ用余光注视着他踱来踱去。歹徒拿起餐厅电话，拨了一串数字，然后拿听筒抵着面罩。

“路易斯，很高兴再次听到你甜美的声音。有没有想出我的问题？”

一阵停顿。

“没那么难吧。这问题对我来说太简单了。”

又是一阵停顿。

“我怎么知道你会这么说？好吧，还有一个问题，你们现在正在向全世界播送新闻，说我杀了几个人质，那你们是怎么知道的？我要听真相，否则就别怪我再杀几个。”

这次停顿时间更久。歹徒点点头，似乎对方的回答合情合理。“红外扫描仪和超声扫描仪。好吧，也难怪，换了我也会这么干。”

歹徒又停了下来，这次跟之前不同，JJ能感觉到他没有在听，而是在思考。

“好了，路易斯，我知道杀了几个人让你们很不爽。现在我准备放一些人质离开，怎么样？不过得按我说的来，你们要是敢动歪点子，那就谁也别想出去。明白吗？”

一阵停顿。

“这才对嘛，路易斯。好了，首先我要你联系 TRN，我决定让他们独家播报，毕竟我们得支持一下弱势群体。”

11

警戒线外，各家记者简直要气炸了，不过可以理解，约拿或许已经开始反复回放精彩处，这无异于在他们伤口上撒盐。也难怪他们要琢磨，TRN 怎么就得到了这条重大新闻。要知道，TRN 是出了名的街边新闻频道，这可不是什么秘密。

罗伯和塔拉离警戒线只有不到二十米了，护送他们的警察突然停下脚步，拉近衣领上的对讲机，侧头靠过去，“嗯”了几声，然后转向罗伯，“沃尔特斯还要见你们。”

“为什么？”

“不知道。我刚接到命令，要把你们带回去。”

罗伯朝塔拉耸耸肩，三人随即掉头往指挥部走去。

“嘿！你要把他们往哪儿带？”这喊声来自吉姆·格里格。Fox 新闻台的这个家伙正狠狠盯着他们，满脸通红，怒不可遏，就差动手了，“什么狗屁玩意儿！”

“搞什么呀？”CNN 记者附和道，“泰勒已经做了一次专访了，该轮到别人了吧。”

罗伯咧嘴一笑，塔拉则朝他们竖了个中指。

沃尔特斯在指挥部入口台阶处等着他们。“我需要你们做点事情。”他冷不丁说道。他咬着嘴唇，神色慌张，不过他打死都不愿意承认这点，这比千刀万剐还痛苦。他深吸一口气，紧接着长叹一口气：“歹徒已经同意释放一些人质，但他要求进行现场直播，还点名让 TRN 负责。”

“然后呢？”

“他还要你们跟其他电视台共享实时播送。”

“就这些？”

沃尔特斯没有再说话。

“那我就不绕弯子了。你要我跟塔拉去阿尔菲拍摄释放人质的场面，然后你还想让我们交出片段。亚伦，我得问问，万一我们到了那里，歹徒决定引爆炸弹怎么办？”

“别跟我来这一套。你我都清楚，你肯定会答应的。”

罗伯笑了。

“我需要你保证，其他家电视台能顺利拿到实况转播。”

“当然了，没问题。”

“我没开玩笑。就因为我厚此薄彼，他们已经开始对我穷追猛打了。”

“我保证没问题。”

“谢谢。”

“先别忙着谢。如果我们不答应，人质就出不来了，我说的没错吧？”

沃尔特斯一脸警惕，狐疑地眯上了眼睛。

“我有几个条件。”罗伯笑了，大致讲了自己的要求。今天真是越来越精彩了。

12

“谁想回家？”

没人敢动，众人目光都落在歹徒身上。歹徒来回走动，甚至还跨过伊丽莎白·海沃德的尸体，好像她根本不存在一样。绝望顿时化作希望，JJ 感受到了，众人也都感受到了，没人不想离开这里。

即便如此，她还是忍不住起了疑心，唯恐其中有诈。绝对有，鲜有例外。读读不起眼的小字，然后再读一遍。这也是维斯纳教给她的。或许歹徒根本没打算放任何人出去。JJ 真希望不是这样，但是根据目前的观察，她真的无法排除这种可能性。

“好啦，”歹徒说，“既然 8 是我的幸运号码，那我就放 8 个人离开。但是谁走谁留呢？我想了好久，终于想到了解决方案。我刚才把你们挨个看了一遍，问自己谁不该留在这儿，这么一来决定马上就出来了。”

他停下脚步，面对众人。

“切斯特，站起来。”

“霍莉，站起来。”

霍莉是领班，她三十出头，皮肤黝黑，十分健美，漂亮又苗条。紧接着另一名服务员贝丝也被叫了起来。JJ 发现了规律，快速点了点人数。撇开托尼不说，地上还坐着五个餐厅员工，果然，他们一个接一个被叫了起来。

“托尼，麻烦送这些好人到门口。”

“还有，”歹徒提醒托尼道，“偷偷溜出去这种事情你想都别想，你敢逃跑我就敢开枪杀人，人命当然要记在你头上。”

说这话的时候，他一直盯着JJ，她以为自己已经被遗忘了，可显然不是。她绝望地看着托尼，然后又看看歹徒。即使托尼一字不差照做，歹徒可能还是会杀了她。歹徒坐在电脑前，拿起电话贴近耳朵。两秒钟，三秒钟，四秒钟。

“好了，路易斯，可以开始了。只要屏幕上出现阿尔菲，我就下令升起卷闸门。”

八秒钟过去了，九秒，十秒。

“你以为我是傻子吗？”

歹徒把电话拿在面前狂吼一通。JJ胃里顿时翻江倒海。她瞥了一眼歹徒挂在背上的枪，又看了看炸弹背心，手表忽闪忽闪的心跳数值现在是每分钟110次。

“我没有说清楚吗？按我说的做！怎么就这么难理解？你抓紧联系摄像的人，告诉他把镜头往后拉，我要能同时看到两扇门，两秒之后再搞不定就取消交易。到时候开枪可别怪我。”

13

“洛杉矶警察局的电话。”一名助理高声喊道。

塞特瞥了一眼，那个黑人小伙子正看着他，而另外两个助理则极力表现出一副忙碌的样子，这样可以很容易弄清楚谁在喊。问题是这三个助理的角色完全可以互换。“然后呢？”

“他们让把两个门都拍进来，而且得马上行动，不然歹徒就要反悔了。”

塞特把麦克风拉到嘴边，“塔拉，”他冷静地说，“乖，把镜头往回拉，让我们能看到厨房那边的后门。”

主屏幕上的画面逐渐开阔，直到两扇门都出现在镜头里，唯一的不足就是停车场车太多。画面中间有一小片干涸的血迹，那是维克多·科马内奇中枪的地方。随着画面逐渐开阔，血迹显得越来越小了，视觉效果大不如前。太可惜了，目前这片深色血迹可是屏幕上唯一的亮点了。

塔拉调试设备时“无意”用镜头扫过了停车场。塞特留意到了制造商、型号和车牌，现在调查员们正在争分夺秒逐一核实。

其中一辆在一堆豪车中格外显眼。那是一辆老式福特金牛，车身受损严重。歹徒肯定也得有交通工具——在洛杉矶根本没法步行，更别说还套着面罩、穿着炸弹背心。

现在画面中没有车，不过这是有意为之。TRN 有机会再次打败老大哥们。现在，塞特要把自己的优势发挥到极致。

“CNN 的电话。”其中一位助理喊道。这次是那个白人女同性恋。

“干吗？”

“他们想知道，为什么我们还没传直播过去。”

“跟他们说我们出了点儿技术故障，再有别家问也这么回话。”

“你想让我撒谎？”

塞特哈哈一笑：“是的，亲爱的，就是想让你撒谎。有问题吗？”

“没有。”

“这才对嘛。”

塞特目不转睛地看着屏幕，迫切希望赶紧发生点儿什么，再这么一动不动下去，他又要开始急躁了。窒息般的氛围可不是什么好事儿。更糟糕的是，阿尔菲的外观无聊透顶。一片片大白墙，没有一丝鲜明的特征。沉重的白色卷闸门露出一条条缝隙，烟熏色的玻璃门依稀可见，停车场的黑色与白色形成强烈反差，可是这一切并不能增添画面的趣味性。

罗伯滔滔不绝，语速飞快，拼命地没话找话，他其实在胡说八道，漫天胡诌。塞特盯着屏幕，希望能发生点儿什么。屏幕底部的标语写着“人质释放。TRN 最新独家消息。”他希望没有言之过早。

又过了四十秒。五十秒。六十秒。令人窒息的一分钟，真是一场灾难。罗伯已经在第三遍重申要点了。塞特已经准备服输了，就在他决定切换到手机片段的那一刻，主屏幕上的动静引起了他的注意。

罗伯话说到一半停下了。“卷闸门正在缓缓升起，”他兴奋地说道，“第一名人质随时都可能出现。”

14

金一直在期待，可当卷闸门轰轰隆隆升起的时候，他还是忍不住跳了起来。之前他听到了只言片语，猜到歹徒大概要释放人质。觉察到动静后，他的大脑立刻开始飞速运转。逃命的机会来了，也许仅此一次。他不能指望布莱德•卡特，很显然，想离开这里只能靠自己了。他蹑手蹑脚打开了洗手间门。

“没我的指示谁都不许动。”歹徒喊道。

金顿时呆住，缓了一秒钟，才明白歹徒不是在说自己。他踏进走廊，然后右转。他走得又心急又谨慎，袜子踩着木地板往前滑行。他距离厨房门只有五六米，但是感觉好远好远。这扇门可以内外摆动，齐腰的高度上有一块矩形不锈钢板，与头齐平的位置有一个圆形的窗户，门上涂过清漆，木头纹理清晰可见。

金透过窗户看过去，厨房空无一人，他轻轻一推，门低声吱吱了两下。金呆住了。他手掌平放在金属板上，发了疯一样往后看。

他想听听歹徒有没有发现蛛丝马迹——一声喊叫，一阵脚步声，接着是沉重的枪声——其实什么都没有，连低声耳语都听不到。

他挤过门缝，又耐着性子一点点把门关上，努力消除弹簧的吱吱声。他环顾四周，慌乱之下厨房也被匆匆遗弃了，锅和锅盖丢得乱七八糟，锅里的食物也冷却凝固了，灶具都被关上了，大概是歹徒授意的。尽管一片凌乱，但厨房仍然光洁明亮，卤素灯下各种厨具闪闪发光。

厨房后门正对着停车场，单单看上一眼就足以让他一阵狂喜。通往自由之路的唯一障碍就是这几厘米厚的木头。金箭步飞奔过去，抓住手柄——门怎么都打不开——他又试了试，依然纹丝不动，看到钥匙孔之后他什么都明白了。

金拼了命地摇晃门把手，最后终于放弃了。他松开手，骂自己怎么会这么傻，他在想什么？他瘫痪一般愣愣站着，两秒过去了，每一秒都是痛苦的等待。门肯定是被锁了。他之前在期待什么？歹徒可能丧心病狂，但丧心病狂不等于愚蠢，控制了厨房工作人员后他可能下令把门锁了，钥匙或许就装在他口袋里。

万一不止一把钥匙呢？金曾经在一家餐厅干过，那儿的主厨总是不停丢钥匙，他的解决办法就是把备用钥匙挂在门边的钩子上。阿尔菲的厨房不大，不过还是有不少橱柜和藏身之处的。金逼着自己理理头绪，找那些不可能放钥匙的地方毫无意义，为数不多的宝贵时间应该充分利用，他不知道还剩多久，但每一秒都至关重要。

金先从大门开始检查，这太简单了。接下来他拉开门左边的两个抽屉，里边都是乱七八糟的杂物，生日蜡烛、打火机、手电筒之类的玩意儿。他翻了一遍，没有钥匙，又翻一遍还是没有。他跪下来检查抽屉下方的橱柜，空空荡荡，连锅碗瓢盆都没有。

金转了一圈，目光四下搜寻，烹饪区引起了他的注意，但只因为它比较大，钥匙放在那儿有点儿不切实际。他听到一声刺耳的摩擦声，转而意识到这是他的呼吸声。淡定，他对自己说。他又瞥了瞥门，顿时沮丧到了极点，离自由只有几厘米，可这几厘米却好似千里之遥。

金无计可施，又开始四处翻找。

15

“乔迪，过来。”

JJ 愣了一下，转而心猛地一揪。汤姆一开始就叫她乔迪，婚姻生活的点点滴滴再次涌上心头。除了汤姆，只有她妈妈这么叫过。汤姆死后，甚至她自己都开始叫自己 JJ。歹徒叫她乔迪怎么都觉得不对劲。

“我说过来，乔迪。我不会再说第三遍了。”

JJ 左顾右盼，可是没人敢抬头看她。她不怪他们，歹徒已经在她额头上做了标记，大家巴不得离她越远越好。他用枪指着她眉心，她这才动了起来。

JJ 缓缓起身往前走。恐惧就像一大块硬塞在胃里的水泥，吐不出来。歹徒挑她出来肯定是要杀了她，她忍不住想跑掉，可看了看海沃德之后又打消了这种念头。JJ 迈了六步就到了歹徒跟前。他身上一股须后水味，透过须后水味还有一股麝香味，她不禁想到了野兽。

有那么一会儿，两人目不转睛盯着彼此。JJ 个头只到他下巴，只能仰头与他对视。要死就死个干净痛快，这想法不知道怎么就冒了出来，反正她从不临阵脱逃。

紧接着是愤怒。她怒火中烧，耻辱感也被驱散了。愤怒炙烤着她的内心，让她无法自拔，一想到自己刚才像废柴一样轻生她就生气。她恨透了这个混账歹徒，恨他让自己沦落到如此境地。这一切不该发生在她身上，不该发生在任何人身上。假如她没有决定今天到这里吃午饭，假如她选了其他地方，假如她忙得来不及吃午饭，又或者她生病了，那她都不可能在这里。她不幸成了受害者，这么一来她觉得自己更惨了。

“跪下。”

JJ 盯着歹徒，一脸蔑视。她双手抖个不停，感觉马上要吐了。肾上腺素又一次涌遍全身，她头晕目眩。她知道这简直是玩火自焚，可她不在乎。不管她多么努力地分析，看到的始终只有绝望，歹徒一定会杀死她，就像早晨太阳一定会升起，晚上又一定会落下，她对此毫无疑问，她死后太阳依旧会日复一日东升西落。

突然一记重击袭来。上一秒她还站得直挺挺的，下一秒就倒在地上了，她感觉头好像要爆炸了，下巴也疼得厉害。她抬起头，看到歹徒把枪收了回去。

“让你做就照做。给我跪下！”

“不！”

“你在干吗？”托尼难以置信地望着她，“求你了，JJ，听话。”

JJ 冷笑了：“难道你还不明白吗？不管我怎么做，他终究会杀了我，不是吗？”

JJ 回头看看歹徒。他盯了她一秒钟，然后大步朝托尼走去。JJ 反应过来了，可是已经晚了。

“不！”她吼道，“住手！”

歹徒用枪抵着托尼的脑袋，“亲爱的，我想怎样就怎样。”

JJ 终于跪下了，“看，我已经跪下了。我按你说的做了。”

“我这么要求的时候你就应该照做。”

歹徒把枪抵得更近深了，托尼的头侧向一边。托尼看看她，“没事的。”他低声道。他眼里满是泪水，JJ 眼里也满是泪水。

“不要这样，”她低声呜咽道，“求求你了。”

16

餐厅传来一声喊叫，金停住了脚步。他跑到厨房门口，竖着耳朵仔细听。真该死，什么都听不到。他又试着把耳朵贴在窗户上，可仍然没什么用。他把门推开一条缝，缝小得声音勉强能透过。他一下子就听出了 JJ 的声音，她在拼命恳求，听起来不管不顾。他觉得简直不可思议，他眼中的 JJ 可不是这样的。如果 JJ 都克制不住，那情况只会比他想象的更糟糕。

他关上门，拿出密封塑胶袋，用拇指摩挲了一番，就好像它是幸运兔脚[1]。他还快速做了个祷告，希望这种种疯狂能停下来——他没指望会有什么效果——他从小就有祈祷的习惯，以前从来没有应验过，现在又怎么会有所不同？上帝没时间理睬他们这种失败者。

如果发生不测，他希望木头的厚度能挡得住子弹。虽然他把今天的处境归咎于 JJ，可并不意味着他愿意眼睁睁看着她死掉。

[1] 许多文化认为兔脚是能带来好运的护身符。

17

歹徒按紧了扳机。

“不要开枪！”JJ 呜咽道。她恨自己这么软弱，可她控制不住，她不想让托尼死。托尼低头看着地板，她很高兴自己不必与他对视。如果她早点儿闭嘴，这些都不会发生。这里的游戏规则决定，服从是基本要求。

局面只会越来越糟。她这么告诉过客户多少次？始终要懂得克制情绪，一旦松懈就后患无穷。在工作中，她出了名的头脑冷静，遇上什么事都是如此，那是她最大的优势。即使汤姆去世后的前几个月，她也能表现得风平浪静，似乎一切都好。内心里她早就支离破碎，但表面上还是一切照旧。

她早该明白的。早该明白，本可以明白。可她当时就是没明白。

“给我一个充分的理由。”歹徒说。

JJ 脑子里顿时一片空白，有生以来她第一次什么都说不出来。

“我给你十秒钟。”

他开始倒数，这么一来更糟了，她稍微摸到点儿头绪转眼又没了。歹徒数到了一。

“我不知道！”她叫道。

歹徒把枪挪开，直起身面对着 JJ。

“我不知道。”她呜咽着。

歹徒看了看她，然后自顾自地点点头。

“你说这话肯定很痛苦。看看你现在的样子。我敢说你掌控欲很强，是一个控制狂。这评价可算公道？”

JJ 点点头。

“难为你了。你看，你本来就是想安安静静来吃顿午饭，可是我却不知道从哪儿冒了出来，把你的世界搅得天翻地覆。我猜你的整个人生都规划在手机里了。我说对了？”

JJ 又点点头。

“我敢打赌，手机不仅告诉你周二在哪儿吃午餐，可能连吃什么都写好了。所以对于这样的规划而言，我的出现绝对算一次冲击。”

歹徒停了停，一副若有所思的样子。JJ 感觉自己命悬一线，下一次心跳可能是一种奢望。

“好吧，”他终于开口了，“你保证规规矩矩，我们就当什么都没发生过。怎么样？”

“好，没问题。”她脱口而出。她看着他的眼睛，希望寻得一丝保证，证明他会信守诺言，可她什么都没有看出来。她惴惴不安，时刻等待着他再次提起枪，等待消音枪发出的那一声闷响。

“好吧，我叫你起来，其实是想派给你一份差事。我进行人质交接的时候希望你看着你的朋友们，任何不对劲儿的地方我都要知道。明白？”

JJ 再次点了点头。她如释重负，随即又觉得自己太过愚蠢。如释重负是因为她还活着，觉得自己蠢则是因为她严重误读了情况。她让情绪蒙蔽了自己的判断，一般情况下她是绝对不会这样的。托尼差点因此丧命，如果他死了，她永远不会原谅自己。接下来无论发生什么，她都要保持克制，她犯不起这样的错误了。

“来吧，”歹徒说，“我们去放人质离开。”

18

一点儿进展都没有，罗伯简直要抓狂了。里边怎么了？他无奈地重复着观众已经听了十几遍的统计数字，极尽所能表现出最大的耐心——同样的老新闻可以用许多不同方法的表述。

四分钟前卷闸门已经升起来了，当时的兴奋早就褪去。电视上的四分钟堪比一生。约拿似乎已经十年没有跟他联系过了，这比约拿不停地朝他大吼大叫还要难受。

罗伯的注意力一直放在柏油路上的那摊黑色血迹上。它就像罗夏墨迹[1]一样迷人，看得越久发现的图案越多。到目前为止，他已经发现了雷云、沙漠岛屿和马头，不过大部分时候只看到了死亡。血迹生动地提醒着人们情况多么危急。万一炸弹爆炸，他会不会有什么感觉？他希望不会。上帝不会允许这种情况发生，但如果真的发生了，他希望结局能来得痛快点儿。

罗伯身后是一栋小型建筑，既是维克多·科马内奇的办公室，也是顾客、司机和保镖们打发时间的地方。这栋建筑有很多窗户，能够看到停车场，平屋顶上装有大型空调机组，在这样的气候下绝对是必要的。整栋建筑基本上相当于一个花房。

罗伯眼神扫过餐厅入口，感觉门好像动了一下，哪怕一点点动静都能让他兴奋不已。这次是真的吗？之前已经空欢喜好几次了，

[1] 罗夏墨迹测验由瑞士精神科医生、精神病学家罗夏 (Hermann Rorschach) 创立，是非常著名的人格测验，也是少有的投射型人格测试，在临床心理学中广泛使用。测验向被试者呈现标准化的墨渍图版，让被试者说出由此联想到的东西，进行分类记录，加以分析，进而对被试者人格的各种特征进行诊断。

这次会不会还是假消息？门缓缓开了，罗伯努力克制住微笑的冲动。

“我可以看到，第一个人质正在往外走。不得不说，我从来没见过有人这般如释重负。”

他竭力要把一切尽收眼中，大脑飞速加工眼前所见，嘴巴则滔滔不绝，这次终于有了实质性内容。第一个人质大约五六十岁，松弛的肚子耷拉在内裤上方。他额头上写着CHESTER（切斯特）几个红色大字，罗伯本能觉得那是用他的血写的，不过颜色太鲜亮了。切斯特满脸泪水，稀疏的头发一团糟，双腿软绵绵的，摇摇晃晃经过停车场。两名警察已经在等他了，他们给他裹上一条毯子，匆匆将他送离。

十秒钟后第二名人质出现了。她前额上写着HOLLY（霍莉），一头长长的金发，梳着马尾，身穿白色胸罩和红色丁字裤。罗伯心想，她要是知道自己会上电视，今早肯定会穿配套的内衣。下一个出来的人质一头短短的黑发，比刚才的金发女年龄稍长，前额上写着BETH（贝丝）。

门又开了五次，另外五人陆续走出，三男二女，满面泪水。约拿总是喜欢絮叨，最好的电视新闻应该在屏幕上展示现实生活中的戏剧性。这样的场面再真实再戏剧不过了。

19

如果说之前厨房只是一团糟，那现在它完全成了个垃圾堆。橱柜门和抽屉都打开了，金四处翻找，可还是一无所获。理智的声音告诉他根本没钥匙，可绝望好像在尖叫着说必须有。他看看那扇门，那扇横亘在他和自由之间的门，不知道卷闸门还能停多久。

他走向最近的抽屉，又翻了一遍，接着翻紧挨着的一个，然后是另一个。没有，还是没有。他跪下来，想看看下边的橱柜——仍然什么都没有。他顾不得小心谨慎，动作迅速，制造出许多噪声，不过他并不在意。他只想赶紧离开这个鬼地方。

他走到厨房中间，心怦怦直跳，双眼四下搜寻，想看看有没有错过的地方。他刚走到操作区就听到卷闸门吱吱扭扭下降的声音。他一下子蹲坐在地，双手抱着头，唯一的机会就这么错过了。卷闸门完全放下，电机声音停止，寂静如裹尸布一般席卷全身。

金握紧拳头，捶打着自己的大腿，极力发泄自己的愤怒与沮丧。慢慢地，大腿不再疼痛，失去知觉，倍感麻木，再到后来什么感觉都没有了。

20

“切回卡罗琳，”塞特说，“三，二，一。”

主屏幕上，罗伯的面庞消失了，取而代之的是卡罗琳。她直视镜头，神情异常紧张，“阿尔菲发生惊人进展。几分钟后，我们将再次连线罗伯·泰勒，播送对其中一名人质的独家专访。”

塞特盯着几位助理，难得地朝他们笑了笑。

“大家很棒，我很满意。”说罢他就褪去笑容，开始皱眉，三位助理都满怀期待地望着他。“是的，目前我们暂时领先，这才是我中意的位置。现在 Fox 和 CNN 肯定气不打一处来。绝对没错。他们伤痕累累，流血不止，我们让他们岌岌可危，可这只是第一回合。各位，我们不能沾沾自喜，我们也不会沾沾自喜。同意的话就点点头。”

大家有些摸不着头脑，可还是纷纷点头。

“这才是该有的样子。这个圈子里，只有下一次独家播报才是最好的，好汉不提当年勇。记住，记住新闻是谁挖掘出的。”他停顿片刻，挨个打量了三位助理，“哪个小可爱能动动手，给罗伯打个电话？”

三人不约而同动了起来，一片疯狂忙碌的景象。塞特自顾自笑了。只要拥有话语权，这便是全世界最妙的工作。

21

这把刀由精钢制成，刀刃足有二十厘米长。金用力攥住刀柄，指关节白得都要发亮了。他缓缓左右旋转刀柄，沉迷于金属反射出的光芒中。金盘腿坐在地上，背贴着那扇门，门上的木头被洛杉矶炙热的阳光烤得十分温暖，这又一次提醒他，自己与自由只有咫尺之隔。

JJ 或许已经死了。这想法让他胃里翻江倒海，脑袋也开始晕眩。他感觉自己分分钟就会飘走。他好像又回到了童年时代，又回到了辛辛那提。小时候，他常常蜷缩在床上，时刻担心有人推门而入。他身上总是裹着一条薄毯子，仿佛毯子能变成护甲保护自己。每当这时，他都会有要飘走的感觉。

金最受不了的就是无助感。他现在完全无力扭转局面，从坐上汽车逃跑的那一刻起，他就再也没有回头路了。人生在世还要与孤独搏斗，地球上有七十亿人又能怎样，遇到今天这样的情况，还是没人能帮你走出困境。FBI 不行，警察不行，没人能行。

金闭上眼睛，之前看到的那具躺在椅子上的尸体闪进脑海。子弹伤口处血液流个不停，滴在椅子腿上，在地上形成了血泊，看起来比一个人所有的血要多得多。

金猛地睁开眼睛，呼吸急促，似乎马上就会惊恐失措。他逼自己冷静下来，深吸了几口气，感觉自己越来越轻飘飘的。如果他低头看一眼，发现屁股和地面分离了，他一点儿都不会惊讶。这种感觉太可怕了，好像要变成鬼魂了。

在此之前，金只在片场见过所谓的尸体，不过都是以假乱真的道具而已，真的尸体比他想象的还要可怕。一个活生生的人就这么走了，好像有个开关突然按下，永远把这个人给关掉了。金再次闭上眼睛，这次闪进脑海的是他妈妈昏迷在沙发上的情景。她没死，可还不如死了算了，海洛因让她人不像人鬼不像鬼，“开关”早就扭到了“关”的方向。

深呼吸也不管用了，什么都不管用了。金的想法越来越阴暗，预感也越来越不祥。没办法逃出去了，他会死在这里的，或许是几秒后，或许是下一分钟，又或许是下个小时，总之迟早会发生的。

人生没有意义。

什么都没有意义。

金史无前例地感到愤怒，怒气就像胸中的一团火球，他想发泄却始终发泄不出来。这火球让他呼吸困难，思绪混乱。黑暗更加浓密，接着愤怒像一颗炸弹在内心爆炸了，曾经一团怒火的地方成了一个黑洞，吞噬一切，摧毁一切，直到什么都不复存在。金睁开眼睛，低头看看手里的刀，他清楚地知道如何按“关”。

22

歹徒又在看新闻了，其他一切好像都不存在，甚至连人质都不存在。某种程度上来说，JJ 宽慰了一些，同时也多了一分焦虑。歹徒看上去异常轻松自在，就好像在上网打发时间，局面变化无常却像置身事外，这绝对不正常。如果给他一杯拿铁，他就好像刚从星巴克出来的普通人。她看到他又一次挠了挠头，之前他就挠过好几次，或许压力让他有些头疼。不管表现得多么镇定，面对这种情况，他肯定也不轻松。

她迅速瞟了一眼其他人质，有些盘腿坐着，有些把双腿抱在怀里，还有一些背靠餐桌、餐椅寻求支撑。算上她，现在还有十五名人质，包括娜塔莎·洛维特、艾德·理查兹、凯文·唐纳修、迪安德尔·亚历山大、加里·汤普森和西蒙。

JJ 还是无法适应他们这副模样，他们不仅被迫脱掉衣服，更彻底失去了自我，没有自尊，没有地位，也没有权利。歹徒的所作所为简直毫无人道，他让他们一无所有，一切都成了幻影。

她情愿相信亚历克斯·金已经脱身了，可从新闻发布会的内容判断，她很确定他并没有。估计他正躲在洗手间或者厨房里，托尼的办公室也在那个方向，是另一个可能的藏身之所。她默默祈祷，如果他还在，但愿他能保持头脑清醒，千万不要做傻事。银幕上他可能所向披靡，但在这里，他只是一个普通人。

歹徒还盯着笔记本电脑。JJ 可以看到附在他背心上的芥末色炸药包，可以看到手表上闪烁的心率指数，还可以看到那双冷灰色的眼睛接收着屏幕发出的荧光。

她再次陷入逃跑的冲动而不能自拔。这感觉太过强烈，就好像在重温昨日的记忆。她可以感觉到双腿蹬地，可以感受到脚下冰凉又光滑的镶木地板，她能感觉到往下层跳时身体在空中飞舞，她能意识到每次短促的呼吸，以及心脏的每次跳动。

然后呢？无处可跑，无处可藏。或许没跑到洗手间，歹徒就追来了，最远到厨房，总之最后他会追上她，然后杀了她。

她闭上眼睛，深呼吸，努力平静下来，疯狂的念头出现得快，消失得也快。现在唯一能做的就是等待，希望警察知道他们在做什么。

23

“我身边是阿尔菲主厨切斯特·杜根。”罗伯说道。

塔拉将镜头向右推，把切斯特拍了进去。他的脸仍然幽灵般惨白，不过至少穿上了衣服。洛杉矶警察局的运动衫太小太紧，根本不适合切斯特这样的大块头，运动裤似乎还凑合。采访在移动指挥部附近进行，罗伯先前建议在阿尔菲的停车场上进行采访，可是亚伦·沃尔特斯以安全为由拒绝了。其实不全因为这个，沃尔特斯正在找借口对罗伯说不，只要能重拾自尊，什么借口都没问题，他才不关心罗伯会不会被炸成碎片。

罗伯调整好角度，把自己最好的一面展现在镜头前。背景里几个警察正在忙前忙后，为画面添了一丝色彩。罗伯露出最严肃的表情，转身面向切斯特，“里面情况怎么样？”

“真的很糟。”主厨回答道，“我以为自己知道什么是害怕，但其实毫无概念。你不知道我走出来在这里跟你聊天有多高兴。我以为自己死定了，我真是这么想的。那个家伙是个疯子，他冷酷无情地开枪杀了那位老妇人，那是我见过最恶心的事情了。”

“能讲讲具体经过吗？”

“好，当然。他带着那个包，挨个走到我们身边，收走了我们的贵重物品，珠宝、手机之类的东西。然后他走到那个老太太面前，我估计她有八十岁，对任何人都构不成威胁。”

“她是谁？”

切斯特摇摇头："抱歉，我不知道，不过我感觉她好像是很早很早之前的影星，阿尔菲有一些这样的顾客，她看上去就是其中之一。"

"然后发生了什么？"

这位主厨长叹一口气，摇了摇头："轮到那个老太太了，她开始絮絮叨叨，说手表是过世的丈夫送她的礼物。我坐在地上，心想，把表给他怎么了，这么做不值得。我还没反应过来，他就照她头上开了一枪。砰！就这样。他瞄准后立马开枪，没有任何预兆，甚至连想都没想。太残忍了！我从来没见过这样的场面。"

罗伯点点头，一脸阴沉恰如其分。时机是这种采访的关键，对方惊魂未定之际就得赶紧出击，因为那个时候他们戒心最小，没有太多防备。这次也一样。不过你还是得小心，一步走错，他们就会缄口不言了。

"请回忆一下刚看到歹徒时的情景，"罗伯说，"描述一下发生了什么。"

切斯特再次点点头："我正在厨房忙，这时门口突然传来一阵噪声。我转过身来，那个一袭黑衣的男子正站在那儿，他举着枪，命令大家不许动。他说如果我们乖乖听话就会毫发无损。我们都像雕像一样僵住了，我的意思是，换了谁谁不会？然后我看到了爆炸背心，我以为就这样了，我们都要死了。我还没回过神来，他就命令我们关掉燃气，然后把我们从厨房赶到餐厅。"

"之前你说歹徒是个疯子，能不能再提供一点儿信息，让我们对他有一个更清晰的概念，他有口音吗？"

切斯特点点头："有，是南方口音，可能来自路易斯安那州，或亚拉巴马州。"

"你还注意到别的了吗？"

“我只能说他是个心理扭曲的浑蛋。”

骂人不会有问题，采访是直播，但会延迟七秒。这位主厨满怀愧疚地看看镜头，然后默默低下头，眼中都是歉意。

“有多扭曲？”罗伯急忙追问。

“收走了我们的贵重物品后，他又命令我们脱掉衣服，只许留内衣内裤。然后让我们挨个走过去，用马克笔把我们的名字写在额头上。”

塔拉知道这时候该给切斯特一个特写，他额头上的名字已经被擦掉了，不过模糊的痕迹依稀可辨。

“很混乱，对吧？”切斯特补充说，“我不是心理医生，但是也看得出来，这家伙肯定有很严重的问题。”

是时候收尾了，他们就计划呈现这么多。罗伯希望给个漂亮的总结，这种事情怎么能不加准备呢。“您有什么要补充的吗？”他问道。

切斯特看看镜头，塔拉又给了个特写。

“有，我有话对警方说，里面的人们都快吓个半死了，你们一定得把他们救出来，请不要让他们死在里面！”

24

“路易斯，又听到你甜美的声音了，真好。”

JJ 用余光注意到歹徒在来回踱步，自打人质交接完成后，她再也不敢跟他有眼神交流了。保持透明，她提醒自己。歹徒停下来听了一会儿，JJ 趁机扫视四周，释放了一些人质之后，气氛发生了显著变化。绝望转变成一丝希望，大家少了些许沉重感，精神振奋了不少。

“你的话我听到了，我可以向你保证，我们是有共识的，能和平解决，我再开心不过了。”

歹徒边听边研究墙上的一幅油画，然后又开始踱步。

“路易斯，我在考虑再释放五名人质，怎么样？顺利的话我什么回报都不要，什么都不要。”

他说话的口气使 JJ 脑袋里拉响了警报。他活像一个脱口秀主持人，或狡猾高调的电视销售员，一心要把无用的垃圾产品卖出去。她经历过无数次谈判，至少学到了一条：陷阱永远少不了。

“好了，路易斯，我得挂了，不过你最好守着电话，准备好交接，我会打给你。”

歹徒挂了电话，把人质挨个看了一遍。轮到 JJ 时，她低下了头，等到他目光移开，她才敢抬头。

“没错，各位，你们没听错，有些人要走运了，可以回家了。但是谁走谁留呢，这问题太难回答了。”

25

金看看那把刀，黑暗的想法依旧在脑袋里回旋，不过关注点已经变了。他在想，如果把刀插进歹徒的胸膛会怎样。用多大力气合适？捅多深才能致命？

自杀的念头说来就来，说走就走，总是这样。多少次出状况时他都想过自杀，多少次他都想爬进温暖的浴缸，用刀刃划过手腕，可是他都忍住了。原因很简单，不管现实多么不堪，情况只会越来越好。说他幼稚也行，盲目自信也罢，什么都行，总之，这种简单的人生哲学帮他度过了一段又一段艰难岁月。

他拿出密封塑胶袋，又用大拇指摩挲了一番粗糙的表面。把可卡因倒出来，然后吸入鼻腔，太容易了，可惜一时之快治标不治本。袋子里的量足够他过把瘾，但用完就真的完了。这样做只会让情况进一步恶化，你不可能就此收手。这就是毒品的邪恶之处，它们暗中捣鬼，它们满口谎言，最后它们带来的只有痛苦。

金收起袋子，然后起身开始在厨房里踱步。四处走走感觉好多了，头脑也清醒多了，或许大脑供血更充足了。或许吧。他一时心血来潮，抓起工作台上的一支笔，在刀柄上画了个笑脸。墨水是蓝色的，刀柄则是黑色实木的，于是他描了一遍又一遍，直到木头出现了凹陷。他不知道为什么要这样做，也不关心。有那么一阵，他只是沉浸其中，甚至都忘了自己身处何地。完成笑脸后他翻了一面，又画了一个哭脸。

金坐下来，再次背靠着被日光温暖的那扇门。他看着笑脸，不自觉笑了笑，然后转到背面，对着哭脸皱了皱眉头。接着他又翻过来，对着笑脸笑一笑。

哭脸，笑脸。

哭脸，笑脸。

26

“都站起来。”

JJ 等了一会儿才站起来，她不想出头。凯文·唐纳修最后一个站起来，这比第一个站起来没好到哪儿去。这位制片人越来越衰弱，歹徒肯定注意到他病得不轻了。他怎么会注意不到呢？JJ 不明白，为什么歹徒刚才不放他走。唐纳修只能靠桌子支撑，JJ 想搭把手可是不敢动，歹徒可看着呢。

“好啦，现在我们玩个游戏，都喜欢游戏吧。好消息是，你们当中有五个人可以幸运地回家了。不过选出哪五个人比较困难。我可没开玩笑，这真是个难题。我妈经常跟我说，从来没有天上掉馅儿饼的好事儿。”

歹徒隔着面罩一阵窃笑，“五个人可以走，但每人要拿出一百万。我知道生命无价，但总得有个标准，一百万刚好是个整数。这样吧，有钱玩儿的就继续站着，没有的都坐下。”

托尼率先坐下来，紧接着是西蒙，然后是额头上写着HARRY(哈里)的男士。JJ拿得出一百万，这不是问题，问题是她十分怀疑其中有诈，不管歹徒耍的什么花招，最后肯定有人要赔上性命。坐下还是不坐呢，她必须决定了。再犹豫就看起来奇怪了，就又会引起注意。她坐了下来，盯着地板，祈祷自己做了正确的决定。歹徒看看她，她能感觉到他的目光。

“十个人，”他说，“不能立刻转账的坐下。”

一位五十岁左右、头上写着JEN(珍)的中年女士坐了下来。丹·斯通很快也坐了下来，他一副打牌输了的表情。JJ猜他肯定在骂自己新买了法拉利，没买的话他现在还能继续站着。

“现在是八个。好了，我还得再去掉几个，你，还有你，坐下。”

JJ抬起头，看到凯文·唐纳修和艾德·理查兹坐了下来，两人跟斯通一样绝望。娜塔莎还站着，在过去的一个半小时里，这位导演似乎老了一百岁，她弯腰驼背，头往下垂着，双目无神。她可不是JJ认识的娜塔莎·洛维特。JJ认识的那个人信心十足，精神饱满且个性鲜明。论拍电影，娜塔莎绝对无人能及，可现在她所有的一切都被剥夺被摧毁了。

凯利·普莱斯顿站在娜塔莎旁边。她靓丽迷人，活泼开朗，尤其擅长扮演邻家女孩类的角色。红色的长发绝对是她的名片。她感情生活新闻不断，因此成了各家小报的最爱。她每隔一周就会有绯闻爆出，要么是有了新的交往对象，要么是跟他们分了手。她是拍戏高手，更是伤人高手。凯利旁边的女士额头上写着HAILEY（海莉）。JJ从来没见过这个叫海莉的人，她四十五左右，身材保持得很好，不过一看就是整了容，而不是锻炼的效果。她的身材绝对谈不上健康，八成是用钱砸出来的。

站着的两位男士JJ认识。迪安德尔·亚历山大是音乐制作人，擅长节奏蓝调，加里·汤普森就是那个点了牛排的梦工厂野人。汤普森脸形瘦长，五十有余，完全谢顶，看他阴着脸就知道，经过一个半小时，他的混账气息一丝不减。

亚历山大也是秃顶，不过是有意为之，他是黑人，比汤普森年轻得多。他二十岁就身家过百万，三十岁身家过亿。他在布朗克斯区[1]的廉租房里长大，凭着才气和运气逃离了那个地方。他哥哥就没那么幸运了，已经在黑帮火并中不幸丧命。

这位音乐制作人会定期回到昔日生活的街区，与当地的孩子们交流。他立志让他们明白，毒品和枪支不能解决问题，既然他能逃脱这种恶性循环，他们也可以。传递信息的同时，他也产生了正面积极的公关效果，他的动机很可能就在于此，不过JJ不大相信。偶尔你能找到真正有信仰有追求的人，他们不是被公关逼着应付差事。她感觉亚历山大或许真的是个例外。

她快速数了数，还有六个人站着，这不合理，歹徒明确表示要放五个人走。这次的阴招又是什么？她是否忽略了什么？她开始觉得选择退出或许是明智的举动。

“娜塔莎，过来。”

[1] 纽约市的一个区。

歹徒站在电脑旁，像服务生一样拉出一把椅子。JJ 可以看到娜塔莎眼中的恐惧，她很理解。不久之前，她跟这位导演有同样的处境，这是世界上最孤独的处境之一。

“别害羞嘛，”歹徒怂恿道，“我又不咬人。”

娜塔莎走上前去，坐在电脑旁。她输入个人账户信息，然后抬起头。“你想把钱转到哪里？”她颤颤巍巍低声问道。

歹徒从口袋里抽出一张纸条，放在了桌子上，娜塔莎拿起纸条进行相应的输入。五秒钟过去了，十秒钟过去了。

“合作愉快。好了，站到那边去。”歹徒挥挥手，示意她站到左边的空地上，然后转向其他五个人。

“加里，该你了。”

加里·汤普森边走边警惕地看着歹徒。这位电影公司老板穿着低腰内裤，皮肤晒成了深深的古铜色，他还做了指甲。他在电脑旁坐定，跟娜塔莎一样操作了一遍，完成后他走到了娜塔莎旁边。

接下来的三人也迅速完成了转账。轮到迪安德尔·亚历山大了。歹徒叫他过去，可这位音乐制作人纹丝不动，汗珠从两颊滚落下来，他好像要沸腾了。那位会计遇害的场面闪进 JJ 的脑海，别这样，她心想。

歹徒缓缓走向亚历山大，他的脚步声打破了长久的平静，他举起枪，枪口低着亚历山大的胸膛，心脏上方的皮肤被压得陷进去了。

“希望你没有撒谎，拿得出这笔钱。”

“我没撒谎，我有钱。”亚历山大匆忙回答道，他的目光似乎无法聚焦在任何一点。

“那还有什么问题？”

亚历山大指了指娜塔莎的橘色包：“我的皮夹在包里，里面有我所有的账户信息。”

歹徒放下枪，亚历山大慌忙跑过去，他扑通一声跪下来，疯狂地乱翻，一副惊慌失措的表情。

“赶紧的，”歹徒喊道，“最好在这周之内找出来。”

“好的，好的，我找到了。”

亚历山大举起钱包，跳起来跑回电脑旁，他重重坐在椅子上，开始点击触摸板，用力敲击键盘。他聚精会神盯着屏幕，嘴里不停默念着两个字：快点，快点，快点。转好钱后，他长吁了一口气。

“钱已经转到你账户上了。”他说。

歹徒朝那五个已经站定的人质点点头，亚历山大慌忙加入其中。JJ 从未看到过有人如此如释重负。

“好了。”歹徒朝他们说道，“但凡会数数的人都会注意到，现在有六个人站着，其中五个很快就能回家了，可惜的是，有一位不行。”

14:30-15:00

1

塞特无视大家鄙夷的眼神，点了一根万宝路[1]。这是他的新闻编辑室，他想干什么谁都管不着，那些一本正经劝他别吸的人都可以去死了。不然他能做点儿什么？助理们忙得不可开交，竭尽全力挖掘重大新闻，这样电视台老板们才能拉到广告，这时候他可不能偷闲跑到吸烟区。

他肆意地长吐一口气，尽情享受着弥漫在周围的味道，然后伸手拿来半空的咖啡杯，把烟灰弹了进去。烟灰打到冷咖啡上，顿时发出一阵嘶嘶声。目前进展顺利，罗伯表现得很出色，他对主厨的采访堪称一流，电视上正在播送其中的精彩片段，这已经是第三遍了。

全天候新闻台让人头疼的地方就是重复。简单来说是因为没有足够的坏消息来填满一整天的每个时段，甚至每分每秒。电视台的

[1] 美国香烟品牌。

诀窍在于，让公众觉得看每次播放都能获取一些新信息。这方面塞特可是高手，所以 TRN 才会付给他六位数的薪水。

这次的时机更是完美到极致。他的合同下个月就得续签了，有些人私下议论，说他已经六十多了，是时候退位让贤了。新闻业打一开始就是这样，年轻与经验的博弈一天都不会停止。

质疑派认为，TRN 需要精力充沛又专业的人。能量活力一说正好戳到塞特的痛处。大致说来，质疑派就是想找个西装革履却不了解新闻业的年轻人。这次的新闻可以让这些质疑派永远闭嘴了。看看这次新闻的呈现方式，他们就知道什么是专业水准了。塞特没有退休的打算，想排挤他的人得看看自己的分量。

专业。简直是胡说八道。

他还是不相信自己已经六十了，除了宿醉的时候，他从没感觉自己有六十岁。他做起事来也不像六十岁的人。第一次踏进阿肯色州《琼斯博罗公报》的新闻编辑室仿佛还只是昨天的事情。他从小就满心想做一名记者，痴迷于挖掘到好故事的兴奋，陶醉在头版头条下有自己署名的快感中。一直以来他都知道，自己不会一辈子守着阿肯色州。二十岁时他跳槽去了《纽约邮报》，不过只待了几年。他讨厌拳脚施展不开的感觉，讨厌纽约冬天恶劣的天气，西海岸才是明智之选。

他去《洛杉矶时报》做了一名记者，虽然只是个小角色，但也还算过得去。他稳步晋升，最终到了新闻编辑的位置。从印刷业跳槽到广播业，他心痛不已，可那是大势所趋，在所难免。收入更高了，而且还有了第二任妻子。十年后，他又转行去做电视新闻，还跟第二任妻子离了婚。不知不觉他就六十了。孩子们给他组织了一场惊喜派对，希望他能开心一点儿。真是感人，他怎么都没预料到，可那场宿醉真是要了命了，他终于明白自己不再年轻了。早年在《琼斯博罗公报》工作的时候，他轻轻松松就能摆脱宿醉。

塞特慢悠悠地深吸了最后一口，然后把烟头扔进了咖啡杯里，烟头嘶嘶几声就熄灭了。多年来，他参与过不少重大新闻的报道，但这次无疑是最重大的。它包含了所有该有的要素：戏剧性、人情味，还有洛杉矶最重要的名人们。巨星艾德·理查兹不幸卷入其中更是让观众们寸步不离地守着电视机。一位货真价实的名人，身处生死攸关的真实境地，没有比这更好的了。而且躲起来的亚历克斯·金也将成为收视率的一大助力，这是肯定的。塞特还没想好该如何利用这个素材。好莱坞实力老将和后起之秀同台亮相，必须要找到合适的利用角度。

他还在沉思，这时片段播放结束，卡罗琳重新回到屏幕上，她紧紧地盯着相机，简要回顾了阿尔菲的最新进展。塞特暗暗笑了，他就是忍不住。这些细节他已经听了无数遍，可它们还是能产生巨大的影响力，这就是那种能源源不断产生消息的新闻。真是太美妙了！

2

歹徒在背包里仔细找了一通，然后拿出了一个老旧的木盒子，盒子约四十厘米长，二十五厘米宽，外层上过清漆，木头的纹理又深又黑。他把盒子放到了电脑边。

“丹，过来，我要交给你个任务。”

丹·斯通绝望地环顾四周，好像希望房间里还有个叫丹的人。压力让他快要喘不过气来了，他头发乱糟糟的，额头上的红色印记也抹花了。这一次，他回顾了自己走过的四十二年。

“好啦，不要坐着不动啦！丹，站起来。”

斯通迟疑地站了起来。他往前挪了一步，然后转过身去，恶狠狠瞪了JJ一眼，好像一切都是JJ一手造成的。可这能算谁的错呢？难道他真以为JJ比他更愿意待在这里，他怎么能归咎于她呢？

这完全是错误的时间到了错误的地点，就是这样了，这种事情免不了的。有个家伙烤煳了面包，因此比平时晚了五分钟出门，最后在车祸中不幸丧生。这种故事每天都在发生。每周七天，一年三百六十五天，天天都在发生。JJ原本打算明天跟斯通见面的，如果是那样，她现在就该在办公室，盯着电视，安安稳稳坐在办公桌前关注情况的进展。

歹徒对着放木盒子的桌子点点头，“站到这儿来，丹。”

斯通瞥了一眼歹徒的冲锋枪，赶快走上前去，同时又狠狠瞪了一眼JJ。JJ毫不退缩，没有扭开头，就这样看着他，她可不想让他有任何满足感。

“这是干吗？”歹徒问道，“是不是有矛盾没有解决？”

JJ赶紧扭过头去，她真是想掐死斯通。这个蠢货想怎样，还嫌麻烦不够多吗？跟小孩一样撒气又没什么用。

“虽然我很想帮你们，不过得等会儿。放心，待会儿我们再处理。我保证。”歹徒转向那六个站着的人质，“来吧。散开点儿，围成一个圈，好了之后盘腿坐下来，双手放在大腿上。”

娜塔莎不知所措地望着其他五个人，调整好位置后坐了下来。其他几个人紧随其后。歹徒重新给他们调整了顺序，这才满意地回到桌子前打开盒子。看到里面的东西，JJ心里顿时咯噔了一下。

3

亚历克斯·金拿出手机查了查短信。一堆未读短信，大部分是经纪人发来的。他希望的那个却没有来，不过他又敢奢望什么呢?他对前任混账透顶，受冷落实在是活该。他看了看未接电话列表，挑了最靠上的一个拨了过去。布莱德·卡特在第一声铃响时就接起了电话。

“亚历克斯，你现在怎么样?”

“我想出去，我现在就想出去。”

“抱歉，亚历克斯。我做不到。”

“做不到是什么意思?拜托，你们可是FBI。你们怎么会有搞不定的事情!”金深吸一口气，“你看，我已经按你吩咐的做了。该你兑现自己的诺言了。求你了，让我离开这个鬼地方吧。”

“可以的话，我们肯定会的。亚历克斯，你得相信我们。”

金几乎要笑出来了:“布莱德，我为什么要相信你?你跟我说说，我干吗要相信你的每一句话?”

“因为这是事实。”

“听着，我现在就站在厨房后门边，我跟外边只隔着这扇门，几厘米厚的木头而已。现在你跟我说FBI没办法救我出去?”

“没那么简单，亚历克斯。”

“不，很简单。你们只要把卷闸门切开再撞开门我就能出去了。”

“这是置其他人质安全于不顾。抱歉，亚历克斯，真的很抱歉。”卡特停顿片刻，“我知道你不想听，我知道你很害怕，可是我需要你保持镇定，坚持住，好吗?我保证我们在积极努力救你出去，你，还有其他所有人质。”

“别管他妈的其他人质了。”

电话一头传来一阵长长的沉默，金终于意识到自己说了什么，他蹲坐在地，搓了搓脸，“妈的，对不起。我不是这个意思。我也不想其他人死。”

“没必要道歉，亚历克斯。我觉得你表现得已经很出色了。能跟你一样妥善应对的人并不多。”

金再次深吸一口气。他无数遍感慨，自己怎么就沦落到如此境地了，现在他又忍不住这么想了，“好吧，现在要怎么办？”

“你只管稳住，我们自有办法。我们一定会救你出来的。君子一言，驷马难追。要不你还是躲在洗手间里吧，那里更安全。行吗？”

“好，没问题。”

“还有，亚历克斯，小心点儿。”

金挂了电话，无奈地摇摇头。“小心点儿”，不然还能怎样？

4

歹徒拿出那支左轮手枪，举起来给所有人看了看。

“这是史密斯威森29型左轮手枪，《警探哈利》[1]里都说了，这是世界上最厉害的手枪。请不要把这种手枪跟629型搞混了。29型是碳钢做的，而629型是不锈钢做的。”他含情脉脉地把玩着这把枪，“这真是一件精工制造的工艺品。美国本土精心制造，值得自豪和

[1] 《警探哈利》是华纳兄弟公司出品的动作片，讲述哈利不计一切代价誓将凶手绳之以法的故事。

骄傲。”

他把枪放在电脑旁边，从盒子里拿出一颗子弹，然后再次举起来给众人看了看。“子弹是铜制内核。不过铜制的问题在于，它会瞬间把枪筒磨坏。为了解决这个问题，有人想出了一个主意：给子弹镀上一层特氟龙[1]。这个小玩意儿能刺穿金属和防弹背心，想象一下打到人头上会有什么效果。有没有人见过练习打靶时西瓜爆炸的样子？”

歹徒扫视了众人一遍。JJ 看着地板，避免碰到他的目光。一把枪，一颗子弹，六个人中五个可以回家，接下来的事再明白不过了。她真希望自己想错了，可事实上没有。选择退出真是她有史以来做过的最好的决定。

“不说话，我就当你们不知道好了，这种场面真的是不忍直视。”最后几个字他故意拖了长长的尾音。歹徒一阵窃笑，然后连枪带子弹递给丹·斯通。这位公关只是双臂下垂傻傻站着，脸上写满疑惑与不安。

“来吧。”歹徒催促道。

斯通接过枪和子弹。

“你能确定是不是真的？”

斯通低下头，左手拿着枪，右手拿着子弹，“是的。”他低声说。

歹徒手做喇叭状放在耳边：“抱歉，丹，我没听清。”

“是的，是真的。”

“非常感谢，你真是帮了大忙。我们给他鼓鼓掌吧。”

没人动弹。

“我说，鼓鼓掌吧。不要让我说第二遍了。”

[1] 特氟龙具有卓越的化学稳定性、极好的不粘性。

几声零落又尴尬的拍手声在大厅里响起，而且很快就褪去了。歹徒伸出手，丹交还了手枪和子弹。

“回去坐下吧。”

这次斯通一点儿犹豫都没有。他步履匆匆，一路小跑，然后一屁股蹲坐在地。歹徒打开弹仓，把子弹塞进了其中一个空格里——他格外仔细，格外谨慎——接着他扣上盖子，开始拨动转轮。一遍，两遍，三遍。机械的咔咔声让 JJ 一阵颤抖。歹徒走到六人围坐的圆圈前，用枪筒轻轻敲了敲自己的手表。

“为了防止有人朝我开枪，我得提醒你们，我的心跳一旦停止背心就会爆炸。”

他把手枪转了半圈，让把手朝外，然后递给了海莉，“你应该是明白游戏规则的。”

海莉接过手枪，抵着自己的太阳穴。枪管晃了晃，好像自己有了生命似的，在她皮肤上印出一道道细小的红线。她放下枪，“我做不到。”

“亲爱的，你肯定能行。只需要用枪抵着脑袋，然后扣动扳机，再容易不过了。抱歉给你们传递了负面消息，可是人终究是一死，或许是今天，或者是二十年以后。总之在所难免，谁都跑不了。”

“我家里还有老公和孩子们。”

“你有六分之五的概率能再看到他们，为了这个机会你可是花了一百万的。游戏结局或许尽善尽美。”

海莉举起枪，迟疑片刻，然后抵着脑袋扣动了扳机，沉闷的咔嗒声比预想的更加响亮。枪跌落到她腿上，她忍不住开始啜泣。

“嘘——”歹徒安抚道，“没事了，你要回家了。”

5

亚历克斯·金用T恤擦了擦刀刃，抹掉了指纹的印记，金属因此熠熠闪光。接着他把刀别进牛仔裤的裤腰里，整了整T恤把刀柄盖住。他穿过厨房走到门边，透过小玻璃窗悄悄往外看了看，走廊里空荡荡的。他推开一条缝，透着空隙费力听，歹徒言谈镇定，不过他听到的东西怎么都说不通。

他一点一点把门推开，偶尔的吱扭声虽然轻微，但在这种寂寥荒凉的氛围中，听起来简直震耳欲聋。不过他还在慢慢继续。他壮着胆子赶紧推，然后挤过门缝，又蹑手蹑脚关上门，等门安稳关上才敢松手。前方走廊尽头，他可以看到那具男尸横躺在椅子上，椅子腿周围的血让他超级反胃。

“来吧。”他听到歹徒说。

“不。”

接着是一阵叹息，“你们什么时候才能明白，消极抵抗是没有用的。”

金皱皱眉。这人只说了一个字，可一个字就让这个人的形象丰满起来：胸有成竹、满腹自信、听起来是习惯了发号施令的。这声音浑厚深沉，应该是个男人的。

好奇心打败了他，他踮着脚顺着走廊往前走，只为了看得清楚一些。有风险就有风险吧，他实在是想看看，真正的英雄到底是什么样的。他匆忙弯下腰，躲在下层的那堵矮墙后，然后缓缓抬起头，直到视线和墙顶端齐平。他透过浓密的植物偷偷地向外观察。

金可以看到之前给布莱德·卡特安放的相机，再往外就看到了歹徒，他正用枪管抵着一个黑人老兄光秃秃的后脑勺。这人进餐厅时金有印象，金不认识他，但西蒙认识。金绞尽脑汁回忆他叫什么，对了，迪安德尔·亚历山大，就是他没错了。这家伙可是唱片制作高手，西蒙跟他交往过，听她说话的语气就觉得她对他还有感觉。而且从亚历山大看她的眼神也不难发现，这种感觉是双向的。

好莱坞的感情为什么总是那么复杂？如果能跟前任复合，金愿意放弃一切，西蒙想跟历山大重温旧梦，但是却跟金在一起。原因在于好莱坞始终是看重表象，外表就是一切。想想也真是疯狂。

歹徒按紧扳机，金心中一惊，吸气吸了一半就呼了出来。不对劲，完全不对劲。击锤已经飞出去了，却没有巨响，只有一声闷响。这个音乐制作人现在应该已经死了，应该脑花和血液四处飞溅，可事实上他还盘腿坐在地上，双手放在大腿上，目光直视前方。

“消极抵抗让你失去了回家的机会。”歹徒打了个响指，“一百万就这么打了水漂。你这一天算是毁了吧。”

JJ 突然扭头朝餐厅下层望了望，金慌忙躲了回去，心想她一定看到自己了。他能听到歹徒说话，可完全不明白怎么回事。他慢慢从一数到十，又一次抬起头，场面已经变了，真是越来越让人捉摸不透了。

凯利·普莱斯顿现在握着枪。这位女演员的红色长发可是她的标志，多家杂志曾整版整版地报道过她的头发。通常情况下她不会有一缕头发是不得体的，可是今天却一塌糊涂。她前额上潦草地写着 CARRIE（凯利）几个红字。

她突然拿起枪，用枪管紧压着脑袋一侧。她面无表情，眼神空洞，金不由得想到了人体模型。她按下扳机，不过枪没响，她把枪递给下一个人，金这才恍然大悟。

6

只剩三个弹膛了，其中两个是空的，另外一个有子弹。还剩三个人，分别是娜塔莎·洛维特、加里·汤普森和哈利。JJ之前不认识哈利，可现在这个中年男人的面庞已经永远地刻在她记忆里了。凯利·普莱斯顿默默流泪，浑身都在颤抖。JJ看到的更多是如释重负，不过中间也夹杂着些许内疚，这完全可以理解。算算生存成本就不难发现，活下来绝不是拿出一百万这么简单，她活下来是以别人丧命为代价的。

JJ看看凯利周围的人，每个人都跟她一样胆战心惊。不过恐惧中也混杂着宽慰，他们盯着枪，跟她想的肯定一样："谢天谢地不是我。"接下来是加里·汤普森，他也看着枪，只不过这回是他自己握着枪，他的手抖个不停。

"时间你自己把握，"歹徒说，"别忘了消极抵抗是什么后果。"

这位电影公司总裁盯着歹徒："你为什么要这么做？"

"你真的必须要问吗？"

"是的，我觉得必须问，不能死得不明不白。"

"有道理。不过原因很简单。你瞧，我不是刚刚有六百万进账嘛！"

汤普森举起枪，"如果只是为了钱，何必这么大费周折，比这简单的赚钱方法太多了。"

"或许对你来说是这样，加里。可是你得记住，你有你独特的技能，我也有我的强项。我们都是发挥优势，对吧？你哄哄小年轻们六百万就到手了，可对我们这种普通人来说，想挣六百万只能出此下策了。”

“你应该知道，大部分人质劫持事件都以歹徒死亡或入狱而告终，即便你能活着走出去，也难逃死刑。”

“我觉得你话太多了，加里。”

汤普森看看手枪，然后对准歹徒，他手指放在扳机上，手腕稳当有力。眼前的一幕让 JJ 简直难以置信。他想什么呢？真是自取灭亡，疯狂透顶！他想让大家陪着他一起送死吗？所有人都屏住呼吸，一切都静止了。

“我慢慢开始觉得，你根本没打算放任何人离开。知道我怎么想的吗？我觉得你说的都是狗屁。”

“想开枪就动手吧，不过你要想清楚，这么做相当于给在场各位都判了死刑。我之前就说过，任何行为都有后果。”歹徒停顿片刻，好让汤普森仔细想想，“归根到底我们都明白，你是不会朝我开枪的，你这个人分得清轻重，有三分之二的概率你能活着出去。你肯定会碰碰运气的，因为现在你拼命想收回刚才说的话。游戏还玩不玩了？”

汤普森把枪紧紧按在太阳穴上开了一枪。又是一声闷响。

“真是不容易啊。好了，把枪给娜塔莎。”

汤普森把枪递过去。JJ 看到的还是如释重负，跟海莉和凯利一样。不同的是，汤普森还带着一丝愤怒，一点儿都没有幸存者的愧疚感。汤普森一向性子急，做事往往很执拗。JJ 希望他能控制好自己的脾气，设身处地为大家着想。

“就剩两位了。”歹徒说，“娜塔莎，该你了。”

娜塔莎双目无神，漠然看着前方不远不近的距离。她的样子真是让人心碎，JJ 感觉她已经崩溃了。娜塔莎拿起枪对准头，扣动了扳机——没有犹豫，也没有感情——巨大的枪声响起。

JJ 看到这位导演脑袋一侧，鲜血、脑髓和骨骼飞溅，尽管亲眼所见，还是很难消化这一切。娜塔莎倒在一边，枪从她指间滑落在地。她的生命体征已经全部消失，四周到处都是血。血液从她头骨里流出来，发出暗红色的光晕，然后顺着地板缓缓往外漫延。

“祝贺你，哈利。”歹徒说，“看样子你可以回家了。”

哈利盯着娜塔莎纹丝不动的尸体，不过他其实根本就没在看。他抬起一只手，心不在焉地抹掉了溅在脸上的东西，接着另外一只手也开始抹，他开始用两手疯狂地擦，拼命要弄掉脸上的液体和血块。没用，他这么一抹血浸得反而更深了，他的皮肤都变成了让人作呕的棕黄色。

“托尼，”歹徒叫道，“麻烦送这四个幸运的人到门口。迪安德尔，你得坐回去，和其他人继续留在这儿。”

托尼走到他们旁边，搀扶他们一个个起身。他语气轻柔，极力安慰他们，让他们相信一切都会好起来的。他让他们排成一列，然后引领他们朝门厅走去。JJ 再次看到他们备受折磨的面容，紧接着他们就从眼前消失了。

歹徒拿起电话。等待接通的时候，他扫视了一遍剩余的人质。看到迪安德尔•亚历山大时他停了一下。JJ 真庆幸自己没像亚历山大那样做，她提醒自己，要继续像个隐形人一样。

“你好呀，路易斯，你怎么样？我们刚才玩游戏玩得超开心。”

7

罗伯看着卷闸门再次升起。他估计从上一批人质出现到现在大概过了二十五分钟。二十分钟前他采访了切斯特，之后就一直在周围无所事事瞎晃悠，只等着发生点儿什么。这二十五分钟真是太漫长了。做这一行就有这个缺点，为了那一分钟让人心潮澎湃的活动，往往要熬上无聊透顶的一个小时，有堵大白墙可以看已经算是不错的了。

正在这时，亚伦•沃尔特斯联系了他。他已经快把塔拉逼疯了，她迟早会抡起什么打他一下，只是时间问题，或许她会用相机，要知道这种东西可是很重的。这位公关的消息简短明快，又有四名人质要出来了，歹徒希望 TRN 对人质交接进行直播。

罗伯站在阿尔菲入口的一侧，塔拉则正对门口，她慢慢后退，直到镜头把罗伯以及两扇门都囊括在内。身后一架架直升机嗡嗡作响，它们在大约三个街区远的地方。最近的一架是洛杉矶警察局的，剩下的是各家电视台的。TRN 的飞行员肯定在争夺最佳位置，径直朝着禁飞区域的边缘挤去。如果他没收到三次以上的撤离警告，那塞特肯定会把他生吞活剥了。

罗伯乱说一通，自己都不知道自己在说什么。他的注意力主要放在入口处，一心等待发生点什么。他恍惚觉得玻璃门后有个人影，可玻璃是半透明的烟熏色，所以他也不敢确定。或许是的，或许不是。空欢喜他们已经感受过两回了。

谨慎起见，罗伯开始营造紧张氛围，说不好真的有人要出来了。现在他措辞越来越小心，这样才能保证说的话天衣无缝，滴水不漏。太阳光闪过玻璃板，门打开了。

“目前我们正在等待人质走出，”罗伯说，“我们随时都可能看到他们。”

话音刚落，一位女士就走了出来。她满眼泪水，抬起双手遮挡日光。罗伯没认出她，她的手势也挡住了额头上的字母。他好像看到了一个 H，或者是一个 Y。这位女士突然踉踉跄跄跑了起来，跌跌撞撞，左摇右晃。两名全副武装的警察赶过来，在停车场迎上了她。

左边那名警察急忙扶着她以防她摔倒，他的同伴则给她披上毯子。两人一刻不停，争分夺秒带她撤离到安全地带。

接下来出来的是加里·汤普森，罗伯一眼就认出他了。汤普森身居梦工厂高层，是顶级玩家，也是顶级浑蛋。罗伯虽然没有一手资料，但听了不少传闻。汤普森昂首阔步走过，完全没有要跑的意思。他泰然穿过停车场，好像身穿黑色丝绸内裤走在洛杉矶街道上是自己的日常行为。汤普森一滴眼泪都没有，他面色阴沉，嘴巴紧闭，好像随时要给谁一拳似的。一群警察跑过来迎接他，他摆摆手让他们走开。汤普森抓起毯子，用力抖开披在肩上，大步朝着刚才那位女士的方向走去。

“接下来这位是梦工厂的加里·汤普森。”罗伯再次重复道，以防有观众错过。他连续不断进行着评论，与事态发展保持一致。平和地播报真是个不小的挑战，他浑身热血沸腾，根本管不住嘴，连珠炮一样说个不停。

三十秒后，一位身穿红色内衣内裤的女士走了出来，她前额上写着 CARRIE（凯利）。标志的红色头发现在乱糟糟的，脸上的妆容也花了，罗伯又看了一遍才敢确定她的身份。

“现在走出来的是凯利·普莱斯顿，艾美奖[1]得主，成名作是情景喜剧《我是主角》，她新近拍摄的影片《心灵骑手》[2]相当叫座。”

凯利迅速穿过停车场，反复扭头往前门方向看，好像是要等下一位出来。她这副魂不守舍的表情与往日极富感染力的标志性微笑大相径庭。她一下子扑在迎面而来的警察怀里。另一名警察也紧跟着到来，把毯子裹在这名女演员身上，把她盖得严严实实。凯利身

[1] 艾美奖（Emmy Awards）是美国电视界的最高奖项，地位相当于电影界的奥斯卡奖和音乐界的格莱美奖。

[2] 以上两步片子均为杜撰。

材娇小，大概不到一米六，毯子都垂到她脚上了。她泪眼婆娑，胸膛极速起伏，好像哮喘病突然发作了一般。

最后走出来的这个人叫哈利，罗伯不清楚他是谁，这意味着观众们也不了解。如果是凯利最后出来肯定效果更好，报道就不会以这样的反高潮方式结束。十秒钟后，金属卷闸门再次降了下来。塔拉重新调整位置，把镜头拉近罗伯。

“更多最新进展请继续关注演播室里卡罗琳的报道。”

8

塞特又点了支万宝路，那个亚洲实习生当即翻了个白眼。

“有问题吗？”

“没有没有。”

“这才像话。”

这个小伙子赶紧扭过头去，故作忙碌状。塞特沉醉了一阵子。一切进展顺利，他暂时可以不用操心。一条条新闻衔接流畅，就像巨大机器上抹了润滑油的齿轮一样平稳运转。他们占了上风，形势一片大好，前景似乎也一片光明。

“凯利•普莱斯顿经纪人的电话。”那个亚洲小伙子说。

这个小伙子异常卖力，显然一心想弥补刚才的过错。自普莱斯顿蓬头垢面、跌跌撞撞走出阿尔菲到现在已经有两分钟了。仅仅两分钟，她的经纪人就打来了电话。

CNN 和 Fox 财力更雄厚，估计已经接到了电话。塞特不介意排在第三位，他知道游戏规则。他也知道普莱斯顿的经纪人只不过出于礼节才打来电话，而且只因为TRN 现在占着上风。他还明白，她的时间安排得满满当当，唯一没顾得上联系的就是凯利本人了，肯定连个简短的慰问电话都没有。无论塞特在洛杉矶混迹多久，这座城市始终让他着迷。

塞特吸了最后一口烟，对着天花板吐出一团雾气，然后调了调耳麦，简洁明了地说了句“塞特•艾伦”。这个经纪人没工夫自我介绍，也懒得闲聊，她直奔主题。塞特理解她的用意，时间就是金钱。之前凯利•普莱斯顿只排在A级明星里靠后的位置，现在却成全城热议的人物，原因很简单，她是目前为止走出阿尔菲的最引人注目的明星。

注意是“目前”，因为这样的状态不知道会持续多久。歹徒随时会释放更大牌的明星，比如艾德•理查兹。如果他放了理查兹，那么凯利•普莱斯顿就成过去时了。因此，她的经纪人语速惊人，也是因此，她的经纪人甚至没有打电话问问她怎么样。

这位经纪人提出了进行独家专访，简直是趁火打劫，TRN高层无论如何都不会批准的。塞特二话不说就答应了，这个经纪人没说谢谢也没说再见，直截了当挂了电话。

最不济他赢得竞价却丢了工作，不过这是不可能的，因为Fox和CNN不会善罢甘休的。TRN出尽了风头，他们正在不惜一切代价收复失地。争取到普莱斯顿的独家专访能一定程度扭转不利地位。

9

亚历克斯•金瘫坐在矮墙下，呆呆凝视着对面墙上的油画。白色的帆布上着色鲜艳多彩，可他只看到了红色。一直以来他都把红色等同于血色。现在他知道不一样了，血液不是红色的，血液亮闪闪黑乎乎，遇上光线还会闪出一丝暗红色。

枪声响起时，他正躲在墙后。他看到了洛维特拿枪对着脑袋，他也看到她按紧扳机。他祈祷这次还是一声空响，可是却事与愿违。有那么一阵子，周遭一片安静，他甚至真的相信洛维特会没事，可是枪砰的一声就响了。枪声持续在他脑海里回响，耳朵也嗡嗡个不停。四周弥漫的味道更是不堪忍受，刺鼻的硝烟味里混杂着屠杀动物般的恶臭，这味道令人作呕。要知道，拍电影是没有这种味道的。

空调的气流吹得金头顶的叶子轻轻晃动。绿植里是他藏的相机，绿植外则是一群惊恐万分的人。他希望 FBI 在时刻跟进，时机合适他们或许会发起行动。卡特他们最好赶紧制定出营救方案。还要死多少人，他们才会采取行动?

金知道该回洗手间去了，可怎么都动不起来。洛维特死了以后，他就一直这样了。他四肢僵硬麻木，屁股像是粘在了冰冷坚硬的地板上，脑袋嗡嗡直响，万千思绪像蝴蝶般来回乱飞，怎么都停不下来。他逼着自己动了起来。他信不过自己的双腿，只得扶着墙。他终于又到了洗手间，最后一次回头看了看，这才放下心来，轻轻推开门，从缝里溜了进去。顿时一股橙香飘来，可是香味也无法抹去硝烟的味道和死亡的气息。种种气味似乎永远停留在鼻子里了。

金左手轻轻扶着门边，右手握着门把手，小心翼翼地合上门，生怕发出一丁点儿咯吱声，有一点儿声音他就完了。有那么一秒钟，他头靠着冰冷的木头一动不动，听着自己雷鸣般的心跳声。门阻隔了餐厅传来的声音，现在听起来像是嗡嗡的背景音。这样很好。

金一边站着，一边想象着自己躺在圣基茨岛的泳池边，缤纷多姿的烟花把夜幕装扮得格外耀眼，风中弥漫着海洋的气息，宜人的凉风掠过他裸露的双臂。慢慢地，他与现实处境脱离了。他从小就教会了自己这么做，他必须得这样。每当事情糟到不能再糟时，唯一的生存之道就是想象自己生活在一个美好的世界里。那个世界里，自己的妈妈是一个平凡普通、充满怜爱的妈妈，自己也不必担心如何防止她看到自己浑身伤痕。

金重新睁开眼睛，感觉好些了。洛维特遇害的记忆已经在消退，和以往所有的黑暗记忆一道被牢牢锁在时常被遗忘的角落。他深吸一口气，然后呼出，吸入然后呼出，瑜伽式呼吸绵长而平静。接着他走到小便池前蹲下来，直到视线与洞口齐平。明媚的日光和洛杉矶八月的热风拂过他的面庞，自由似乎触手可及，他甚至都能感觉到了，他更愿意困在月亮的黑暗面，这么一来也就死心了，不会有那么多求生的念想。

10

人质们肩膀靠肩膀，紧紧依偎在一起。算上 JJ，现在还有十名人质。他们挤作一团，好像坐近点儿能稍微安全一些。可这只不过是幻想罢了。

JJ 认识其中的六个人：托尼、艾德•理查兹、西蒙、凯文•唐纳修、丹•斯通和迪安德尔•亚历山大。还有三个她从来没见过，其中两女一男，分别叫贝弗、珍和弗兰克。他们很可能是幕后大佬，大概是总裁或制片人，如果是演员，那她早就认出来了。如果他们是编剧、作曲或者电影制作环节中默默无闻的工作人员，肯定不会出现在这里，因为他们不够格——要么不够富有，要么不够重要。

还有亚历克斯•金。

JJ坚信他还在餐厅里。歹徒专心玩他的俄罗斯轮盘[1]时，JJ注意到了下层发出的动静。她瞥了一眼，发现一些植物在晃动，或许是一阵猛烈的空调气流吹动的，但是她敢确定是金。她没有确凿的证据，可就是感觉有人在偷偷注视他们。

放在今天早上，她肯定会嘲笑那些单凭感觉做判断的人，她会把他们等同于那些摔破镜子都会吓破胆的人。在JJ看来，迷信是那些无聊至极的人才会干的事，她的世界里可没有这些东西的存活空间。坏事会发生，好事也会发生。不管你有多少只幸运兔脚，不管你多么极力避免在梯子下行走[2]，也不管路上有多少辆汽车从你身边疾驰而过，该发生的总会发生，现实就是这样。

她的世界满是冷冰冰的、铁一般的事实。她搜集事实，制订计划，然后执行计划。在她看来，直觉跟看手相、塔罗牌以及占星术是一类东西。然而今天下午坐在这里的她和不到两小时前走进阿尔菲的她简直有了天壤之别。眼前的一切给了她新的认识，她乐于承认有时候遇到事情需要相信直觉。

“有人饿了吗？”

这问题从左手边传来，打断了JJ的思绪。她甚至有可能倒抽了一口气，不过她觉得不太可能，至少她希望自己没有这么做。眼前橡木地板上的一道划痕突然成了她见过的最有趣的东西。

歹徒想找吃的就意味着要去下层的厨房，假如亚历克斯·金还在那儿，那他被发现的可能就大大增加了。JJ突然心生愧疚，这种感觉简直要把她吞掉了。金要是死了，她肯定难辞其咎。是她让他

[1] 一种自杀式游戏。参与者在左轮手枪里放入一颗或多颗子弹，参与者轮流拿手枪对着自己的头，按下扳机，直至有人中枪或不敢按下扳机为止。传说这种“游戏”源自十九世纪的俄罗斯，由监狱的狱卒强迫囚犯进行，以为赌博。

[2] 西方传统忌讳在梯子下行走，认为这样不吉利。

今天来的，前前后后都是她一手安排的。如果一定要有人承担责任，那肯定是她。

“听不懂我的话吗？这问题又不难。有没有人饿了？”

JJ 仍然一动不动盯着地板上的划痕，她能感觉到周围的人纷纷摇头，有人低声说了个“不”。

“那大家是都不饿啦？好吧，我可是饿得要死。”

“就是这样了，”JJ 心想，“他会大步走进厨房，金肯定会被发现，然后被处决。一切都是我的错。”

不过她预想的并没有发生。歹徒拿起电话拨了一通，把听筒放在耳边，面罩都因此变皱了。几秒之后电话接通了，他说道：“路易斯，有没有想我呀？有没有猜到我想要什么？”

一阵停顿。

“别紧张。我们随后再讨论。不过我得告诉你，我为比萨疯狂啊。”片刻沉默过后是一声大笑，“真是不好意思，估计我都把你们吓出心脏病了。我说我为比萨疯狂可不是字面意思，只不过是一种说法罢了。我以后说话得再仔细斟酌一番，对吧？”

又是一阵停顿。

“我想要一个超大超厚的比萨，记得加火腿、蘑菇、意大利辣香肠和浓奶酪。算了，还是做两个吧。这里的朋友们都说不饿，不过你也知道有人带比萨进来会是什么场面，香味总是让大家胃口大开，突然每个人都想吃一片了。”

又是一阵停顿，又是一阵大笑。

“好了，现在又有一个问题。我拿什么回报你呢？你怎么心口不一呢？你想让我再释放一位人质，对吧？都说生命无价，不过你似乎刚刚给一条人命定了个价格。两个比萨换一条命我没问题，不过我得说明，比萨必须得是好比萨。还有一件事儿，说不定你们禁不住诱惑，想给酱汁里加点儿什么让我睡过去。记得我的手表，如果我心跳低于50，嘀嗒嘀嗒几声炸弹就爆了。明白吗？比萨送到了给我打电话。”

歹徒放下了听筒。他转向人质们，轮番审视他们，“我猜你们现在都想问谁能回家。”

JJ看着地上的划痕，几乎不敢呼吸。她思考的可不是这个问题。她考虑的是这次歹徒又有什么阴招。

11

“我不明白为什么警察不直接冲进去，又不是敌众我寡。当然了，肯定会有附带伤害，但是总比让所有人都死了强。能救多少算多少，没错吧，没错吧？警察可是有枪的，还有反恐警察，要我说就用一用。这么多火力放着不用有什么意思？要我说就弄挺重机枪进去。”

罗伯正站在人群外围，伸出麦克风，边听边不时点点头，这个受采访的家伙明明是个智商两位数的乡巴佬，说起话来却俨然一副报名应征门萨俱乐部[1]的样子。一听到要做街头采访罗伯就头疼不已。这工作用枯燥乏味来形容远远不够，说白了就是伸出麦克风，对着一帮自以为是的混蛋，为后世记录下他们的观点。

这些蠢货们总是比专家还专家，还总是能找到答案。讽刺的是，有一个问题罗伯非常想问，可知道又不能问。他们要是有答案，那为什么不站出来纠正众人的错误观点，反而对着他大谈特谈？

---

[1] 门萨俱乐部由罗兰德·贝里尔和兰斯·韦林于1946年在英国牛津创立，是一个以高智商作为入会标准的俱乐部。

这个乡巴佬还在唠唠叨叨说个不停，他先数落了警察的平庸无能，接着又数落州长把萨克拉门[1]治理得一片混乱。接下来估计要指责总统把白宫治理得一片混乱了吧。这家伙停下来歇了口气，罗伯趁机赶紧收尾。他真是勒死约拿的心都有了。

幸好采访不直播。如果这些人听到自己说的话，或许当场就断气儿了，他们以为自己言语机智，可事实并非如此，他们的自我感觉与事实相差十万八千里。这些采访都得进行后期剪辑，好让这些傻瓜们的话听起来没那么蠢，然后这些片段会穿插在重大新闻之间播放，给节目增添一丝色彩。这些片段也可以填补播放时间，一定程度上解决了全天候新闻台内容不足的问题。这个做法可以让普通人对危机更加感同身受。罗伯明白这个理论，可还是讨厌做街头采访。

一小拨人围着他聚拢，不过罗伯一点儿都不吃惊。随便在美国的哪里丢一个摄制组，肯定会凑上来一群人。洛杉矶比全美国其他任何地方都疲于应付这种事，因为它是全美国娱乐行业的中心，不过其他地方也好不到哪里去。接下来采访的是一位半老徐娘，她年轻时应该挺漂亮的，不过早已美貌不再。她的靴子闪闪发亮，她化妆不是为了让自己更美，而是因为必不可少。

“您如何看待今天的事件？”初始阶段结束后罗伯问道——初始阶段主要是询问姓名、年龄之类的信息。他怎么都提不起精神，装热情都装不出来，不过他深挖下去，终于勉强让自己有了点儿兴趣。

“我很喜欢艾德·理查兹！”她尖叫得让人头疼，“我看过他所有的电影。每部新片子都不会错过。我要向上帝所有的神灵祈祷，希望他一切都好。他要是有什么意外，我都不知道要怎么办了。”

罗伯心想，就算理查兹死了，她悲惨的小日子还得照旧。唯一

[1] 美国加州首府。

的改变就是迷恋对象的改变。艾德·理查兹会被其他人替代，不管这人是谁，总之，她只需要有这么个白衣骑士[1]让她燃起对优渥生活的幻想。幻想永远无法变成现实也不要紧，重要的是幻想本身。罗伯一言不发，狠狠诅咒了约拿一番。

“您还有没有其他要补充的？”

“我想说我很担心他的家人。我在为他们祈祷。天知道这个可怜的女人和孩子们在经历着什么，他们肯定很痛苦。”

这位妇人又往下说了一阵，罗伯很快就听不进去了。那声音就像牙医手上的小钻发出的，就凭这点塞特也不大可能用这个采访。不过话说回来，塞特的脾气可是捉摸不透，他一向随心所欲，独断专行。罗伯结束了采访，开始寻找下一个“受害者”。一个身穿西装的家伙引起了他的注意——因为他的西装。周围其他人都是休闲装，牛仔、T恤、短裤、运动鞋之类。罗伯走上前去。

“先生，您怎么称呼？”

“这个不方便透露。”

罗伯没有勉强。没有名字的采访塞特是不会用的，不过这家伙让罗伯不禁好奇起来。一来是因为他穿着正式，但并不完全因为这个，他给人与众不同的感觉，其他人都是来看血腥场面的，而他不一样。这家伙流露出一种超脱感，好像在远远观望，丝毫没有被周边氛围感染得忘乎所以。

“您今天为什么到这里来？”这次罗伯言语中的激情半点不假，他着实对这家伙的回答感兴趣。

“因为这件事情跟我有利益关系。”

“你认识阿尔菲里面的人？”

---

[1] 西方文化中白衣骑士会向他人施以援手，帮助人们走出困境。

这家伙摇摇头，冷冷一笑："朋友，你想得太歪了。"

"那你为什么在这里？"

"因为我用一百块下了五倍赌注，赌下一个挨子弹的是艾德·理查兹。"

12

"你最好讲出点儿精彩内容，"塞特朝着电话吼道，"马上就到整点播报了。不是我说你，你可真会挑时间。"

"你肯定想听的。"罗伯说。

"你只有十秒。"

"人们在打赌下一个死的会是谁。"

"你开玩笑呢？"

"我再正经不过了。我刚跟一个家伙聊了聊，他下了五倍赌注，赌理查兹下一个死。"

"合法赌徒不会碰这种东西的，不过我猜不少黑帮分子还是会的。"

"黑帮分子，塞特，现在都二十一世纪了，不能还是肯尼迪时代的老思想了。"

"你最好管住嘴巴，否则就等着重新找工作吧。"

"现在这种东西都是在网络上进行的，"罗伯说，"在线赌博可是每年数十亿规模的产业。你什么都能赌，什么都行。因为大部分活动都是受犯罪集团控制的，他们才不在乎你赌什么，他们只希望赌客输的钱比他们赢的多。事实也是这样，不管是印第安人居留地内的实体赌场，还是网络上的虚拟赌场，赢钱的总是庄家。"

“研究得挺深入嘛。”

罗伯没来得及说谢谢，塞特就挂了电话。塞特伸手拿了根“万宝路”点上，然后看了看三位助理。他正要下命令，可是三个人看他的方式让他欲言又止。三人缩成一团，胳膊都要碰到一起了。看到他们挤在一起的样子，塞特不禁联想到了一帮小孩子，他们就像是面对怒气冲冲的校长的孩子，个个战战兢兢。三人快速对视，显然趁他打电话的时候，他们已经私下嘀咕过了，而且肯定不是什么好消息。

“说！”他吼道，三个人吓得简直要跳起来了。

又是一阵窃窃私语，又是一阵推推搡搡，然后那个白人女同性恋站了出来。

“Fox 有新闻了。”她说。

“亲爱的，Fox 新闻可不少。他们可是新闻频道，他们是靠这个吃饭的。你得具体点儿。”他故作平静状，这种平静是飓风中心的那种平静。

“洛杉矶公益戒毒刚刚收到了歹徒六百万的捐款。”

“你是怎么知道的？”

她朝着其中一块小屏幕点了点头。Fox 正在反复播放这条新闻，屏幕下方的标语上写着：“阿尔菲歹徒向洛杉矶公益戒毒捐赠了六百万。敬请期待更多讯息。”

“洛杉矶公益戒毒是个什么东西？”

“它是一家慈善机构，专门帮助那些去不起贝蒂·福特[1]的人，那些靠救济生活的人、无家可归的人、妓女等社会最底层的人。”

---

[1] 指美国前第一夫人贝蒂·福特创立的世界闻名的戒酒、戒毒诊所“贝蒂·福特中心”。

塞特瞥了一眼指间越烧越少的香烟。太阳穴旁边的血管阵阵搏动，尼古丁、咖啡因和肾上腺素交织在一起的刺痛感使他很不舒服。

“好吧，我有一个问题，”他睁大眼睛看着三位助理，然后放声开骂，“为什么是Fox而不是我们？拜托了，需要我提醒你们新闻是谁挖掘出的吗？你们都被炒了。给我滚，滚得越远越好！”

三个人好像在努力探究他到底是不是认真的。没人敢看塞特，他们面面相觑，耸耸肩，然后坐下来继续各忙各的。塞特看看屏幕上端的钟表，再有二十秒就该整点播报了。主屏幕上正在播放TRN的片头，图片时髦前卫，音乐激动人心又恰到好处。其中一块小屏幕上，化妆师正在忙着给卡罗琳·布拉德利修饰妆容。

还有十秒。

化妆师匆匆跑到镜头外，卡罗琳转身对着相机。她双唇对着磨了磨，手轻轻拂过头发——仿佛有一缕散落了下来，然后把桌子上的文件摆放整齐。

“各部门准备。”塞特说。

他声音里毫无激情，有的只是疲倦。他会赶超的，他一直都可以，只需要一两秒来恢复正常呼吸。或许他真的老了，应付不来了。不过他随即就打消了这种念头。这么想太荒谬了，根本不值得考虑。

“听我指挥，切给卡罗琳，”他说，“三，二，一。”

15:00-15:30

1

“欢迎收听Fox新闻的全球独家整点播报。阿尔菲劫持十名人质的歹徒刚刚向慈善团体洛杉矶公益戒毒捐赠了六百万。这一举动使得人们开始称他为‘当代罗宾汉’[1]。”

歹徒合上笔记本盖子，女主播说了一半就被切断了。最后几个词仍然在JJ脑海里回旋。“当代罗宾汉”都想干吗？她抬头看看歹徒，发现他又在挠头。他从口袋里拿出一个小白盒，往手里倒了几个药片，然后吞了下去，使劲儿仰头想尽快咽下去。有那么一会儿，他只是痴痴地望着下层，手放在电脑盖子上。他看着那个死去的会计，但是JJ感觉他其实什么也没看。他眼神缥缈，好像在苦苦思索。可是他在思索什么呢？

[1] 罗宾汉是英国民间传说中的英雄人物，人称汉丁顿伯爵。他武艺出众、机智勇敢，是一位劫富济贫、行侠仗义的英雄。

歹徒跟谈判员通过电话后，房间里的气氛变得更加积极乐观了。毫无疑问，大家的心思都是一样的：有人要出去了，有十分之一的可能就是自己。JJ 并不这么想，她还在思考有什么陷阱。现在她又开始考虑另一件事：歹徒到底用意何在？

之前他索要了六百万，她一度以为他的动机是钱。这么推测很合理。敲几下键盘，点几下鼠标，他就摇身一变成了百万富翁，他只需要逃离阿尔菲，就能带着这么一大笔钱逍遥地度过余生。逃跑没那么容易，不过也不是无法实现。他行动前做过细致的计划，所以肯定也有周密的脱身之计。墨西哥不太远，如果他设法逃走，肯定会永远消失。有六百万存款在手，肯定很容易打通各种环节——除非他一开始就不是这么想的。

捐款之后风向就变了。媒体一向擅长搅局，新闻播报本身就是顺势而为，往往自然而然地发展下去。故事一步步发展改变，慢慢有了自己的生命力。试图控制重大新闻的走向就像试图制服一条鳄鱼。不过 JJ 相信，这次 Fox 没有搞错。从劫持事件发生到现在，他们一直在奋起直追。这次他们有望收复一些失地，所以，他们必须得保证真实性。如果不是百分百确定，他们无论如何都不敢拿来做重大新闻。

她忍不住又想到了动机问题。歹徒要做什么？他目的何在？他一定有目的，地球上每一个人都有目的。

JJ 闭上眼睛，试图理清思绪。从劫持事件发生到现在，她始终没有弄清真相，反而总是在被动反应。以前她往往是局外人，以旁观者的身份分析问题，做到视角清晰，最终圆满完成工作。置身其中同时保持警惕真是一种全新的体验。

心中的万千疑云和假设让她无法头脑清晰。她无数次看到客户们这个样子。自己的小世界支离破碎，所以，他们开始质疑一切，希望解决之道能自动跳出来。讽刺的是，问题十有八九都出自他们自身，这是他们从来不曾质疑的地方。他们乐于指责其他所有人，却从来都不知道自省。

可这回的情况就是那十分之一，JJ 怎么看都不是自己的错，她只是在错误的时间出现在了不该出现的地点，仅此而已。

把钱捐给慈善机构真是个精明的举动。这一点她必须得承认。她无数次建议客户们这么做。JJ 喜欢慈善组织，捐一大笔钱往往能买到各方赞誉，还能弥补不良影响，真是让人开心。当然了，免不了有些愤世嫉俗的人站出来大肆批评奚落，不过毕竟是少数。大多数人还是喜欢这种慷慨之举的。

唯一胜过捐钱的就是付出时间，真正投身其中。按照 JJ 的准则，凡是能提供拍照机会的活动都很棒。在感恩节为无家可归的人分发食物，或者去非洲的孤儿院跟孩子们一起踢足球，具体是什么活动不要紧，只要这个客户始终保持微笑就行。

JJ 最感兴趣的是歹徒对慈善机构的选择。美国有超过一百万家注册的公共慈善组织，其中不乏规模庞大的，不过小规模的还是大多数。他可以把钱捐给美国癌症协会或者红十字会，可他没有。他选了洛杉矶公益戒毒，这家机构小得 JJ 觉得大家都没有听过，反正她肯定没听过。洛杉矶公益戒毒史上所有捐款总和很可能都没有超过七位数，突然注入六百万现金就像是上帝送来的礼物。

问题是他为什么独独选了这家。或许新闻报道的最后会揭晓答案。“这一举动使得人们开始称他是‘当代罗宾汉’”，从一名公关的视角来看，这种做法真是太有才了。只用了这么一手，他就把自己从坏人变成了非传统式英雄。一开始大家都以为他是基地组织派来的自杀式袭击者。现在他摇身一变，成了“当代罗宾汉”。JJ 真是大开眼界，论起颠倒乾坤的本事，JJ 甘拜下风。

问题在于，如果他不是为了钱，那到底为了什么？

在 JJ 看来，求取名声的可能性越来越大。或许归根结底，他只想追求十五分钟的名声大噪。捐钱显然是为了让历史铭记自己的善举。可是不管出于什么原因，都不应该带着炸弹和枪闯进一家餐厅，无缘无故地开始杀人。况且他也确实没什么胜算。正如加里·汤普森所说，大部分人质劫持事件都以歹徒毙命或者入狱收场，这两者之间没有太大区别。加州的任何陪审团都不会判定这家伙无罪，也不会有任何法官犹豫是否判处他死刑。

2

塞特目光严厉，把三位助理挨个看了一遍。他们紧张得双脚挪来挪去，尽一切努力避免跟他有眼神接触。他们惊慌失措，手都不知道应该放在哪里。

“我想出了一个办法让你们将功补过。”他说。

“怎么将功补过？”那个亚洲小伙子问道，他还因此得到了一番表扬。至少他有勇气开口，光是这点就比另外两人强得多。

“我要你们确认歹徒的身份。”

“怎么确认？”那个亚洲小伙子又开口了，这下刚得到的表扬又抵消了不少。

“天啊，你们口口声声名校毕业，什么都没学到吗？”

“显然没有。”那个黑人小伙子说道，还因此被狠狠瞪了一眼。

“听着，我不管你们使什么手段，我才不在乎你们去贿赂谁，我也不关心你触犯多少条法律，搞到名字才是重点。”

“你想让我们去犯法？”那个白人女同性恋问道。

“亲爱的，不是这样的，我只不过让你们胆子大一点儿，主动一点儿，哪怕装也要装的像个职业记者。”

“可以从洛杉矶公益戒毒着手，”那个黑人小伙子提议道，“钱肯定已经汇到他们手里了，谁捐的他们肯定有记录。”

“谢天谢地。或许你还有点儿希望。不过记住，Fox 没搞到名字，这就意味着洛杉矶公益戒毒肯定口风很严。你得比他们更有说服力。能做到吗？”

黑人小伙子点点头：“没问题，做得到。”

“太好了。停车场里每个车的车主查出来了吗？”

“他们还在查。”那位亚洲小伙子答道。

“告诉他们再快点儿。”

3

歹徒站在艾德·理查兹面前，挨个打量所有人。JJ 又一次确信，他看她的时间比其他人都要久，不过她把这些都归结于自己的胡思乱想。大家肯定跟她想的一样。

“真希望你们能看看自己现在的样子。一个个哭丧着脸，比参加葬礼还难受。来吧，都站起来，排个队。希望这样能驱散阴云吧。”歹徒拍拍手，“我说了，都给我站起来！来吧，抓紧时间。”

JJ 选择第五个站起来。第一个站起来太引人注目，最后一个也是，中间的第四第五第六就没那么显眼了。凯文·唐纳修又是最后一个站起来。JJ 真是同情他。站起来是对耐力的巨大考验。唐纳修状态越来越差，似乎马上就要倒地，呼吸又浅又急促。JJ 想说点儿什么，可牙关紧闭。歹徒已经单独把她挑出来一次了，她幸存下来简直是奇迹，她可不敢确定是否能幸运地再躲过一劫。她快速四下瞥了一眼，没人敢走过去扶唐纳修一把，连托尼都不敢，这位餐厅老板看上去完全被打败了，一副失魂落魄的样子。

JJ 最喜欢托尼的笑声了，尤其在他八卦的时候，他现在的样子像是永远也不会放声大笑了。托尼双眼肿得眯成了一条细缝，眼周的皮肤从红色变成了深紫色。放在落日里，这些颜色会异常辉煌灿烂，可是放在托尼的脸上，只会让大家更加清醒地意识到自己置身险境。JJ 无须更多提醒，自己下巴被打的地方还一直疼着呢。

歹徒在他们面前大步走来走去，消音枪就拎在手上。他停下来正对着他们。“大家应该都知道音乐雕塑[1]吧，孩子们在派对上玩的那种游戏。规则很简单，音乐停止时立刻停止跳舞，保持完全静止，就像雕塑一样，谁先动谁出局，坚持到最后的就是赢家。”

他的口气惹得 JJ 心烦意乱。“坚持到最后的”，听起来太像临终告别，像宣布死刑一样。歹徒敲了几下键盘，扬声器里传来《哔哔巴士》灵动的旋律，女歌手的声音洪亮又颤动，好像糖吃多了一样。曲子十分单调，尖厉刺耳，缺乏低音。周围的环境已经让人毛骨悚然，播放这首歌之后更诡异了。JJ 觉得好像置身于恐怖片当中。

“还等什么？”歹徒喊道，“开始跳啊。”

他用枪指着艾德·理查兹，视线沿着枪管看过去。理查德立刻开始双脚乱晃，看起来荒唐极了，就像婚礼上不断出丑的老叔叔。他现在一团糟，事业离撞车也不远了。要是粉丝们看到他这个样子，无论如何都不会相信，眼前这个人曾经让他们怦然心动。

“跳啊，各位！”

[1] 音乐雕塑是英国儿童生日聚会上经常玩的游戏，类似于抢椅子游戏，音乐停止时，大家立刻像雕像一样定住不动。

JJ 开始挪动双脚，她肯定自己看上去跟理查兹一样荒唐，不过顾不上了，出丑可比死强百倍。活着胜过一切，撑得越久越有可能获救。音乐停下，JJ 也跟着停了下来。她现在的姿势正好能看到理查兹和西蒙，可是看不到其他人。她决定再也不犯同样的错误了，下次一定要摆个能看到所有人的姿势。房间里顿时一片寂静，这是十个人拼命保持静止的结果。JJ 早就想好了策略，她要在第五个退出。

“凯文，看来你第一轮就输了。”

JJ 用余光往身后瞥。凯文·唐纳修的脸色前所未有的白，白得像个鬼魂。歹徒举起枪，对准了这位制片人的脑袋。

4

“我下五十倍，赌凯文·唐纳修会赢。”塔拉说。

罗伯凑过去站在她背后，调整角度努力看她的手机。俩人远离人群，坐等发生点什么。什么都行。街头采访做了六场，罗伯再也受不了了。塔拉也拍了一堆背景，镜头里警察、消防员和医务人员看上去手忙脚乱，其实基本上就是四处闲逛，同样等待着发生点什么。众人就像困在机场候机大厅的乘客。

“谁人气最高？”他问道。

塔拉碰碰手机屏幕：“艾德·理查兹。除非你赌他赢，否则不可能跟我打平手。”

“大家都在赌谁挨下一颗子弹？”

塔拉又敲了敲，然后哈哈大笑：“你肯定不会相信，还是艾德·理查兹。不过赌注高一些，大概两倍吧。”

罗伯思考了一秒：“事实上我真的相信。”

塔拉抬起头，眯着眼睛："你又是一脸思考状了。"

"没什么。"

"不，肯定有事儿。罗伯，别藏着掖着了，或许我能帮上忙。拜托了，说出来或许就能理清头绪了。"

罗伯咬着嘴唇，然后抽出了自己的手机。他先看了看 CNN 的现场直播，接着看了 Fox 的，然后是 TRN 的。基本上都是同样的主题，大同小异——歹徒是"当代罗宾汉"。

塔拉凑在他旁边："看到什么了，罗伯？"

他转身看着她："这家伙是个彻头彻尾的谜团，这一点我们都认同，对吧？"

她点点头："没错，这家伙是个谜一样的存在，一心扑在给自己创造的谜一样的困境里。"

"真是让人费解，他身上疑云重重。不管怎样，我们一开始都以为他是恐怖分子，对吧？然后他变成了一个杀人不眨眼的疯子。再接着他又成了'当代罗宾汉'。现在人们又开始赌谁死谁活。不得不说，现在这越来越不像人质劫持事件，倒越来越像人气比拼。"

塔拉点点头："你知道我想到了什么吗？真人秀。绝对是世界上最混乱的，但毫无疑问是一场真人秀。"

"没错。可是这家伙有什么动机？我们已经排除了政治角度，现在敛财也可以排除了。那还剩什么？必须得有个原因，总不能你一觉醒来，觉得今天是个好日子，所以应该绑个炸弹在胸前，劫持一整个餐厅的人质。"

"退后一步，万一动机真是的钱呢？"

"那他就不会捐掉六百万了。"

"如果最后能赚不止六百万，还是有可能捐掉的。"

"怎么说？"

“你之前告诉约拿，网络赌博可是动辄数十亿的产业，对吧。或许歹徒也想分一杯羹。”

罗伯摇摇头：“这样说不通。歹徒忙着应付人质，应付警察，还得找时间上网下注？对不起，我可不信。真要是这样，那他的一心多用能力真是到了新高度。”

“我告诉你，罗伯，真的可行。”

“不可能。他会怎么做？在凯文·唐纳修身上下注一百万，然后赚五千万？”

“没错，他肯定是这么计划的。”

塔拉又一次挺直身板，摆出一副严阵以待的架势。按惯例罗伯是不会跟她吵的，事实上每次争论都是塔拉赢。

“好吧，就算你说得对吧。歹徒用一百万下注五十倍，既然能控制结果，为什么不这么做？看起来理所当然，对吧？”

塔拉一言不发。

“第一个问题：他得活着逃出阿尔菲。第二个问题：赢了钱他得去领。你觉得跟他打赌的人能乖乖交出五千万？对手可能是俄罗斯黑帮，也可能是塞尔维亚人，反正不管是谁，都不会放过他的。你觉得他们不会有一点点怀疑？这种人疑心那么重，难道不会雇些杀手要了他的命？”

“你的假设是他会赌一把大的。他当然不会这么干，那样太蠢了。他肯定要分散下注，他会用一堆假名，开一堆账户。他肯定得保持低调，暗箱操作。他还是会跟那些俄罗斯人、塞尔维亚人赌。只要经营得当，六百万简直微不足道。”

罗伯又摇摇头：“我还是不信，我跟你讲讲为什么。还是一心多用的问题，一个人没法同时处理这么多事儿，耍戏法的也只能把几个球同时维持在空中。”

塔拉得意地笑了，好像打牌时亮出了同花顺，然后伸手要拿走别人的筹码[1]。这微笑好像在说："兄弟，别那么早下结论。"

"现在最主流的猜测是什么？我是说你，我，警察，所有人的猜测。"

"不知道，不过我觉得你马上就会告诉我。"

"万一他不是单枪匹马呢？"

5

歹徒握紧了枪，JJ 顿时惊恐万分。他指头绕着扳机，稍微加了一点儿压力。大家都离凯文•唐纳修远远的。这位制片人孤零零地站着，脚踩在一片地板上，四周有三四块空地板。

"上帝啊，保佑不要开枪。"他祈求道，应该是北方口音。JJ 觉得最像芝加哥口音，洛杉矶是没有口音的，这里的人很多都是外来户。

"你怎么了？"歹徒问道。

"怎么了？"唐纳修不可思议地问道，"你他妈用枪指着我，分分钟就能把我的头炸开花，你说怎么了。"

"不，我是问你有什么毛病。你得病了，对吧？不是得病了那才是见鬼了。"

"是癌症。我现在正饱受折磨。"

"得了多久了？"

"照医生判断，我六个月前就该死了。"

---

[1] 通常是得克萨斯扑克的玩法。

“但是医生又懂什么呢，是吧？”

唐纳修露出一丝垂死般瘆人的微笑：“没错，他们知道个屁。”

“这么说来，如果我开枪杀了你，还是做了件好事，对吧？”

“这只是一种解释。”

“你得让我相信还有其他解释。”

唐纳修低头看着脚，长叹了一口气。他看上去只剩一口气，马上就要进停尸间了。“你开不开枪我已经不关心了。如果我死了别人能活下来，或许这样最好。每天早上醒来我都要感谢上帝，因为自己又多活了一天。紧接着又因为同样的原因诅咒他。”

“然后你抽根烟，喝杯咖啡，直奔办公室而去。”

唐纳修再次露出一丝垂死般瘆人的微笑：“我得戒烟。医生是这么嘱咐的，毕竟还是有点儿道理的。或许我只剩一个月光景了，说不定只有一天了。可是他们还有大把时光呢。”

“说得真棒。你是干什么的，编剧吗？”

唐纳修笑了：“你觉得他们会放一个编剧进这种地方？想都别想。我以前确实是一个编剧，不过那是我刚来的时候，已经是几万年以前的事情了。”

“你知道我怎么想的吗？我觉得你在满嘴胡扯。”歹徒重新握紧枪，手指紧贴着扳机，“得了吧，凯文，你真觉得我会相信这座城市里还有大公无私的行为？自私的不少，无私的可没有。你好不容易活下来，肯定想多活两天，不过这也不是你说了算的。你早上醒来第一件事肯定是骂那些医生，骂他们学了一身花架式，住着大房子，可是什么都不懂。我说的对吗，凯文？你想骗我心软，让我别杀你。是不是这样？”

唐纳修低下头，一言不发，直愣愣地站在那里，JJ心想他肯定在等着挨子弹了。歹徒紧绷的架势也让JJ觉得他马上要开枪了。

“我就不明白了，”歹徒继续道，“你现在倍受煎熬，是吧？你疼痛不断，药物一天不如一天有效，你能撑这么久是因为做了化疗，或许还不止一次，我猜肯定很痛苦。所以我得问问自己，为什么你不想死，我唯一能想到的原因是，死亡对你来说肯定很难受。”

“我没指望你能理解。”

“试试吧，说不定会有意外收获。”

“我有一对儿女，现在都三十多岁了。他们小时候我没怎么照顾，现在我奄奄一息了，他们也不在身边。上一次看到他们是五年两个月零十三天之前了，在他们妈妈的葬礼上。我想跟他们说说话，可是他们不想跟我有任何关系。”

“这之后，他们就再也没跟你说过话。这就是你想继续撑下去的原因，你在等那充满纪念意义的一刻，全家团聚，热泪盈眶。”

“差不多是这个样子。不过我不怪他们，是我自己的错，我不应该缺席他们的童年，可是现在说什么都晚了。”

“弗兰克[1]很多时候说得都很对，不过《我的路》[2]都是胡扯。人生到了尽头，关注的就不再是取得的成就，而是未了的心愿。所有错过的机会、所有的遗憾，每个人心里都有好几个。说实在的，弥留之际，没有人不会后悔自己奉献给办公室的时间太久了。”

歹徒双脚动了动，调整了个更舒服的姿势。他的手松动片刻又紧贴扳机，松动片刻又紧贴扳机。他吸气，然后又吐气，又吸气。JJ知道要开枪了。

“砰！”

---

[1] 指弗兰克·辛纳屈（Frank Sinatra，1915.12.12—1998.5.14），二十世纪最重要的流行音乐人物之一。

[2] 《我的路》是弗兰克·辛纳屈演唱的歌曲，讲述末日将近之际无怨无悔、毫无遗憾的故事。

唐纳修应声倒地，JJ 愣了一秒才反应过来，歹徒根本没开枪。首先没有血，更重要的是唐纳修正跪在地上哭。

“好的，各位，现在开始第二轮。”

歹徒敲了电脑上的一个按键。

“巴士上的雨刷嗖嗖作响。”[1]

6

主屏幕上正在播放最近一次人质交接的场景，不过塞特并不在意。他的注意力都在其中一块小屏幕上：CNN 马不停蹄给凯利•普莱斯顿化好妆，把她带到了镜头前。

她身穿灰色 T 恤，上面印着“洛杉矶警察局”几个黑色大字，这安排真是精妙。灾难来临之际公开赞扬警察通常会备受欢迎。她红色的长发已经梳理整齐，扎成了一个马尾。

主播正在快速回顾她的背景，把她单薄的履历阐释得异常充实饱满，好像她不是凭一部情景剧和几部反响平平的电影火了一阵子的二线明星，而是两度赢得奥斯卡的重量级大腕。主播问了第一个问题，她调整片刻，尽量保持镇定。从阿尔菲出来，她就肯定在为这一刻做演练了。她低头看看放在腿上的双手，再抬起头时已经泪眼婆娑。

塞特心想，她肯定在追忆儿时死掉的宠物猫，总之是在想让人落泪的伤心事。哭得太假了，不过没人在意。大家更喜欢她了，因为她展现出了自己“人性”的一面。如果她接受了 TRN 的采访，那

[1] 此处为歌词。

塞特绝对一点意见都没有，可是她没有，所以他一副嗤之以鼻的表情。光是听到她矫揉造作的声音，他都要火冒三丈了。

他朝三位助理投去鄙视的目光。白人女同性恋和黑人小伙子使劲儿埋着头，避免与他对视。那个亚洲小伙子看着他，可是什么都没说。塞特猜他肯定抽到了下下签，不知道该如何开口。

“有话快说！我可没工夫等你。”

“罗伯来电话了。”

“那还等什么，给我转过来呀。”

耳麦里咔嚓一声，然后罗伯的声音传来了。“万一歹徒不是单独作案呢？”他开门见山问道。

“阴谋论啊，不错。我很开心。说吧，我听着呢。”

“其实是塔拉的想法，她觉得这是一场赌博陷阱，幕后有一群人在操纵。”

“在网上操纵？”

“一语中的。她觉得这群人什么都赌，比如下一个出来的是谁，谁能活到最后。”

“你觉得有多少人参与其中？”

“塔拉估计带上歹徒至少有三个人。他们得分散赌资，不能下注太大，不然太惹人注意；不过参与的人越多越容易走漏风声，所以他们不能有太多人。”

“好了，塔拉的意思我明白了，你是怎么想的？”

罗伯犹豫片刻：“我也不知道。这种猜测跟今天发生的事情一样，既令人难以置信又有些道理。大家都说这是恐怖袭击，这家伙绑着炸弹，我们还能怎么想？”

小屏幕上，凯利·普莱斯顿正在描述歹徒如何逼迫他们玩俄罗斯转轮游戏。

“我觉得恐怖主义的角度可以排除了。”塞特说。

“他把六百万捐给慈善机构的时候我们都惊呆了。”

“这就是我不太相信黑帮理论的原因，要是为了钱干吗捐了这六百万？”

“这么做只是为了收益最大化。”

“这种狗屁话只有经济学家才说得出来。你是个记者，罗伯——至少你一直是这么跟我说的——说起话来你就得像个记者。”

“捐了钱之后，歹徒的公众形象瞬间提升。没错，他是个坏人，没错，他杀了好几个人质，不过你最好相信，现在好多人正一动不动盯着电视，一个劲儿挺他。你都听到他们怎么称呼他了，他现在是‘当代罗宾汉’。”

“好是好，可这么做怎么帮他‘收益最大化’？”

“简单。这样更有利于打持久战。拖得越久，他的同伙下注就越多，赢钱也就越多，玩得好的话六百万简直不值一提。”

“同样，好是好，可是为什么这么做更有利于打持久战？”

“答案同样简单。警方和FBI现在如履薄冰，你想，杀了‘罗宾汉’公众会有什么反应？”

7

五个人出局，还剩五个人。

每轮都是同样的方式收尾。音乐戛然而止，然后歹徒叫一个人出来，用枪瞄准，喊一声“砰！”，尽管淘汰出局的人已经有所准备，可还是吓得一屁股蹲坐在地，跟之前出局的人坐在一起。

继凯文·唐纳修之后，艾德·理查兹也出局了，接着是托尼，然后是珍。西蒙是第五个，被淘汰的一刻，这位超级名模简直悲痛欲绝，低声骂着自己。至少 JJ 看来她是这么做了。西蒙一直在讲挪威语，所以 JJ 也不太敢确定。西蒙知道，亚历克斯·金或许还藏在洗手间里，JJ 免不了还是很担心。是什么让这位超模舍得放弃自由保守秘密？JJ 跟她谈过几次，怎么都不相信她不会出卖金。西蒙只会为自己打算，跟她一比，丹·斯通就像特蕾莎修女[1]一样无私。唯一让 JJ 惊讶的是，西蒙还没想拿这条信息做交易。

JJ 双脚挪来挪去，双手也跟其他人一样僵硬地胡乱晃动。《哔哔巴士》已经换成了《康城赛马歌》，不过还是同一个女歌手唱的，那种黏腻的声音就像指甲划过黑板一样，让人十分不舒服。JJ 特意选了能看到所有人的姿势，她得表现得自然点，如果被歹徒发现故意玩输，那她肯定跟伊丽莎白·海沃德同样的下场。音乐戛然而止，JJ 顿时凝固般定住了。她仔细地看着另外四个人，他们都在尽全力保持完全静止，她慢慢倒数三个数，然后左手颤抖了一下。

“弗兰克，你出局了。”

JJ 一直关注着弗兰克，他丝毫没动，其他人也没有，只有她动了，应该是她出局。歹徒拿起枪做瞄准状，所有人都顺势闪开。这次 JJ 做好了准备，等待着他大叫一声“砰！”，所以她没有吓得跳起来。这次并没有爆发出“砰”的喊叫声，可是弗兰克却倒下了。西蒙顿时尖叫起来。

“妈的，这枪的扳机太敏感了，以后得再小心一点儿了。”

歹徒的话 JJ 基本上没有听进去，她一直盯着弗兰克。弗兰克前额中间有一个小黑洞，后脑勺糊了一堆鲜血、血块和脑组织。她一

[1] 特蕾莎修女是世界著名的天主教慈善工作者，因一生致力于消除贫困，于 1979 年荣获诺贝尔和平奖。

直看，脑袋里一直有个想法：“本来死的会是我。”

她原本打算第六个出局，这样中枪倒地、一半头都被炸飞的就是她了。她双手忍不住开始颤抖，呼吸急促，换气过度。现在要怎么办？下一个出局，然后跟弗兰克同样的下场？还是即便确信获胜者永远不会被放走，也继续玩下去？

“托尼，艾德，把这一团乱清理一下。”歹徒说。

理查兹和托尼慢慢起身，两人梦游一般挪动着。托尼抓住了弗兰克的肩膀，理查兹抓住双脚，二人把尸体拖到了房间另外一边。这位餐厅老板步履蹒跚，竭尽全力避免弗兰克脑袋上的洞再往外流东西。

“就剩你们四个了。”

歹徒按下播放键，JJ 开始跳了起来。

8

控制室里，塞特目不转睛看着主屏幕。他表面上风平浪静，实则怒火中烧。演播室里是 TRN 的娱乐编辑艾莉森·特雷凡尼，坐在一张时髦的粉红色桌子边上，她一头黑色短发，蓝色的眼睛格外明亮。塞特遇到的人当中或许数她最惹人烦。她早年在北卡罗来纳州生活，可是却把“山谷女孩”的做派演绎得炉火纯青。艾莉森的世界里没有“好”这个概念，都是“超级好”。这个女人有一项特殊技能，只要一开口就能填补所有沉默，只不过讲话内容太过空洞乏味，这绝对没有言过其实。

一口气连说三十秒真是让人疲于应付，所以塞特总是绕开她。可惜她人气旺，所以现在才能出现屏幕上。高层们觉得气氛“越发沉重”，希望艾莉森能帮观众放松心情。

听到这个消息时，喝咖啡的塞特差点呛住。沉重！当然沉重了。拜托，这他妈的可是人质围困事件。重大新闻，重大国际新闻。不仅仅沉重，更拥有黑洞般的分量和引力。他拒绝了。他变着法说好听话，就是不想艾莉森做节目。可是高层们态度坚决，塞特也不笨，知道自己输定了。

艾莉森重复了一堆有关艾德•理查兹的事实，大部分都是观众熟知的内容。身后的屏幕上，理查兹的照片消失了，一秒后换成了一个光头黑人男子，他两只耳朵上都戴着钻石耳钉，小指上还有一个钻石戒指，镶嵌宝石的手表价值两千五百万。

“音乐大亨迪安德尔•亚历山大也被扣为人质。”艾莉森说。

单是听到她的声音就足以让塞特火冒三丈。这么重要的新闻怎么能派她上场，即便她再严肃一点也还是不合适。放在平时八卦没什么，但是这回可是重大新闻，妈的！

“迪安德尔•亚历山大还有哪些我们所不知道的信息？”她继续说，“亚历山大因积极投身慈善事业而被称为布朗克斯的天使。每年他都给昔日居住的街区捐赠数百万。当地的孩子们要是有朝一日成才，绝对有亚历山大的功劳。”

“给我调成静音，不然我就把她给灭了。”他吼道。

一名技术人员按了个按钮，控制室瞬间静默下来。他不知道是谁操作的，他才不在乎，重要的是，他不必再听那个女人把他的新闻毁得一塌糊涂。他盯着屏幕，太阳穴里的静脉跳动得很不舒服，肚子里的咖啡晃得也不舒服。房间里安静得让人非常不自在，大家默不作声，生怕说错话，他们甚至都不敢呼吸了，生怕连呼吸的方式都会出错。静默之下，机器的嗡嗡声和空调轻柔的气流声都清晰可辨。

“还要多久才能确定歹徒的名字？”

那个黑人助理答道：“我们正在努力。”

“也就是说，你们三个都是废物。”

“我们在顺着几条线索追踪调查。”

“那就再努力一点儿，我一定要得到名字。谁去给罗伯打个电话？”

塞特调整好耳机，把麦克风固定在嘴巴正前方。

罗伯立刻接起了电话：“嗨，塞特。”

“要证明塔拉的理论，我们就得确定歹徒的身份。”

“没问题。等我去拿我的水晶球[1]。”

“闭嘴听我说，罗伯。歹徒的车在阿尔菲的停车场里，警察肯定会查这个牌照，所以他们肯定已经知道他是谁了。我要你逼亚伦·沃尔特斯说出名字。”

“万一车是偷的呢？”

“那我们就再想办法。罗伯，使劲儿逼他一把，我一定要搞到名字。”

9

八个人出局，还剩两个。

《康城赛马歌》已经换成了《一闪一闪亮晶晶》，还是那个烦人的歌手。JJ 不禁联想到了恐怖电影。这首儿歌让她脑袋乱哄哄，逼得她近乎疯狂。歌手的声音太尖锐刺耳，音色怎么听怎么不对。

JJ 就是最后两人中的一个。她本来想在第四轮或者第三轮出局，

[1] 水晶球在神话传说中具有预知未来的魔力。

可一直没能实现。音乐一停下她就立刻呆住，好像扎根在地上一般，脑袋里全是弗兰克去世时的画面。丹是第四个出局的，然后是迪安德尔·亚历山大。现在只剩她和贝弗还在跳了。

贝弗和 JJ 年龄相仿，比 JJ 低一些，一头黑色的头发，淡褐色的眼睛，穿着昂贵的白色内衣。两人面对面，想在气势上压倒对方。JJ 无意一瞥，发现相框中反射出两人模糊的身影。看着两人动起来的样子，JJ 不由得联想到两名拳击手而非两名舞者。贝弗怎么动作，JJ 就跟着动一动，JJ 做点什么，贝弗也同样回应。

JJ 还是没想好要不要胜出，因为她还是觉得其中有诈。可是她又不想输，因为她不想知道亚军是什么奖励。摇摆不定，进退两难，更糟糕的是，这种处境是她一手造成的。她完全可以早点退出，她真应该早点退出。

贝弗可没有这样左右为难，她全力以赴要取得胜利。弗兰克被杀之后，JJ 才开始注意到贝弗，此后一直在关注贝弗的一举一动。贝弗是天生赢家，明眼人一看就知道，她是那种千方百计都要拔头筹的人。短跑运动员在起跑线上站定时往往一脸坚定，贝弗脸上的表情与此如出一辙。在贝弗的世界里，获胜才是唯一重要的事情，第二名是不会有奖品的。

音乐停了。

JJ 瞬间站定，简直纹丝不动，屏住呼吸等待着。缺氧使她头晕目眩，贝弗就在她正前方，距她不到十五厘米。一股头发散落下来，正好盖住贝弗的眼睛，JJ 能感觉到她万分恼怒。贝弗正在努力保持静止，可是那股头发绝对让她非常抓狂。时间一分一秒流过，JJ 竭尽所能保持静止，她不知道还能坚持多久。她终于做出了决定，她想出局，这很有可能是个骗局，即便躲过此劫的机会渺茫，她也愿意冒险一试。

贝弗的前额在疯狂冒汗，那股散落的头发还在那里，痒得她心烦意乱。JJ 可以用余光看到歹徒，他来回扭头看着她和贝弗，好像在观看网球赛一样。现在她只需要再坚持几秒。

“冠军诞生了。”他突然宣布。

憋了那么久，JJ 终于松了一口气。她顿感如释重负，肩膀也耷拉了下来。歹徒开口之前，JJ 看到贝弗的手指动弹了，她怎么都没料到，贝弗的手指动了动，歹徒马上就宣布了获胜者。

“各位，这场比赛真是扣人心弦，相当富有戏剧性，”歹徒一边看着弗兰克的尸体一边说道，众人的目光也随着他看过去，“可是冠军只有一个。乔迪，站到前面去。”

JJ 往前走了走，歹徒就在面前，须后水的味道再次袭来，这种味道的背后还藏着一股动物般的臭味。

“抱歉，你不能回家。”

贝弗忍不住低声说道:“太棒了！”JJ 万念俱灰，歹徒拿枪指着她，或许他准备扣动扳机，或许不会。她已经不关心了。现在子弹倒是一种恩赐，只要能告别这个鬼地方。

“砰。”歹徒低声道。这个浑蛋又在窃笑。

10

罗伯快步冲向阿尔菲的停车场，他竭尽全力要跟上塔拉，但这位摄影师已经领先四五米了，差距还在逐步扩大。塔拉腿比较长，体质也比罗伯强。二人到达停车场时，卷闸门已经在缓缓升起。塔拉用摄像机对着建筑的白墙，把两扇门都拍进镜头。维克多留下的血迹比之前更黑了。

亚伦·沃尔特斯正在等他们，他没来得及开口，罗伯就举手示意打住。“稍等片刻。”罗伯伸出另一只手，放在一辆全新的法拉利的引擎盖上，然后又迅速缩了回来。炎热的阳光快把金属都烤化了，摸起来比烧烤还烫手。罗伯深吸几口气，极力平复气息，塔拉跑了一阵子却依然呼吸平稳。

“我想知道歹徒的名字。”罗伯说道。

“想都别想。”

“我一定要知道。”

“等到人质全都安全撤离、一切尘埃落定的时候，你自然会知道的。到时候就会真相大白，大家都会知道的。”

“告诉我吧。”

“不然怎么样，你会半路撂挑子？我可不这么觉得。”

“歹徒可是点名让我来的。”

“泰勒先生，听我一句忠告：只有威胁者坚持到底，或者被威胁者有所顾忌，威胁才是有效的。这两种情况今天都不成立。”沃尔特斯笑了，“还有，泰勒先生，告诉塞特不要再耍拖延时间的把戏了，立刻把直播发给各家电视台。明白吗？立刻！我现在已经够忙的了，没工夫陪他玩儿。”

罗伯看着这位公关远去，一点都不生气。他还在微笑，不过笑得很隐蔽，只是嘴角轻微上扬。这表情意味深长。他早就知道沃尔特斯不会说出名字的，不过他意不在此。

“准备好了吗，罗伯？”塔拉喊道。

“马上。”

罗伯擦去头上的汗珠，然后用手理了理头发，想让头发更服帖一些。天气酷热难耐，而且一点儿阴凉都找不到。罗伯看看沃尔特斯，这位公关正站在一辆宾利车旁盯着他。歹徒开来的破车就在宾利车旁边，那是一辆老旧的福特金牛，银色的车体上锈迹斑斑，前部的两块挡泥板上都有凹痕。这辆车仿佛已经一百岁了，或许已经开了三十万公里。

沃尔特斯笑了起来，朝罗伯眨了眨眼。罗伯忍住没有冲他发火，但是皱着眉头，努力装出很恼火的样子。这位公关人乐呵呵的，似乎没有意识到自己彻底搞砸了。罗伯现在掌握了三十秒钟前还不知道的关键信息。他敢断定，警察已经确定了歹徒的身份。

11

亚历克斯·金坐在洗手间的瓷砖地板上，玩着刀上的哭脸笑脸游戏。他忍着没有自言自语，可是再这么下去，他很有可能失控。他不知道这种行为会让自己疯狂，还是只落得孤独寂寞。他认为两者没有太大差异。歹徒冲进了阿尔菲，之后的两个小时像一辈子那么长，他几乎不记得昔日的生活了，好像过往已经不复存在。

运气。近来大家都夸他运气好，他们说得确实有道理，他应该算所谓的幸运的极少数。再过几年，他会比自己想象的更富有，人气更旺，没错，他是地球上最幸运的人之一。

可惜，世上所有的钱财和名气对死人来说都毫无意义。眼下，他的运气即将耗尽。他感觉自己正处于风暴来临的前夕。也许哪一刻哪个人质要用洗手间，他就藏不下去了——这只是时间问题。唯一值得欣慰的是，这种情况还没有发生。

可只是这么想想他就不想活了。但他也下不去手，因为会产生太多的噪音，那就会死得很难堪了。要是那样，他死都死得失意落魄，没有尊严，可是，这不奇怪，他从小到大都一直缺乏真正意义上的尊严，怎么可能到死才有所不同呢？也许出于同样的原因，外面的大家都盘腿静静坐着，酸痛的膀胱总胜过脑袋上的子弹。

金听到远处传来一阵轰隆隆的雷声，这不太真实，他到的时候万里无云，天气预报也没说要变天。不，不是雷声，是卷闸门再次升起了！他把刀别进裤腰，迅速朝门口移动，然后轻声打开门。外边一片安静，歹徒什么动静都没有，人质也一样。他溜进走廊，匆匆往厨房走去，脚上的袜子在木地板上摩擦。他早就脱了鞋子，藏在洗手间架子上的一堆面巾纸下面。

金轻手轻脚推开厨房门，侧身溜进去，然后又小心翼翼双手合上门。厨房像遭遇过龙卷风，歹徒只要看一眼就会知道有人来过。餐厅就那么几个藏身的地方，歹徒十秒钟就能把他揪出来，再花一毫秒扣动扳机，然后他就会一命呜呼。

谁会哀悼他？他的经纪人会，不过是因为没钱赚了。粉丝们会缅怀他五秒钟，然后转向下一个影坛新秀。仅此而已。至于成就，《杀戮时刻》是他唯一的知名作品。没错，片子轰动一时，没错，片子确实赚了大钱，可归根结底，它只不过是众多动作电影中的一部。这样的片子以前有过上千部，以后还会有上千部，几年后，没有人会记得这部昙花一现的片子。

金跑到后门，拿出手机。响了一声布莱德·卡特就接起了电话，好像他一直手握电话坐着似的。

“嗨，亚历克斯。”

“老兄，你得把我救出去。”他愤愤然低声说道，好像漏气的轮胎一般。

“我真希望我可以，真的。可是这么做是置其他人质的安危于不顾，这点我们已经谈过了，兄弟。”

“那我的安危呢？你有没有想过我受到的伤害？这么说吧，我在这里困得越久，受到的威胁也越大，你有想过吗？你可以救我，你心里清楚，炸开这扇门，我几秒钟就能出去了。

“亚历克斯，我们正在尽一切可能救你出来，救你们所有人出来。我们的方案正在起效，很快就会有另一名人质被释放，你只需要坚持住。”

金把手贴在温暖的木头上，他和自由之间咫尺之隔，他妈的只有几厘米。他愈发恐慌，最后头脑中只剩一个想法：“必须得出去。”他环顾四周，想找个可以撞门的工具。周围的东西要么太大太重，要么又太小，都没法把木头砸个坑。他看到了一个红色的灭火器，又大又重，应该可以。

“把门弄开，要不我就自己动手了。” 金说道。

“亚历克斯，听我说，求求你了，不管你是怎么计划的，求你别干。”

“我发誓，你不做我就做。”

“听我说，那扇门是实木的，你不可能打破它，你只会制造噪音，进而让歹徒警觉。你要是这么做了，我们就没法保护你了。你在听吗？我们会没法保护你。已经死了四个人了，你想成为第五个吗？”

“死了四个，可据我所知只有三个。”

“另外一个几分钟前被杀了，所以我才会这么说，亚历克斯，情况太不稳定了。我恳求你，不要鲁莽行事。静观其变，让我们积极努力，这样你得救的希望才最大。”

“你到底要不要破开门？”

“拜托了，亚历克斯，我们不会让你失望的。”

“那就是拒绝了。”

金挂了电话，胡乱把手机塞回口袋，瞥了一圈凌乱的厨房。他必须得出去，现在就要出去。他把灭火器从墙上拉出来，然后走到门口。灭火器比他想象的更重，但是够重吗？他深吸一口气，肺涨得鼓鼓的。他可以的，这样能行的。

万一不行呢？门打不开怎么办？如果只是制造了一堆噪音呢？那他还不如光明正大走进大厅，让歹徒开枪杀了自己。金愣在那里，思绪混乱，犹豫不决。想到自己如此接近自由，他忍不住要尖叫了。最后，他失去了决定权，马达嗡嗡响起，金属咣当咣当，卷闸门开始下降。

12

最新被释放的人质叫贝弗。罗伯从来没有见过她，估计以后也不会再有交集。罗伯推测这人是个制片人或总裁，看上去就像母老虎，虽然他一直希望出来个观众熟识的面孔，但有总比没有强。只要能压过卡罗琳的风头，把新闻攥在自己手里，他怎么做都乐意。他们的一举一动，CNN 都看在眼里。

交接进行得非常顺利。前门打开，一名穿着防弹背心、头戴钢盔的警察走上前，把比萨盒子放在门口。三十秒后，一个手臂把盒子拿了进去。又过了三十秒，贝弗出来了。罗伯第一时间猜测这肯定是歹徒的手臂，但转念一想又觉得很可笑，歹徒何必以身犯险呢？不对，肯定是其中一名人质的手臂。如果换作他从门里往外张望，肯定管不住自己，一定会拼命拔腿往外跑。

罗伯悄悄靠在塔拉身边，“我们得离开这儿，赶快。”他低声道。

“急什么？”

罗伯来不及回答了，因为亚伦·沃尔特斯正朝他们走来。这位公关在罗伯面前停了下来，满脸微笑，可笑容里却没有喜悦。

“这个家伙真是中意你。也许你该待在附近，等他放下一名人质出来。”

“不行。”

罗伯选了个角度，令沃尔特斯只能看到塔拉的脸。罗伯背对着她，但能想象出她的表情。她现在肯定惊得下巴都掉到地上了。她肯定要吃惊地审视他，就好像他疯了一样。罗伯明白她在想什么。所有记者都困在警戒线外，而他俩相当于坐在前排，现在他却说不想干了。

“你确定？”沃尔特斯问道。

“这事儿我说了不算。塞特想让我们录点儿街头采访，他一分钟都不会让我俩闲着。”

这位公关还没来得及接话，罗伯就抓起塔拉的胳膊，拉着她离开停车场。

“约拿手里的街头采访绰绰有余。”她嘀咕道。

“怎么了，罗伯？你最好靠谱点儿。塞特可不是单单折磨你，你也知道，他多么喜欢四处表达‘关爱’。”

离沃尔特斯很远了罗伯才作声：“我们得找到之前跟我聊过天的那个警察，吉姆•贝克。”

塔拉拽着他停了下来：“给你两秒跟我解释，否则我要把你这个浑蛋拽回停车场。现在回去或许还能保住饭碗。”

“警察们都知道歹徒是谁，我们要去说服贝克，让他给我们打听到名字。”

“就这样？”

“你有更好的办法吗？”

塔拉摇摇头。

“那就走吧。”

他们发现贝克还在原地看守警戒线，看起来无聊死了。那个年轻一点儿的警察也在那里，看起来同样无聊。

“你负责把那个年轻人引开，我跟贝克谈。做得到吗？”

塔拉拉紧T恤，然后挺直腰板，“简单。”她说道。

“贝克，”罗伯喊道，“打扰你一分钟好吗？”

贝克哈哈一笑：“你想要几分钟？我看上去也不像忙得不可开交吧。”

罗伯余光瞥到塔拉直奔那个年轻警察而去。小伙子的目光移向塔拉的乳房，接着凝视她的双眼。看样子塔拉准备把他迷得神魂颠倒。罗伯引着贝克来到一个安静的地方，以防有人偷听。他举起那包“长好彩”，这回可不用一让再让了。

“你朋友，她还好吧？”

“我都把亚历克斯·金的名字给你了，你真的必须要知道吗？”

“我需要她再帮我打听一个名字，这次会更困难一些。”

“只要是系统内的她就能打听到。”

“我想知道歹徒的名字。”

贝克嘴里叼着烟，突然停了下来，深吸一口，吐出一团烟雾，摇了摇头，还叹了口气：“这不好办啊。”

“不好办，但也不是不能办，对吧？”

“不好办，不过能办，”贝克同意道，“可是我得问问。这信息对你来说值多少钱？”

“你开个价吧。”罗伯说。

13

“有人要吃比萨吗？”

歹徒像举起奖杯一样举起盒子。光是气味就足以让JJ反胃。以前每到周二，JJ 都会放肆吃一顿，不仅是比萨，肉也要管够，再配上全糖百事可乐，还有本杰瑞[1]巧克力软糖布朗尼，第二天在健身房加倍锻炼。她觉得要是能活着出去，自己再也不会吃比萨了。

“没人吃？我得说，你们真是错过了一顿美餐，绝对超赞的比萨。”

歹徒撩起面罩咬了一口。JJ 趁机瞥见了他的下巴和嘴巴，还注意到了他的一口烂牙。JJ 心想，有这样的牙齿，大概不是加州本地人，即便是，也是低收入人群。考虑这些没什么意义，如果他真那么穷，为什么要捐了那六百万？

吃完之后，歹徒把手在裤子上擦了擦。他在人质前来回踱了一阵子。JJ 用余光注视着他。他走起路来悠闲惬意，肩膀也跟着一摇一摆。她以前见过这种姿势，可就是想不起来在哪儿见过。很快，她想起来了，答案可不太好。她看过电视上关于阿富汗和巴格达的新闻报道，士兵们就是这么走路的。那种鬼地方，太阳能把石头晒成沙子。

JJ 知道这回肯定没错。她之所以这么成功，就是因为她一向看人很准，这家伙的言行举止告诉她，他当过兵，而且参加过战争。她推算，以他的年龄来说，参加第二次海湾战争太大了，越战的话又太年轻了，所以他极有可能参加过沙漠风暴[2]。

这就能解释，为何他玩起枪支炸药如此得心应手。这也能解释，为什么他这一秒杀了人，下一秒就好像什么都没发生。一批士兵要在营地驻扎几个月，如果持续保持战斗状态，会把他们逼疯。为了避免精神崩溃，他们需要在战争间歇“关掉”自己，就像这个家伙

---

[1] 本杰瑞是一家以生产冰激凌而知名的美国公司。

[2] 1991 年 1 月，以美国为首的驻海湾多国部队向伊拉克发动了代号为“沙漠风暴”的大规模空袭。

一样，与外界撇清关系。

两个细节证实了 JJ 的判断。首先是歹徒拿枪的方式。他左手支撑着枪管，右手食指弯曲，放在扳机环外面，枪举得很高，时刻准备射击，这是士兵拿枪的方式。猎人可完全不同，猎人会把枪放得很低，显得游刃有余，需要的时候，他们会仔细瞄准，等待完美的时机，然后扣动扳机。在交战地带你可不敢有这样的奢望，你射击的对象通常是会还击的。

第二个原因是他杀人不眨眼。军队声称会训练新兵，其实并没有，说让他们适应才更贴切。战场上最基本的准则就是，一动不动的士兵是没有用的。士兵需要毫不犹豫地扣动扳机，就像这个家伙一样。这种能力是无数次对着靶子射击练出来的，射击次数够多，以至于扣动扳机就像呼吸一样自然。

JJ 明知道自己判断无误，却依旧不愿意接受。与其跟一个训练有素的杀手困在一起，还不如跟一个疯子困在一起。为什么一名退役士兵要舍弃生命和自由做这种事？为什么他想让媒体把自己解读成“当代罗宾汉”？

不管她怎么分析，问题总是太多，答案远远不足。她比任何人都擅长分析情况，可是这次却不行了，她陷得太深，无法置身事外。

歹徒停了下来，又拿了一片比萨，环顾四周，举起比萨给大家看。

“还是没人吃？”

14

金环顾垃圾堆一样的厨房，考虑着从何下手整理。他开始小心翼翼地把物件放回抽屉，尽量不发出响动。能否物归原位不重要，重要的是把外面的东西都清理掉，制造出无人来过的假象。把厨房翻成如此模样，可见他曾不惜孤注一掷，垂死一搏，但所有的希望都已经化为乌有了。

手机振了，金赶紧拿出来，肯定又是布莱德·卡特。刚才挂了他电话，这家伙估计挺生气的。管他呢，困在这里的是他，卡特又怎么能体会到个中滋味，他只会事不关己高高挂起。

不是卡特。屏幕上显示着“未知号码”。有那么一瞬间，金认定是前任打来的，显然俩人都换过号码。很可能就是她。他心中顿时燃起一丝希望，可他很快就想到了不合理之处，希望顿时又灭了。如果前任换了号码又怎么会收到他的短信?

手机还在振动,屏幕还亮着,接还是不接? 金点了接听。“哪位? ”他低声道。

“罗伯·泰勒。你现在怎么样了? ”

金听出是之前打过电话的记者，他想挂掉，也知道应该挂掉，可是孤独感阻止了他。

“不是很好，而且我得保持电话畅通，所以你想说什么最好快点儿。”

“我打电话来只是想问问你好不好。我觉得你愿意听到友善的声音。要知道，亚历克斯，我不确定你怎么撑过来的，换了我估计已经惊慌失措了。”

“谁说我不好了? 外面情况怎么样? ”

电话那头的沉默好像传递了千言万语。

“有那么糟吗? ”他补充道。

“歹徒在释放人质。”

“是的，他在释放餐厅里的人质。你觉得他要是发现我会怎么做? ”

又是一阵沉默，好像同样传递了千言万语。

“或许最好的做法就是别回答。”金说道。

“大家正在分批出来。”

“也有人不幸遇害，已经有四具尸体了。要是他按下引爆器，还得再加几个。”

“四个啊，”泰勒说，“刚才我听到的消息还是三个。”

“刚才人质交接前他又杀了一个人。”

“知道是谁吗？”

“不好意思，发生的时候我在洗手间。”

“谁也没法否认好莱坞名演员生活安逸？”

金忍住笑，他开始喜欢这个家伙了，或许因为泰勒是继卡特之后第一个跟他说话的人。不过他是个记者。想到这点金马上就清醒了。泰勒跟他称兄道弟，只是为了留个好印象。都是装出来的。金没有理由相信，泰勒跟以前见过的其他记者有所不同，他们关心的都只是新闻。

“你会出去的。”泰勒说，“警察和 FBI 都在努力。你肯定想知道外边的状况，外面就像个大马戏团，热闹非凡。”

“狗屁。FBI 早就应该把我救出去，可是到现在都没有行动。他们只需要趁人质交接的时候打开厨房后门。”

“亚历克斯，他们不能这么干。交接是电视直播的，而且歹徒交代得非常明确，要把前后门都拍进去。”

“因为他觉得或许会有人尝试逃跑，”金低声道，“天啊，他是不是知道我在这儿？”

“不，不，不是这样的。”泰勒赶忙说，“他只想确保 FBI 不会趁着卷闸门升起的时候做手脚。放心吧，亚历克斯。别慌。”

“你说得倒是轻巧。”

泰勒没有回应。金看看手机，屏幕黑了，他碰了碰屏幕，又点了点按钮，什么反应都没有。他又试了一遍，结果还是一样。他猛地明白了，然后骂骂咧咧起来，电池终究还是没电了。

15

莎莉·詹金斯博士出现在控制室的主屏幕上。她四十上下，风姿绰约，满头深褐色头发，双腿纤细瘦长，可腿再长也长不过她的一长串履历和证书。在洛杉矶找个心理医生可不难，随便朝哪个方向扔块石头，你要么会砸中一位律师，要么会砸中一位心理医生，要么会砸中自诩为演员的人。找到一位愿意上电视的心理医生更不是问题了。酬劳固然让人心动，但上电视带来的免费宣传更吸引人。

卡罗琳·布拉德利正侧身坐在演播台旁，面对着这位心理医生。“詹金斯博士，现在围困已经进入第三个小时，人质们要怎样才能挺住？”

“这主要看个人了，”詹金斯流畅地回答道，“人们处理压力的方式各不相同，有些人内化，有些人外显。此时此刻，克制的人比需要发泄的人更好受，因为他们拥有更为良好的应对策略。需要发泄的人会觉得艰难一些。”

“您能具体讲讲吗？”

“可以。出于环境限制，大家都不会有任何出风头的行为，这就意味着，所有人都被迫内化他们的感情，从心理学角度上讲，这种做法不可取。当然，更大的问题在于，光顾阿尔菲的很大一部分人都是领袖，而不是下属。”

“习惯了发号施令的人们？”卡罗琳补充道。

“正是。这些人不擅长克制，并且习惯及时行乐。如果他们有意见，你肯定会听到的。他们想做什么就做什么，需要什么打个响指就都有了。现在的处境要求他们压抑自己的欲望，否则性命堪忧。这对每个人来说都不容易，但如果你习惯了让大家跳大家就跳的生活，就更难克制自己了。”

塞特对所听所见甚是欣喜。詹金斯不仅很上镜，而且说话直接明了，不会扯专业知识让人晕头转向。她表现得很好，简洁清晰又平易近人。TRN 很大一部分人甚至不会完整拼写 IQ[1]，因此，把晦涩难懂的观点和概念分割成简单易消化的小块就格外重要。

“他们的情绪状态怎么样？”卡罗琳问道。

“人质们心中必然五味杂陈。”詹金斯答道，“显然他们会害怕，这是毋庸置疑的。这肯定是他们经历过的最恐怖的情况。不过他们也会有其他情绪，主要是愤怒和内疚。”

“内疚？”

“没错。已经有人遇害了，我们还不知道具体发生了什么，幸存下来的人质很有可能目睹了这些流血事件，这会让他们愧疚。他们活下来了可别人却死了，他们难免会把别人的死归咎于自己。阿尔菲的情况很容易让人产生‘幸存者愧疚’。”

卡罗琳若有所思地点点头，好像这是她听过的最深刻的东西。“一些人质已经被释放，我们虔诚祈祷警方能借助谈判，确保其余人质也被平安释放。随后会怎样？”

“他们需要 PTSD[2] 咨询，这是毋庸置疑的。”

“创伤后应激障碍？”卡罗琳问道。

[1] Intelligence Quotient，智商。

[2] post-traumatic stress disorder，创伤后应激障碍，指个体经历危险后，延迟出现和持续存在的精神障碍。

詹金斯博士点点头："没错。"

塞特心想，他们当然需要了，谁会是第一个提供高昂咨询服务的呢？

"您能为观众朋友们进一步讲讲创伤后应激障碍吗？"

"创伤后应激障碍是一种经受重大创伤后产生的焦虑症。患者往往通过闪回和噩梦重现事件，并且频频刻意避免能够联想到该事件的场景。极端情况下，该症状会严重干扰生活，导致旷野恐惧症和惊恐发作，睡眠紊乱和脾气暴躁也是常见反应。"

"罗伯来电话了。"白人女同性恋叫道。

"好，接过来。"塞特把麦克风拉到嘴边，试图忽略主屏幕，"罗伯，找我什么事？"

"我有一个好消息和一个坏消息。"

"洛杉矶警察局已经知道歹徒是谁了，不过我的线人还没打听到名字。他会继续努力的，不过警方似乎嘴很严。"

"有没有试试逼一下亚伦·沃尔特斯？"

"这回没用。塞特，我不知道你有他什么把柄，但这次不顶用。如果沃尔特斯走漏了风声，并且被发现，那他工作就保不住了。我猜如果你掌握的信息泄露出去，他同样会丢了工作。无论哪一种对他来说都不是好结果。不过我很好奇，你到底有什么把柄，塔拉打赌说是儿童色情。"

塞特咯咯笑了："这个就不要问了。好消息是什么？"

"我感觉有办法得到歹徒的名字，不过得花点儿钱。"

"花多少都行。"

"我就知道你会这么说，好消息还不止一条。"

"说吧。"

"我们或许能想个办法把亚历克斯救出去。"

16

手机彻底没电了。不管金怎么戳怎么捅，手机依旧没有任何复活的征兆。他想什么呢，居然跟那个记者讲话？他之前觉得很孤独，但是跟现在的感受相比简直不值一提。手机有电的时候，他还能跟外界保持联络，虽然主要是跟布莱德·卡特交谈，但总好过没法跟任何人说话强。

不会再有卡特的电话，也不会有任何短信了。后者更让人心痛。每次拿起手机，金都希望能看到那个小小的短信提示。他知道几乎没有机会收到“爱你”的短信，但只是想一想，他就不会忘掉希望的滋味。

有那么一秒钟，他考虑要 FBI 沿着墙上的小孔送一个新电池进来，不过这个想法太蠢了。首先，电池太大；其次，他怎么能与他们取得联系呢？想到这个洞他又想起了那个间谍相机。既然 FBI 拿得出微型相机，他们肯定有同样小的双向收音机。不过问题还是他无法联络他们。

除非有办法……他突然灵机一动，虽然有风险，可是他别无选择了。金一溜小跑，推开了厨房的门。外面似乎挺安静的，可以听到嘟嘟的声音，有些不太自然，像低劣的扬声器发出的声音。他更仔细听了听，这才意识到是电脑在播放新闻报道，音量低得根本听不清，不过语气里传递着新闻频道常有的紧迫感。

金走进走廊，轻轻地关上身后的门。他的袜子摩擦着木地板，发出耳语般嘘嘘的声音，好似低低的雷鸣。一片沉寂之中，他似乎能听到自己的心跳声。到达餐厅下层时，他跪下来爬完了最后一两米。

每一阵吱吱声和刮擦声都像巨响，他从来没有感觉自己如此暴露过。他闭上眼睛，背靠墙坐了一秒钟，希望心脏尽快平静下来。头顶上空调风吹得绿植微微晃动。他睁开眼睛，瞥了一眼摇曳的树叶。

他只需要站起来抓住相机，有什么能比这更简单？他举起手臂，小心翼翼地把手伸进茂密的植物丛里，慢慢分开叶片，手指在其间搜寻。叶子扫过皮肤，带来冰凉光滑的触感。该死的相机呢？他的心已经提到了嗓子眼里，感到阵阵恶心。他很肯定没找错地方。

金又稍稍往上抬了抬，看着墙的上沿。透过摇曳的叶子，他还瞥了一眼旁边的那些尸体。上层的人质们惊恐地挤作一团，浸满血液的尸体被丢弃在房间四周。相机在左边，离他找的位置只有几厘米。

金伸手去拿，这时歹徒突然站起来了，金的手瞬间定在叶子之间。有那么一会儿，他只是跪在那里，双膝忍受着木地板冰冷的寒气，尽可能保持静止。好像一切都变成了慢动作，刀柄压得他的大腿火辣辣的。金以为歹徒要下楼朝自己走来，不过他没有，他走到了人质们面前。

“托尼，站起来。”

金一开始没认出这位餐厅老板，因为他早已面目全非。托尼双眼浮肿，还带着瘀伤，好像鼻子也破了。金终于敢喘口气，缩回到矮墙后面。现在他的眼睛与顶部齐平，再低几厘米他就只能看到砌墙的砖头了。上层看上去是一团模糊的绿色，不过他勉强可以弄清楚状况，而且可以清楚地听到对话。

“你知道比萨配什么好吗？”歹徒说，“一杯爽口的可乐。大名鼎鼎、无所不能的 FBI 早该想到的，不是吗？不过我一点儿都不惊讶。这就是当今世界的问题，每个人都只顾自己。付出在哪里，爱在哪里？”

“我可以给你倒杯可乐，”托尼说，“小事一桩。”

“普通可乐，含咖啡因，加糖加冰？”

托尼点点头。

“行，那你还等什么？”

托尼匆忙朝楼梯走去。金见势缩回墙根下，准备回到洗手间，这时突然想到了自己来的目的。他伸手抓住相机，把它塞进口袋里。顾不了那么多了，谨慎小心地回去肯定来不及。他匆忙站起来，尽量往好处想。

托尼正在下楼，赤脚重重地一步步踏在木头上。金焦急地顺着走廊看过去，他没办法及时回到洗手间，男洗手间和女生间都来不及。办公室比较近，不过估计也来不及。厨房在走廊的尽头，所以根本不用考虑。

金壮着胆子，沿着走廊飞速往前跑。托尼已经到下层了。金可以清晰地听到脚步声越来越近。女洗手间的门只有不到一米远了。金跑到跟前，抓起门把手，不过已经太迟了，他扭头看了看，托尼正好拐进了走廊里。

17

“最好别耍我。”

亚伦·沃尔特斯满脸微笑，但罗伯可不是好糊弄的。沃尔特斯是一名公关，他高兴的时候会笑，生气的时候也笑，背后捅你一刀的时候同样一脸灿烂的笑容。塔拉也在旁边。三人站在移动指挥部下面，时不时要给周围人的让路，场面就像他们刚刚学会了新舞蹈。

“我们往这边来点儿吧。”罗伯提议道，道路旁边有一小块空地。

“我可没时间。”

“那就抽点儿时间。”

沃尔特斯沉重地叹了一口气，然后跟着罗伯走到人行道边。

“接下来的三十秒我会专心致志听你讲，别废话，赶紧的。”

“我想到了一个办法，可以把亚历克斯·金救出来。”

“好吧，在我们进一步讨论之前，我得说明，这次对话必须是绝密的。”沃尔特斯看了塔拉一眼，“如果你现在开着任何录像、录音设备，请把它们关了。”

“没有录音、录像设备。”她甜甜地笑了起来，举起双手做投降状，“我保证，我发誓。”

罗伯刚准备开口，沃尔特斯又举起手示意他打住。

“另外，如果围困结束前你提到亚历克斯·金，就相当于你亲手签署了他的死刑执行令。金要是死了，我一定会罗列你的种种罪行，让人逮捕你。现在三十秒开始。”

“这家伙很聪明，”罗伯说，“看看他选中的地方就明白了。阿尔菲相当于一个水泥堡垒。武力攻进去无法避免严重的附带伤害。考虑到人质们的身份，武力进攻可以排除了。如果洛杉矶警方或者FBI发起救援，最后艾德·理查兹死了，你能想象结局会怎样？”

“有话快说。还有十秒。”

“他的聪明之处正是他的软肋。每次释放人质的时候，他都要求镜头同时拍摄两扇门。每次至少有一两分钟是什么都没有发生的，我们基本上就是用相机对着大白墙。”

“那又怎样？”

罗伯叹了口气。他简直不敢相信，自己需要把话说得这么明白。沃尔特斯要么是一个彻头彻尾的白痴，要么是故意装傻。

“所以，我们手里有一面墙、两扇门而且什么都没发生的影像，下次再有人质被释放，我们不做直播，而是播放这段影像。这可以给你们争取时间，打开厨房后门，把金救出来。前门一旦开放，我们就立刻切换到直播，歹徒还是毫不知情。这么做能行的。”

“可以。”沃尔特斯同意道，“不过有个问题，我们现在联系不上金了。”

“什么叫联系不上？怎么回事？”

“应该是他手机没电了。我们知道电量不多，希望这就是事实。”

“如果不是电池的原因，那就是歹徒已经发现他了。”

沃尔特斯不作回答。没必要回答，要是歹徒发现金，估计他这会儿已经死了。

“该死。”罗伯说。

“这个主意不错。如果我们能再次联系到金，这个方法绝对值得尝试。”

沃尔特斯伸出胳膊，犹豫了一下，还是没有拍罗伯的肩膀。他转身往移动指挥部走去。罗伯一直望着他。

“他或许还活着。”塔拉说。

罗伯讽刺地回看了她一眼。

“是的，你说得没错，”她说，“他有可能已经死了。贝克查到歹徒的名字了吗？”

罗伯拿出手机，滑开屏幕。没有未接电话，没有语音留言，也没有短信。他摇摇头：“没有，还没有。”

他调出贝克的号码，拨通了电话，铃声响了五遍，然后转到了语音信箱。他没有留言，这位警察会看到他的来电，知道他为什么打电话。这样就足以起到催促作用了。贝克跟他一样急着打听到名字，眼前闪过的美元能保证这一点。

“现在干吗？”塔拉问道。

“我觉得只能坐等发生点儿什么了。”

18

这位餐厅老板继续朝金走去。他额头上写着鲜红的TONY（托尼），肚子上的肥肉溢出了丝绸内裤的裤腰。他径直向金走去，一步一步，平静而自信，就好像金不存在一样。他一定看到金了。金就像一头绑在十八轮大卡车的前灯上的小鹿，这么显眼，托尼怎么能看不到呢?

很快金就明白了。歹徒在听，托尼的脚步声有任何犹豫或任何改变，他都会前来调查。这位餐厅老板思维敏捷，或许已经救了金一命。托尼的目光与金相遇，竖起指头放在唇边。他从金身边经过，指了指厨房门，金跟在托尼身后。

厨房门咯吱一声打开了，金不禁一惊，他习惯了静悄悄地开门。他扭头看了看，意识到这么做没问题。歹徒料到会听到某些声音，而托尼正在按照他的预期制造这些声音，所以托尼才不会踮着脚走路，就好像全世界都像蛋壳一样脆弱。门铰链“吱扭”几声，门摇摆了两下，最终静止了，两人仿佛被锁进了一个安静的气泡里。

“我之前还在想你去哪里了。”托尼低声说。由于鼻子受了伤，他的声音沉闷了许多，口音也发生了巨大改变，从扭捏作态变成了三州地区[1]蓝领工人的粗暴咆哮。听起来应该是纽约或新泽西州，东部海岸的某处，这没什么奇怪的，金比任何人都清楚，每个人都有希望埋葬的过去。

“FBI联系过我。”他低声回应道。

[1] 纽约、新泽西州和康涅狄格州的交界地带。

“他们会救我们出去吗？”

“我不知道。他们说在努力，不过只是说说而已。我可没看到什么实际行动。”

托尼拉开一个抽屉，找出个开瓶器，然后走到冰箱前，拿出一瓶可乐打开瓶盖。“你得告诉他们快点儿，大家都快吓死了。”

“我跟你想的一样，问题是我的手机没电了。”

这位餐厅老板停了一下，转身对着金道：“该死。”

“我知道，我知道，真是要命！我在这儿也快疯了，感觉自己随时会被发现。”

托尼拿起杯子，丢了几块冰，然后倒上可乐。他瞥了一眼厨房，好像刚刚注意到这儿一团糟。“发生了什么？”

“抱歉。我在找后门的钥匙。”

托尼一言不发，径直走到门边的抽屉旁。

“没在那儿，我找过十几遍了。”

托尼不理他，拉开最上层的抽屉，然后伸到抽屉板背面，撕开粘在木头上的胶带。他走回去，把钥匙交到金的手上。

“给，不过也没什么用处。”

“你怎么知道？”

“你准备趁卷闸门再升起的时候跑出去，这就是你的计划，对吗？”

金记起了刚才那个记者说的，摄影师把两扇门都拍了进去，马上意识到托尼要说什么。“歹徒在看新闻吗？”

托尼点点头：“你要是想逃跑他会看到的。”

“那为什么还要给我钥匙？”

“因为有选择总是好的，谁知道接下来会怎样？”

“好吧。”

“我得走了，不然会引起注意。”

托尼拍拍金的肩膀，然后转身离开。他走到门边又转过身：“祝你好运，亚历克斯。”

门咯吱一声开了，摆了几下，不一会儿，托尼就消失了。

15:30-16:00

1

JJ 强迫自己坐着不动，这可不容易。紧张如海啸般在身体里来回乱窜，怎么都找不到发泄的出口，只能不停积聚再积聚。她抑制住了咬指甲的冲动，也抑制住了把头发缠在手指上的冲动，这两个紧张的习惯是小时候养成的，长大之后还没这么干过。

托尼似乎离开了好久好久，但其实只有几分钟的时间。他在那里干什么，希望他不要做傻事，她心想。如果他跟金合谋一些疯狂的计划，那么很可能会失败，进而导致更多的流血死亡。JJ 看着歹徒。他好像并不在意托尼去了多久，至少没有表现出来。他再次进入了休整模式，即便看着电脑屏幕也心不在焉。她更加确定他是一名士兵。看上去他在养精蓄锐，随时准备再次投入战斗。

远处，一扇门咣当关上了，从来回摇摆的声音判断，应该是厨房门。接下来响起赤脚踏在走廊地板上的声音。几秒钟后，托尼出现在拐角处，他的脸看上去更加可怕了，瘀伤都变成了紫色的阴影。

他拿着一大杯可乐，手微微颤抖。他走上楼梯，停在歹徒面前。周遭瞬间安静下来，就像谁按了暂停键一样，这时歹徒突然站了起来。

“托尼，你回来了。看到你真开心。”

托尼伸出手臂站在那儿，玻璃杯抖得冰块叮当响。歹徒把杯子放在就近的桌子上。

“转过去。”

托尼转过身，歹徒拍了拍他的内裤。JJ 胃里咯噔一下，万一里面藏着一把刀怎么办？她惊恐不已。还好，歹徒退后了，她这才重新喘了口气。

“张开嘴。”

托尼犹豫了。JJ 胃里又咯噔一下，这个蠢货嘴里藏着东西，可是嘴里能藏什么武器呢？这位餐厅老板张大嘴，歹徒隔着面罩仔细窥探。

“小心为上，我妈总是这么跟我说，测量两次再裁剪。好了，坐下吧。”

托尼没有回到原来的地方，而是坐到了 JJ 身边。她目光低垂，盯着木地板上的纹理。托尼坐在一旁，变换着姿势稍微舒展舒展。他鼻子受了伤，只能用嘴巴呼吸，听起来低沉而且有点儿喘息。歹徒咂了咂嘴，JJ 瞥了一眼，他把面罩卷起来露出嘴巴，盯着玻璃杯，好像里面装的是昂贵的波尔多[1]。他啜了一口，又砸了咂嘴，然后发出一声满足的“啊”。他抬起头，“真是让人神清气爽。有人口渴吗？你们可是好几个小时没喝东西了。”

JJ 嗓子快要冒烟了，可是她不敢承认，继续保持隐形。很可能她不是唯一口渴的那个，估计她也不是唯一不敢承认的。

---

[1] 法国知名葡萄酒。

“没人说话我就当你们不渴了。不过你们真是错过了好东西。”

JJ 听出了他声音里的一丝窃喜，这个恶毒的浑蛋正在嘲弄他们。娱乐业竞争残酷，可是她在好莱坞的所见都比不上眼前这一切。这个家伙把这个城市里的鲨鱼变得像米诺鱼[1]一样毫无威胁力。她终于明白，这就是真正的暴力与装腔作势之间的区别。

“有没有人要尿尿？”

JJ 感到膀胱突然变得无比充盈。看看周围大家都摇摇晃晃，她就明白了，不只是自己这个样子。歹徒把手在裤子上擦了擦，然后从背包里拿出一包成人纸尿裤。他举起纸尿裤给大家看，“需要尿尿的就用纸尿裤。明白吗？这么好的地板，滴上印记我会不高兴的。”

他四处走动，把纸尿裤丢给大家。其中一个落在 JJ 身边，她把纸尿裤拉近，塞在腿下。她竭尽全力，不想露出厌恶的表情。这是恶心他们的新办法。轮到托尼的时候歹徒停住了，犹豫片刻，然后往托尼大腿上丢了个纸尿裤。

“不好意思，只有均码，凑合着用吧。”

发完纸尿裤，他又抓起了一片比萨。大家面面相觑，谁也没有穿上纸尿裤。JJ 觉得可以再撑一段时间，必须如此，其他方案不予考虑。歹徒将比萨对折，咬了一大口，嚼了一会儿，然后就着可乐咽了下去。他下巴很方，看上去强劲有力，而且一点儿胡楂儿都没有，大号手表上闪烁的脉搏在安全范围内。

“看到金了，他似乎还挺好。”托尼靠在 JJ 肩膀上，嘴唇贴得很近，JJ 听到的基本上是咕咕哝哝的言语。她想回答，可是不敢扭头，她冒不起这个险。丝毫风吹草动都会引起歹徒的警觉。她已经受过一次打击了，再来一次就彻底完了。

[1] 一种生活在河湖中的极小的鱼。

“他一直在跟 FBI 联系，不过刚才手机没电了。”

JJ 看了看娜塔莎•洛维特的橙色帆布包，然后回头继续盯着地板。那包里有三十多只手机。这太疯狂了，现在是信息时代，你以为几秒钟内就能通过电脑或电话联系到世界上任何人，而且认为理所当然。然而，大多数沟通都是无意义的，纯属浪费呼吸和言语。可是，唯一一次你真正需要联系某个人，技术却让你备感失望。要么没有信号，要么电脑崩溃，要么电池耗尽。如果这都不算讽刺，JJ 不知道还有什么能算。

托尼直起身，JJ 的手臂随即轻松了不少。她很快在头脑中进行分析，看到了一堆弊端，利好消息却寥寥可数。她的清单里最大的弊端是，金到现在还没有得救。JJ 一直抱有一丝希望，觉得金已经逃出去了。哪怕只有一个人成功脱身，其他人就也有希望。

另一个重要的弊端是，金是个未知数。JJ 讨厌未知数，她喜欢确定，问问题之前，她总是喜欢预先知道答案。对 JJ 来说，预先知道一部电影或者一本书的结局，丝毫不影响她的美妙体验。她感觉金靠得住，可是这种印象只是基于跟他相处的几分钟，几分钟远远不足以做出这种评价。JJ 不记得自己见过多少客户，他们总是试图说服她一切都好，可事实显然并非如此。

谁都说不好金能不能靠得住。他孤立无援，或许反复在极端情绪间摇摆。JJ 唯一能想到的积极面是，如果金坚持得足够好，一直没有被发现，或许能等到警察发起行动。

可是外面的警察到底在干吗？JJ 试着换位思考。或许警察根本不会有大动作，如果只是自己一厢情愿呢，万一他们选择长线作战怎么办？这种想法符合目前的情况。十三名人质已经被释放，他们又可以看到明天的太阳了。这很容易被包装成一场胜利的公关活动。

也许警察的计策就是每次设法救出一个人。但是最后一个人怎么办呢？歹徒是否会轻易打开门，放走最后一个人，然后双手投降走出来？他会不会引爆炸弹，和最后一名人质同归于尽？

餐厅电话打破了沉寂，歹徒看了一眼，但是没有接。他吃完比萨，然后重新戴好面罩。电话还在响。

“乔迪，站过来。”

JJ 感觉心脏瞬间被碾压了。歹徒肯定听到了托尼的低声嘀咕，然后误以为是她发出的。第二次冲击来了。她慢慢站起来，双腿好像是橡胶做的。电话铃声就像偏头痛一样钻进她脑袋里。歹徒又在窃笑，隐约可以捕捉到些许面罩下的表情。这个浑蛋又在戏弄她，她随时有可能支撑不住。铃声停了，瞬时一片可怕的寂静。JJ 挪动了步子，这简直是她人生中最漫长的路途。

2

“我打听到歹徒的名字了！”

控制室瞬间鸦雀无声。每双眼睛都在盯着这个亚洲小伙子，他站着，激动得几乎不能自已。塞特也跟其他人一起盯着他。主屏幕上正在播放街头采访，罗伯·泰勒正在跟一个低智商的家伙交谈，这人理着平头，一看就知道是个傻瓜。

“泰德·马利。”这个亚洲小伙子说道。

“你能确定吗？”

“千真万确。我是从洛杉矶公益戒毒打听到的。他们一开始不愿意松口，不过我可是非常有说服力的。”

“花了多少钱？”

“一万。”这位小伙子安静地答道。

“估计要从你工资里出吧。”

小伙子的脸瞬间一片惨白。

“放松，”塞特说，“还打听到什么了？”

“付款银行是爱达荷州联合银行。”

“从来没听过。”

“这也难怪。这家银行特别小，位于特温福尔斯，这个城市只有四万四千人口。”

塞特思考片刻。

“好了，大家给我听好，这个家伙聪明绝顶，肯定不会愚蠢到犯这种错误，居然用个大家都没听过的小银行，他本可以选择美国银行。他这么做的唯一的原因就是，希望我们找出他是谁。我们要从特温福尔斯开始着手。好了，不负责画面控制、不影响亲爱的观众们看新闻的各位都别闲着了，动动手打打电话，搜搜互联网，我要知道泰德·马利的一切。明白了吗？”

众人纷纷点头，低声答应。

“那还傻愣着干吗？”

塞特摇直了他的大皮椅。控制室顿时像爆炸了一样，形成一片疯狂忙乱的旋涡。塞特暗自笑了，真正的新闻编辑室就该是这么个样子。

3

托尼离开厨房后，金沿着走廊偷偷溜回了洗手间。他正坐在瓷砖地板上，手里拿着那部微型间谍相机。自由之风顺着墙上的小孔吹来，洛杉矶夏天闷热的臭气从来不曾这么好闻过。瓷砖又冷又硬，冰着他的背部和臀部。

他盯着相机的小镜头，做出了两个显眼的手势。首先，他举起手放到脑袋一边，模拟了全球通用的打电话姿势——大拇指和小指伸出来，其他手指蜷曲到手心。接着他举起手来，慢慢用拇指摩挲其他手指，表明“小”这一概念。上了那么多表演课，花了那么多时间和金钱，付出了那么多努力，最后派的上用场的却是任何小孩都会做的手势。他需要尽快联系上布莱德•卡特。现在，只要能再听听这个 FBI 的声音，他什么都愿意做。

他面对相机低声道：“微型收音机。”他不知道相机是否有麦克风，大概有吧，即便没有，也肯定有人能读懂他的口型。他穿过墙上的洞往外看，希望有金属管推进来，可惜看到的只是日光。

他又伸直手臂，重复了刚才的动作。然后他把相机拉到嘴边，再次低声说道：“微型收音机。”他透过小洞往外看，仍然只有日光。

他又重复了一遍。

比画，低语，窥探。

依旧没什么动静。

比画，低语，窥探。

4

歹徒转过一把椅子，JJ 小心翼翼坐了上去。她感到作呕，主要因为眼前发生的一切，当然气味也起了推波助澜的作用。两个半小时前她到达餐厅的时候，这里闻起来就像天堂，现在闻起来像地狱：放久的比萨、放得更久的其他食物、刺鼻的枪药味儿，还有死亡的味道。“生命结束的一刻到了，”她心想，“就是现在，就在这里。”

餐厅电话又响了，歹徒又一次选择忽视。一半人质盯着 JJ，其余的盯着电话。电话的铃声钻入 JJ 的脑袋，刺耳又恼人。歹徒拉出另一把椅子对着她，中间隔了一米有余。

“丹，过来。”

丹·斯通小心翼翼地看了一眼。他面色差到极点，之前一直紧张兮兮的，不停用手指理着他往常完美的头发，把自己的发尖弄得跟猪鬃一样混乱。现在他头发一缕缕四处散落，额头上的红色字母也抹花了。歹徒举起枪瞄准他。

“来吧，丹。现在你肯定已经清楚了游戏规则。你也想跟他们一样消极抵抗吗？”

电话响了最后一声，终于平静下来。突如其来的沉默反而更糟。JJ 希望斯通立刻站起来，她不是很在意这位经纪人，但也不想看到他死。至少不能死在这里，今天的流血事件太多了。不过她一言不发，只是盯着其中一幅洒满颜料的帆布油画。歹徒再次举起枪瞄准斯通，他无须多言。斯通放轻脚步，慢慢地穿过房间，来到空椅子前坐下，眼睛盯着地板。

“早些时候我注意到你俩关系紧张，现在你们得好好谈谈。”歹徒边说边注视着 JJ。即便不情愿，她也还是凝视着他，歹徒的目光让她极为不舒服，禁不住想要在椅子上扭来扭去。“乔迪，你有什么想对丹说吗？”

她转开眼神，重新盯着地板。

“丹，你呢，有没有想跟我们分享的？”

斯通抬头瞥了一眼歹徒，然后继续盯着地板。

“这样吧，我给你们十秒，十秒之后还不说话，我就崩了你俩。何去何从全在你们自己决定，记住了吗？要么选择生，要么选择死。”歹徒看看手表，他的心跳比之前更快了。“现在开始。”说罢他就开始倒计时。

JJ 想说些什么，但是大脑和嘴巴断了联系。倒计时更是在添乱，每次她刚有点儿思路，很快就因为这些数字而分神，大脑也随之一片空白。歹徒数到了三，她准备好迎接枪击了。JJ 心想，说点什么总要胜过不开口，她正准备喊一声“不”，斯通抢在了前面。

“要不是她，我也不会在这儿，”他静静地说道，“她做的预约。她说保证能订到位置，因为老板是她最好的朋友。她想显摆显摆，让我知道她是个大人物。”

“丹，你自己同意来的。所以这些‘可怜可怜我’的废话还是算了吧。估计你已经忘了，不过我可没忘，我邀请你来的时候，你可是一万个乐意。”

JJ 怒气冲冲地瞪着斯通，斯通也怒气冲冲地瞪着她。

“好了，丹，”歹徒说，“乔迪刚才骂你是吃白食的贱人，你又作何回应？”

斯通还没来得及开口电话又响了。JJ 猛地跳了起来，每声铃响都要把她逼到崩溃的边缘了。歹徒大步走过去拿起电话，“路易斯，亲爱的，你果然一点儿眼力都没有，我只好跟你说明白了，我要是不打给你，就是不想跟你说话。你再打过来，我就开枪杀掉一个人质，你甚至可以选择杀谁。”

歹徒挂了电话，砰地往桌子上一扔。这一震唤醒了电脑屏幕，他又上前查看了一番。他盯着屏幕看了一会儿，然后把电脑转过来对着众位人质。JJ 愣了一秒，这才意识到屏幕上是自己的照片。这张照片是 3 月份参加一场慈善活动时拍摄的，她选择公开这张照片，因为这是她为数不多穿裙子的时候。

“乔迪，要不要看看人们是怎么评价你的？”

歹徒敲了一下键盘，静默了片刻之后，屏幕上的主播说道：“乔迪·约翰逊白手起家，打造了一家极为成功的公关公司，不过她的生活也不无悲剧色彩。”

JJ 肚子里的冰球缓缓上移，填满胸膛、肚子和四肢。“上帝啊，求求你了。不要往下说了。”她心想。可惜屏幕上那个女人不依不饶。无论她怎么希望怎么祈祷，依然无能为力。她知道这个手法，想要博得公众的同情，想要得到共鸣，就必须展现人文关怀，用现实打动他们。背景图片变成了一个男人的照片，JJ 心中五味杂陈，里面有爱，有失落，最主要的是内疚。

“两年前，她的丈夫、影视总裁汤姆·桑德森自杀了，死时年仅 36 岁。”

歹徒咔的一声合上了笔记本盖子，好像一切都了结了。JJ 闭上眼睛，可还是忍不住回忆过往。那天她工作到深夜才回到家中，汤姆的“梅赛德斯”停在车道上，房子里每盏灯都亮着。

进门的那一刻她就感觉到不对劲儿。一阵冷风袭来，JJ 立刻停了下来。她告诉自己别慌，然后逼着自己走进房子里。一开始她还故作镇定地叫着汤姆的名字，到最后就忍不住变成了尖叫。

她发现汤姆面朝下浮在泳池里，亮蓝色的灯光映衬出一团团米色的呕吐物。

“看来你得好好跟我们讲讲。”歹徒说。这个浑蛋再次窃笑起来。

5

塔拉靠在墙上，直勾勾地盯着手机。屏幕太小了，罗伯看不清她在干什么，不过依稀辨认出她登录了一个赌博网站。

“大家赌谁下一个挨子弹？”他问道。

“还是艾德·理查兹。不过概率只有五分之二，所以还是别费力气了。赌他能坚持到最后的概率是一样的，真差劲。”

“那你选的谁？”

“我用五十块钱下了五倍，赌迪安德尔·亚历山大能笑到最后，我对他很有感觉。这笔钱正好能派上用场，我还欠着房租呢。”

罗伯哈哈笑了起来：“好像多新鲜似的。那凯文·唐纳修的胜算呢？”

塔拉点了下屏幕：“我最多愿意下四倍。”

“替我下一百块的。”

口袋里传出《驱魔人》的主题曲，罗伯接通电话，打开扬声器，这样塔拉也能听到了。

“嗨，塞特，有什么新进展吗？”

“我们搞到歹徒的名字了。”

“怎么搞到的？”

“一个小助理从洛杉矶公益戒毒打听到的。”

罗伯顿时一阵激动，心脏就像发动机提升了一个档位。名字是不是贝克提供的不要紧，只要完成任务就好。重要的是 TRN 占了先机。只要能把目光吸引到自己这边，罗伯就心满意足。“那你得好好谢谢人家。”

塞特爽朗一笑，紧接着又严肃起来：“听着，别太得意了。我说打听到了名字，意思是百分之九十九确定，所以我才打电话来，我们需要得到亚伦·沃尔特斯的证实。”

“没戏，塞特。沃尔特斯这次是不会跟我们合作的。”

“天啊，我周围怎么都是蠢货？”塞特大声咆哮道，连声音都有点儿扭曲了。塔拉做了个鬼脸，然后同情地看着罗伯。“不需要口头确认。你只要见他一面，抛出这个名字，然后看看他的反应，又不是什么高深的学问。”

电话挂了。有那么一秒，罗伯只是愣愣地站着，无奈地摇着头。

“那还等什么？”塔拉说道，“最好立刻行动，不然约拿会把你撕成碎片的。”

“有个小问题。确认之前我得知道名字是什么。”

塔拉又做了个鬼脸，这次可以理解为“哎哟”。“那只能给约拿打回去了。”她替他说出了口。

“我可真是万分期待。”罗伯叹了口气，“想想以前，我竟然幼稚地认为记者光鲜靓丽，日子滋润。”

“拖延症又犯了。罗伯，既然不可避免，那拖延也没有意义。你终究还是得打给他。”

罗伯又叹了口气，还是拨通了电话。

6

比画，低语，窥探。

亚历克斯·金对着小洞张望，可看到的只有日光。他再次重复了一遍流程。比画，低语，窥探。金自己都不记得重复了多少遍，或许一百遍，或许一千遍，甚至或许是一百万遍。他计划继续下去，直到 FBI 的笨蛋们明白为止。挫败感愈发强烈。随便哪个白痴都能看懂他的意思，他们到底在磨蹭什么？

比画，低语，窥探。

他再次往小洞里窥探，正当他准备重复流程时，一阵噪音吓得他一动也不敢动了。这噪音类似于刮擦声，好像有人在偷偷摸摸四处走动。日光突然暗淡，一根新的管子慢慢推送进来。金属刮到砖块的声音越来越近。

金抓住管子，然后拧盖子，他手忙脚乱，拧了半天才拧开。他想看看里面有什么，一刻都等不及。他把管子倒过来，可是什么也没出来。他仔细往里看，发现有个东西卡住了——一团缠绕的电线和几片塑料。他用力摇了摇管子，一圈电线掉了出来，他顺势把设备的其余部分拉了出来。电线一端是耳机，另一端是可以放在嘴边的麦克风。

他一时有些不知所措，只是静静地凝视着它。不知怎的，他的计划居然奏效了。他颤颤巍巍地戴上耳机，将麦克风放在嘴边，接着整理电线。太酷了！再来一副太阳镜和一身黑西装，他都能伪装成一个秘密特工了。他碰了碰麦克风。

“布莱德，你能听到吗？”他低声道，停顿片刻，又加了句“完毕”。

7

到头来，罗伯不需要主动联系沃尔特斯，这位新闻发言人反倒来找他了。塔拉用胳膊肘抵了抵他，又朝移动指挥部点点头，他这才注意到沃尔特斯。罗伯放下手机，抬起头，看到沃尔特斯正阔步向他们走来。这位公关看来是有任务在身，显然不是很高兴。

“脾气这么火暴，看样子心烦意乱，真搞不懂他怎么了。”塔拉说。

“除了我们还活得好好的，还真想不出别的原因，过去几分钟里我们做了什么能把他气成这样事？”

沃尔特斯走到他们面前站定。他板着脸，让人琢磨不透。不过这样才对，这才是谈判者该有的面孔。这位公关显然想得到什么，想到这点，罗伯不禁有些开心。

“沃尔特斯先生，有什么可以效劳的吗？”

“你们设想的营救金的方案，可行吗？”

“可行。”

“你有绝对把握吗？有把握到足以拿金的命冒险，拿其他人质的命冒险？泰勒先生，我们得弄清这一点。万一出现差池，金为此丢了性命，那我一辈子都不会放过你，一定会让你为此负责。”

“只不过是电视障眼法，”塔拉说，“你知道电视有什么好处吗？人们不该相信所听所见，可还是一如既往笃信不疑。”

沃尔特斯死死盯着她：“但愿你是对的。”

“也就是说，你们又联系上金了。”罗伯说。

“这个绝对要保密。”

罗伯点点头。

“是的，我们重新联系上他了。”

“我能问问怎么联系上的吗？”

“你可以问，但我恐怕不能回答。”

“你要记得，是你过来让我们帮忙的。”

“那你也给我记住，要不是我，你们还跟其他人一样被挡在警戒线外，所以别跟我来这套。”沃尔特斯挤出一丝笑容，“好了，现在你俩就在这儿等着，准备好了会通知你们的。”

“没问题。”罗伯说，“塔拉，你呢？”

“我也没问题。”

沃尔特斯摇摇头，然后大步走回移动指挥部。罗伯等他走出了几米后喊道：“还有一件事。”

沃尔特斯停下脚步，转过身。

“泰德·马利这个名字你有印象吗？”

“从来没听过。”

沃尔特斯转过身继续走。罗伯一直在仔细观察这位公关，努力寻找任何提示或线索，无论多么细微。罗伯拿出手机，第三声铃响时，塞特接了电话。

“我得到了你想要的确认，”罗伯说，“歹徒叫泰德·马利，没错了。”

8

“讲讲经过吧，乔迪。”

“我做不到。”

几个字轻得都快听不见了。她没法回顾往日，她做不来。经过长期大量的心理治疗，她终于能勉强忍受汤姆死后的黑暗生活。生命应该是光明的，光阴不能虚度，这是她的口头禅。房间里顿时鸦雀无声，呼吸和晃动都保持在最低限度，就好像大家潜在水下一样。

“分享是好事，乔迪。”

“我不会这么做的。”她平静地说。

歹徒朝丹·斯通走去，把枪压在这位经纪人的脑袋上，“也许你需要点儿时间好好想想。请不要花太久。”

斯通睁大双眼：“天啊，JJ，他想知道就告诉他呀。看在上帝的分儿上，求你赶紧说吧。”

“说这话可得小心，”歹徒警告说，“亵渎神明罪不可赦。这种罪过可是排在第三位。信不信由你，它比‘不得杀人’排位还要靠前，轻重可见一斑了。鄙人之见，任何重视言语胜过生命的神灵都是歪门邪道。”

JJ低头看着双手。她十指紧扣，想停止颤抖，可还是没什么效果。隐身到此结束，现在聚光灯打在她身上，亮得都快睁不开眼了。为什么单单把她挑出来？这不公平。可是话又说回来，生活本就不公平，这一点她早就知道了。如果生活是公平的，那么汤姆应该还活着。歹徒为什么要这么做，或许他独断专行惯了。归根结底，他就是一个施虐狂，JJ只需要清楚这点就够了。

“你有五秒钟时间，现在开始。”歹徒说道。

“JJ，你就告诉他把，”斯通乞求道，“求求你了。”

“闭嘴！”她尖叫着答道，“闭嘴！闭嘴！闭嘴！”

“真棒，乔迪，”歹徒说，“有什么都发泄出来吧，亲爱的。不过你得记住，你只剩三秒，再不说话我就要扣动扳机，用丹的脑浆装饰地板了。”

“你这个浑蛋。”

歹徒笑了：“亲爱的，相信我，别人骂我的话有更难听的。”

JJ怒目而视，然后移开目光。下层的一张桌子上，一支蜡烛还在燃烧，闪烁着橙色和黄色的火焰，在墙面上投射出舞动的暗色影子。

“三，二。”

歹徒重新调整了一下手里的枪，手指把扳机按得更紧了。斯通双手抱头，又是哀声痛哭，又是苦苦恳求。

“都是我的错，”JJ平静地说，“汤姆因我而死。”

9

“亚历克斯，很高兴再次听到你的声音。”

金把麦克风按在嘴边，“我也是。”他低声说，“完毕。”

“你把麦按在嘴边声音都失真了。还有，你没必要说‘完毕’，电影里才这么干。”

“不好意思。”

“嘿，不用这样。我有好消息要告诉你，我们想出了一个办法救你出去。”

金浑身涌上一股希望：“什么办法？”

“现阶段我不方便透露太多。”

金立刻就明白了他的意思。万一金被歹徒发现，当然知道得越少越好。不知道就没法泄露，就这么简单。

“首先你得帮我们个忙。”卡特说。

“你想让我把相机放回去，对吧？”

“兄弟，对不起，可是我们必须了解里面的情况。”

金欲言又止，他突然起了疑心。

“你没事吧，亚历克斯？这会儿好安静。”

“你们的计划根本就不存在，你们在骗我是吧？”

“我们干吗要这么做？”

“我也不知道，布莱德。或许如果我觉得自己有望出去，更有可能帮你做事，比如把相机放回去。一丝希望大有作用，不是吗？”

“亚历克斯，你真的想歪了。”

“是吗？那你就跟我说说计划到底是什么。”

布莱德叹了口气：“亚历克斯，我没办法告诉你，我已经说过了，这回你得相信我。”

金哼了一声：“相信你？得了吧，事实上，我在里边比在外边对你更有用。我出去了谁给你放设备，没错吧？”

“亚历克斯，我们的确有办法。”

“那好，就当你说的是真话吧。我要是不把相机放回去呢？”

“那我们也没办法。”

“不，怎么可能。我要是拒绝了，你们肯定要故意拖延，我就再也出不去了。”

“不会的。我们的目标是把每个人都活着救出去，你，还有其他所有人质。”

“不过实现目标需要了解餐厅情况，所以如果我不放相机，我还是出不去。就是这么个道理。不过话又说回来，如果我不去放相机，自己奇迹般逃了出去但其他人质却死了，那我下半辈子一定会反复思考，如果当初放了相机，结局是不是会有所不同。”

“我可没这么说，亚历克斯。”

“你没必要说这些，布莱德。”

“这么说你准备把相机放回去？”

“嗯，我会把相机放回去。如果真有营救计划，那我可得讨好着你。没有的话，估计我也没命了，管他呢。”

“谢谢你，亚历克斯。真的十分感谢。放好相机后你去厨房等着，我们会救你出来的。”

“随便吧。”末尾他还是讽刺地加了一句“通话完毕”。

10

JJ回忆起过去，一桩桩往事不停在脑海里闪现。争吵，沉默，葬礼。也有好时光，以前还挺多的，但是越来越少。一想到汤姆，她的回忆总是从最初开始。她看着自己哆哆嗦嗦的双手。她用余光注意到，歹徒从斯通身边走开了。

“我知道他很抑郁。”

“但是？”歹徒提示道，“我感到这里有‘但是’，乔迪。”

托尼一脸坚毅地望着她，朝她点了点头。这动作细微得难以觉察，可对 JJ 来说意义非凡。要不是托尼，她现在肯定孤单到极点。还好有托尼在，他一直都是她的坚强后盾。

“但是我忙得不可开交，来不及管他。当时我每天都工作十二个小时，忙着拓展业务。他每天工作十四个小时。我们偶尔早餐时能见面，运气好的话，晚上能共处一两个小时。”

“听起来不怎么像是夫妻。”

“或许吧，不过典型的好莱坞婚姻就是这样的。”

“他有没有外遇？”

“我知道几个，或许还有更多，应该是有的。”

“那你呢？”

JJ 犹豫了：“有，但只有一次。”

“是认真的？”

“不，只是随便玩玩。对方比我小得多，肯定不会有什么结果。”

“为什么要这么做？”

“我也不知道，机会来了我就顺势而为了。”

“倒挺符合你这个人的作风。你是个机会主义者吧，那导火索是什么，你的婚外情把丈夫推到了悬崖边？”

“我不知道有没有导火索。”

“相信我，肯定有，从来都不会缺少导火索。”

歹徒盯着 JJ，JJ 也盯着他。他摇摇头，用枪瞄准斯通的脑袋。

“好吧，好吧。请放下枪。”

他把枪放到斯通脑袋侧面，而且继续用力推。这位经纪人的脑袋慢慢向右倾斜。斯通满脸惊恐，忍不住啜泣起来。她以为自己对歹徒的痛恨早就无以复加了，但是她错了。

“距离汤姆自杀约六个月前，他谋求升职失利，”JJ沉闷地说道，“那不是第一次了。之后，他变得越来越冷漠。我们经常一连几天都不说话，难得有交谈，他总说要离开洛杉矶。他想去西雅图或者迈阿密，反正什么地方都行。但是这不可能。我们有债务，而且早已无法摆脱现有的生活方式。离开洛杉矶，他找不到薪水丰厚的工作。而我的事业刚刚起步，我绝对不会离开。”

歹徒收起枪，斯通脑袋又摆直了。

“好吧，我有一个问题：如果你愿意放弃当时的生活，你的丈夫还会死吗？”

JJ看了托尼一眼，他几不可察地点点头，可是这样就足够了。

“每个问题都有解决办法，”歹徒继续说，“你本可以把资产变现，打包好行李，买把雨伞，直奔多雨的西雅图。现在说不定你正住在普普通通的公寓里，生了两个孩子，养了一条狗，接送孩子上下学，往返健身房甩掉赘肉，过着平淡又充实的生活。想想看，或许你丈夫还活着。”

“求你别这样。”她静静地说。那种难闻的气味再次袭入鼻腔，JJ胃里一阵恶心，突然觉得房间里异常憋闷。

“我说的是不是太露骨，太接近真相？我是不是让你不舒服了，乔迪？”

“是！”她尖叫道。她低头看看扣在一起的手指，接着抬头看看歹徒，“好，我承认，是我杀了我丈夫。你不是就想听到这话吗？”

“我想听真话。”

“真话？你想听真话？真话就是，过去的六个月简直是地狱。汤姆一直有喝酒的习惯，可是后来变得饮酒无度。最后我几乎看不到他清醒的样子。我对自己说会帮他戒酒，可总是一天天往后推，后来就再也没有明天了。”

“你发现了他的尸体，对吗？”

JJ 点点头，“那天晚上我工作到很晚才回家，在游泳池里发现了他。他用伏特加灌了一堆安眠药。”

歹徒沉默片刻，然后自顾自点点头，“他是怪你，所以才故意要你发现他。”

JJ 感到一根冰柱扎进了心脏。她满脸泪水，“你这个浑蛋。”她低声说道。

11

亚历克斯·金走出洗手间，关上身后的门，然后踮着脚沿着走廊往前走。他的呼吸像警报声一样响亮，袜子摩擦着木地板，听起来像电锯声一样刺耳。他还戴着耳机和麦克风，没必要取下来，如果他被抓，歹徒肯定会搜身，紧接着就会找到相机，并且拷问所有细节，到时候他也只能悉数告知。

接近矮墙的时候，他俯身爬了过去，头顶上的叶子轻轻发出沙沙声。墙那边传来两个人的声音，是歹徒和 JJ。好奇怪，听他们的口气好像在做心理咨询。更奇怪的是，JJ 好像在哭。亚历克斯怎么都想不到，JJ 也会真情流露，发自内心地声泪俱下。

金背靠着冰冷的墙面，腰里的刀抵在腿上。虽然带着刀也没什么用武之地，可是能让他更安心，感觉更有掌控力。金把刀拿出来，对着笑脸笑了笑，然后翻到背面，笑脸变成了哭脸。

笑脸，哭脸。

笑脸，哭脸。

他自小在辛辛那提学到一条生存之道：人们通过欺骗和谎言获

得想要的东西。他妈妈可是这方面的专家，看样子布莱德·卡特也是。FBI 的这个家伙不得不说谎。他没有逃跑计划，从来都没有过。卡特那么说，无非是要防止他突然发狂又想破门而出。归根结底就是这个目的，一直都是。总之，他在里边比在外边对 FBI 更有价值。不管怎么分析，事实都是这样。

可是万一他弄错了呢，万一真有营救计划呢？他又转念一想，如果 FBI 能把他救出去，那就意味着，他们的人也可以进来，这是可能的。天啊，不仅仅是可能，简直一定程度可以确定，这也就解释了卡特的神神秘秘，遮遮掩掩。

金之前只顾着考虑自己，刚刚意识到这种可能性。作为好莱坞当红男星，他身边总围着一堆人，努力让他相信宇宙的确是绕着他转的。听太多人说了太多遍，难免以为这就是事实。他一直从自己的角度来考虑问题，但是 FBI 的视角则大不相同。上一次通话的时候卡特表达得很明确，他们要让所有人都出来。所有人，这是他们的目标，任何计划的制订都以此为基础。

金坚持到现在都没有被发现，他可以再支撑一阵子，他只需要安然无恙回到厨房，FBI 就会把他救出去。他把相机从口袋里拿出来，推进叶子中间，然后顺着墙的上沿看了看，确保相机位置合适。他把相机稍微往左挪了挪，然后再次检查，看起来没问题。去厨房的途中，JJ 的声音让他瞬间凝固了。JJ 的声音听起来特别清晰，好像她就站在他身边。

“要开枪就动手吧。”

这话已经够糟了，可是她的口气听起来更糟。听天由命的态度跟她不沾边，跟她的眼泪一样让人陌生。金认识的 JJ 可是个斗士，像地狱一样可怕，他根本不认识现在这个人。

12

歹徒把消音器按在JJ脖子上，时间缓慢爬行。她可以清晰感觉到每次心跳。每次呼吸似乎都意义非凡。歹徒又走近一些，侵入她的个人空间。她可以闻到须后水的味道，还有掩盖其下的麝香味。

他嘴唇从她耳边掠过，“砰。”他低声道。

“去死吧。”她低声回敬道。

歹徒哈哈一笑，脖子上的重压感也随即消失了。他退后几步，淡淡的须后水味还在四周徘徊。

“不错，你还是有些胆量的。好了，我不烦你了。”他转向丹·斯通，“乔迪刚才出尽了风头，不过放心，我没有忘记你。听乔迪的心碎故事之前，我们说到哪儿了？哦，想起来了，她骂你是个小白脸。那你怎么看待乔迪呢？感觉你对她挺有意见的，让我们听听吧。”

“她就是个唯利是图的冷血婊子，为了一块钱敢把自己亲妈卖了。”

歹徒摇摇头，故意深吸一口气，“这话真尖刻，真是尖刻。那你对此作何解释，乔迪？”

“他说得没错。”她平静地答道。

“什么？你准备坐视不管，任由他诋毁你？”

“你还不明白吗？我早就不在乎了。我不在乎丹怎么看我，怎么说我。我更不关心你怎么想我。你的游戏我不玩儿了。”

歹徒突然靠近，须后水的味道再次袭来。他的呼吸里还有比萨和可乐的味道，“对不起，亲爱的，你无权决定。”

斯通的后脑勺顿时炸开了花，红色和灰色的液体猛烈地喷涌而出。颅骨碎片和血浆啪嗒啪嗒打在地板上，在顶灯的映衬下发出闪亮的光芒。斯通前额中间的黑洞看起来像是第三只眼睛。桌布上的血迹让 JJ 禁不住想起四周悬挂的波洛克风格绘画。

西蒙发出一声尖叫，然后戛然而止。JJ 以为西蒙也死了，她看了看，发现这位模特正双手紧紧捂住嘴巴，努力克制自己的尖叫声。JJ 转向歹徒，他手表上闪烁的心跳数正在快速逼近一百。他看了看 JJ 盯着的方向，然后举起了手。

“乔迪，让我太激动可不好。”

“那又怎样？反正你要杀了我，怎么都一样，没什么区别。”

歹徒再次靠近，她本能地退后靠着椅背。

“现在情况很清楚了，”他说道，“你杀了你丈夫，也杀了丹。记住，消极抵抗对我没用。”

JJ 哑口无言。

“好了，回去跟其他人坐到一块儿吧。暂且先不跟你计较了。”他看了看人质们，“托尼，艾德，过去清理一下。”

13

“以下是最新独家报道。TRN 已经得知歹徒的身份。这位歹徒目前劫持了娱乐圈最强势的一群人物。”

卡罗琳·布拉德利声音里既有兴奋，也有恰到好处的真诚。她现在换了第三套衣服，简单的黑色西裤加白色衬衫。

“泰德·马利中士今年四十九岁，早先是一名拆弹专家，”她继续道，“先后在两次海湾战争中服役。沙漠风暴行动期间，他获得了青铜星章，2003年的行动中荣获了紫心勋章。2005年他从部队退役。三个月前，与他相伴二十六年的妻子德妮丝·马利不幸车祸身亡，肇事者逃逸。”

塞特一声令下，摄制组拉回镜头，把莎莉·詹金斯博士拍了进来。卡罗琳转动椅子，面对着这位精神科医生，然后瞥了一眼自己的文件夹板，好像在认真考虑从哪个问题入手——其实上边只有随便写的乱七八糟的字句，卡罗琳的问题要么是塞特通过耳机传过来的，要么是自动提词机上写的。

“詹金斯博士，欢迎再次做客演播室。”

“荣幸之至。”

“现在观众朋友们希望知道，这么一位战功卓著的英雄怎么会变成杀人不眨眼的凶犯，就此您是否能发表一下见解？”

这位精神科医生用力点了点头，好像这是她遇到的最头疼的问题。

“我认为导火索就是马利妻子的死亡。配偶的死亡往往是人们经历的最具创伤的生活事件之一。若是事发偶然，效果更会放大。如果丈夫或妻子长期患病，失去他们固然是痛苦的，这点我不敢否定，但是人们知道无力回天，心里能略感宽慰，也早有心理准备。如果你突然接到电话，或者警方登门通知你妻子死了，你能想象这多么令人心碎吗?

“那丈夫也不见得就得去杀人，为什么马利突然变成了这样？”

“每个人的情况不尽相同。”詹金斯回答道，“马利妻子的死亡是导火索，但要弄清楚他为何最终选择了这种高度破坏性的做法，我们还需要深入了解他的生活。现在我们可以得出一些假设。作为一名战功卓著的英雄，他肯定目睹过军事行动。另外，他是一名拆弹专家，这就意味着他随时做好了牺牲的准备。每次拆除炸弹，他肯定都清醒地意识到死亡的可能性。他肯定也有一手经验，亲眼见过炸弹引爆。综合考虑这些因素，他不可避免患有创伤后应激障碍。”

“不过您描述的情景也并非独一无二。”卡罗琳说。

“马利服役的经历只是一部分，离开军队后发生了什么？从军事生活到平民生活过渡得怎样？退役后他失业了吗？是否有酗酒、吸毒的恶习？任何一个因素都会影响到他的生活。有可能其中一个或一些让他不知不觉走到了今日的境地。也可能有其他因素，但这些是主要的。倒回几个月前，我会问问自己，那名肇事司机后来怎么样了？”

“真他妈是个好问题，”塞特叫道，“有人能回答吗？”

三位助理一致摇摇头。

“那好，去找个能回答的。抓紧！”

主屏幕上，詹金斯博士说：“我猜有以下三种可能：要么肇事司机一直没被抓住；要么抓住了之后当局没能找到判刑证据；第三种可能是，司机的确被定罪了，但是罪行太轻，马利认为不公，无法接受。他一口气给慈善机构捐六百万可不是小事。今天我已经不止一次听人夸他是‘当代罗宾汉’，我真心相信他就是这么看待自己的。他希望被当作复仇天使，而上述任何一种可能性都与他的动机一致。”

叫停的绝佳机会到了，塞特提示卡罗琳收尾。

“詹金斯博士，再次感谢您的到来。”卡罗琳转动椅子，面朝相机，把夹板放在大腿上，“现在我们将连线阿尔菲前方记者罗伯·泰勒。”

“听我指挥，”塞特道，“三，二，一。”

主屏幕上卡罗琳消失了，取而代之的是罗伯的特写镜头。他露出自己标志性的微笑，只有一秒，就换成了一张严肃脸。现在他正专注地看着镜头。

“谢谢，卡罗琳。围困现在已经进入第三个小时。到目前为止有四名人质不幸丧生，其中包括奥斯卡获奖导演娜塔莎·洛维特。现在阿尔菲的气氛已经不能用紧张来形容了。在场所有人都希望事情能够完美解决，不要再有流血事件了。”

“说得好听。”塞特心想。他想象着警戒线外聚集的人群。他们绝不是来寻求和平解决之道的，他们闻到了血腥味才出现。说白了，他们希望能够告诉别人，炸弹爆炸时他们就在现场。在家里收看电视的观众也是同样的心态。他们调到新闻台不是为了期待温馨的奥普拉时刻[1]，他们是想看到尸体数量的上升。古罗马人云集到斗兽场，观看狮子撕咬、吃掉对手，说白了也是同样的动机。

塞特瞥了眼一块小屏幕上的CNN，又瞥了眼另一块小屏幕上的Fox。这两家巨头都还没有打探到歹徒的名字，所以他们肯定很受伤。现在他们肯定在动用一切人员，疯狂搜索泰德·马利的信息。换作是他，他必然也这么做。

他故意没有披露马利的家乡，他可不想让他们太好过。他还隐瞒了一个重要信息，莎莉·詹金斯如果知道了肯定会灵光一现。这个重磅炸弹会让两家巨头远远落后。他要等到整点播报的时候再爆出这条消息，那个时候是收视率巅峰时刻。

这么做也有风险，说不定到时候已经有电视台掌握了这条信息，不过塞特觉得值得赌上一把。无论如何，他们不可能抢在他之前报道。现在他已经重新掌握先机，别家想反超没那么容易。

[1] 指美国盛极一时的《奥普拉脱口秀》。

14

亚历克斯·金刚刚到达厨房门口，枪声突然响起。沉重的枪声过后，一具尸体重重倒在木地板上，发出沉闷的一声。他双手捂着脸，咬住手掌，努力克制不发出任何声音。他始终不喜欢JJ，但绝对没想要她死。

“嗨，亚历克斯，你还好吗，伙计？”

金不敢回答。这里太容易暴露了。他突然觉得自己运气将尽，而且这种感觉异常强烈。如果连战无不胜的乔迪·约翰逊都死了，谁还能幸免呢。就算是九条命的猫也会没命的。金轻轻推开厨房门，顺着缝隙挤了进去。轻轻合上门之后，他立刻跪倒在地。

“亚历克斯，拜托你跟我说句话，兄弟。我只想确认一下你没事。”

没事，开什么玩笑？清醒清醒吧，目前的状况怎么可能没事。

“没法说话就敲两次麦克风。”

金深吸一口气，终于能发出声音了：“我还好。”

“太好了！亚历克斯，谢谢你把相机放回去。你不知道我们有多感激。”

“布莱德，我不需要你的感激。我想要的，我唯一想要的就是，请你想办法让我离开这个鬼地方。”

15

“两百万。”凯文·唐纳修说，“你要是放我走，我给你两百万。”

JJ几乎没听到他说话，因为她还无法摆脱丹死亡的画面。这画面在她脑海里一遍遍回放，始终停不下来。她依旧可以听到枪声，看到他倒下。她想救他，可是却无能为力。一切就像汤姆自杀的那个夜晚。泳池里，半透明的蓝色涟漪上浮动着米色的漩涡，当时的她一片茫然。现在，亮闪闪的白色桌布上一片深红色的血迹，她依旧不知所措。

“两百万，”唐纳修重复道，“我可以给你汇到你想要的任何地方。全世界任何地方。开曼群岛[1]、瑞士[2]，哪里都行。你只要告诉我汇到哪里就行。”

JJ晃了晃脑袋，强迫自己专注当下。以后有的是自责的时间——假如还有以后。她坐的位置正好能看到唐纳修，这个老家伙看起来就像一具尸体。刚刚过去的几个小时对所有人都造成了伤害，但对这位制片人的伤害尤其严重，即便他突然倒地身亡，众人也不会过分震惊。

“两百万，”歹徒若有所思地说道，“你说得真轻松，好像那只是口袋里的零钱似的。可惜那不是。我爸爸一辈子都在田纳西州

[1] 开曼群岛，位于西加勒比群岛，英国海外属地，著名的离岸金融中心和“避税天堂”。

[2] 瑞士是世界上最为稳定的经济体之一，其政策的长期性、安全的金融体系和银行的保密体制使它成为避税投资者的避风港。

一家钢铁厂工作，估计他挣的钱加起来都没五十万，更别说两百万了。现实就是这么残酷，大部分人一辈子都没见过这么多钱，可是你动动手指就能把我变成百万富翁。你不觉得有什么问题吗？”

“你想让我说什么？生活不公平？对不起，我很富有？真是新鲜。生活本就不公平。我银行里有一堆钱，可是你知道吗，我愿意用所有钱换再活一年。可是事实就这么严酷，拥有世界上所有的钱都不能再买一年。可是或许几百万就能让我活着看到明天的太阳。告诉你，在我看来，这几百万花得很值。”

歹徒歪着脑袋，似乎在认真考虑，然后他往后退了几步。JJ 看到他举起枪，手指绕在扳机上。她想大叫一声，提醒一下唐纳修，可是话语好像都卡在喉咙里了。不过没有枪声，这次没有。

“好了，凯文，站起来。”

这位制片人缓缓起身。他看起来真可怜，每动一下就皱一下眉，连支撑自己站起来的力气都快没有了。JJ 闭上眼睛，不想再见证更多的死亡，可惜她无法如愿。唐纳修奄奄一息，她无可奈何，她不会看到，可免不了还是要听到。某一刻她必须再次睁开眼睛，那时唐纳修已经跟其他尸体躺在一起了。

“两百万真的可以改变一生。”唐纳修颤颤巍巍地说道，“想想吧，没有贷款，没有债务，经营得当的话你一辈子都不用再工作了。”

“你以为我是为了钱？别忘了，我刚刚给慈善机构捐了六百万。”

唐纳修摇摇头：“没人不爱钱。”

“那我为什么要捐六百万？”

“为了让公众站到你这边。这座城市充斥着名气比拼，世界上买任何东西都得花钱，同样，想出名也得砸钱。”

JJ 参与过数不尽的谈判，立刻就看出来了，在过去的十秒内，两人的对话不知不觉变成了谈判。前一秒钟还在闲聊，这一秒就在讨价还价了。唐纳修又能施展拳脚了，因此，他突然更加胸有成竹。谈判就是谈判，可能是电影交易，也可能是为了活命讨价还价，不过归根结底是一回事。一方有另一方想要的东西，关键是找到合适的价格，让双方离开谈判席时都觉得自己是赢家。

唐纳修看看其余人质，目光从艾德·理查兹移到迪安德尔·亚历山大，然后又回到歹徒身上。"这房间里有非常多的钱，我们都清楚。我愿意付两百万。你觉得我是唯一一个愿意出钱的？玩得好的话你能拿走一千万，这很简单。我不得不称赞，你这么做真是太有才了。我做过不少大生意，但最大的一单也远远不到一千万。"

"四百万。"

"可以，不过需要网上操作几个小时。我需要出售一些资产，拿到流动资金。三百万更容易，我现在就可以转给你。"

突然，房间里唯一的声音只剩下空调轻柔的风声，周围的人竭力保持安静，偶尔发出一点儿细微的声音。

"三百万……"歹徒沉思道，"真的能改变一生。那好吧，凯文，成交。"

他站到一旁，挥手示意唐纳修到电脑前。这个老家伙快步走上前去。肾上腺素盖过了所有不适，他因此显得更加年轻，也更加健康了。他坐到电脑前，开始轻轻敲击键盘。

JJ 的头脑已经开始高速运转，斯通之死也暂时抛在一边。歹徒给慈善机构捐了六百万之后她就认定他肯定不是为了钱，可是经过刚才的事情，她只好重新评估。她手头有一百五十万。在好莱坞这点儿钱不值一提，她差不多是个穷人。相比之下，一旦下定决心，唐纳修可以拿出三百万。

那迪安德尔·亚历山大能拿出多少，艾德·理查兹呢？唐纳修觉得歹徒能得一千万，不过这个数字肯定是十分保守的估计。理查兹一个人或许就能拿出一千万，而且银行账户连轻微波动都谈不上。她甚至不愿意思考他的净值，他绝对富到买得起私人飞机。

唐纳修说得没错，这种做法真的很有才。JJ 唯一不明白的是，歹徒准备怎么逃跑。既然他计划周密，那肯定也有逃离计划。那他突然要这么多钱有什么用意？

“我需要你的账户。”唐纳修说。

歹徒把电脑拉近，开始输入。JJ 的目光被血迹斑斑的桌布以及地板上丹・斯通的血液吸引。也许杀戮就此结束了。或许接下来歹徒会挨个把他们叫起来，谈好价格，然后放他们离开。现在 JJ 开始相信，自己有可能活着离开这里。

“好了，搞定了。”唐纳修挣扎着站了起来，朝着歹徒露出了自己骷髅一般的笑容，“祝贺你，多了三百万，比之前更富有了。”

“凯文，要知道，刚才你的狗屁演讲有一点我深表赞同，你说得没错，生活本就不公。”

歹徒举起枪，对着唐纳修的胸膛射进两颗子弹。

16:00-16:30

1

主屏幕上，TRN 的图标淡出，演播室的场景逐渐明朗。塞特长吸一口“万宝路”，祈祷自己赌这一把能有所回报。到目前为止，他一直满怀信心。不过这是关键时刻，一切都悬而未定。他已经下了赌注，掷过骰子，要么大获全胜，要么倾家荡产。他神经紧绷，心跳加速，再多的尼古丁似乎也无法缓解。主屏幕上是卡罗琳·布拉德利，她补过了妆，黑色的外套也已经打理好。她露出庄重严肃的微笑，说道：“下午好。”

“听我指挥切换到照片，”塞特说，“三，二，一。”

卡罗琳身后的 TRN 图标消失了，取而代之的是泰德·马利的照片。塞特瞥了眼左边两个较小的屏幕：一个是 Fox，另一个是 CNN。TRN 播出照片之后一毫秒，另外两家电视台也出现了类似的照片。很好，TRN 率先播出，这就意味着他们保持了领先地位。虽然只是几分之一秒，不要紧，几分之一秒就是金牌与银牌的差距，没人会记得亚军是谁。

Fox和CNN选的照片上，马利看起来像个犯罪分子，虽然并非监狱里拍的嫌犯照片，但是还不如用嫌犯照片。两家电视台选的照片里，马利的头向左，右脸颊上的粗糙疤痕格外引人注目。照片给人一种印象：这个人肯定不是遵纪守法的好公民。如果看到这个版本的泰德·马利走在大街上，你肯定要选择走马路对面，并且保护好孩子们。

把歹徒刻画成这样可以理解，不过这么做是个错误。就像罗伯所言，很大一部分观众真的很喜欢这个人。他们乐于听这位“当代罗宾汉”的一举一动，同时选择性忘记他是个杀人凶手。对此塞特一点都不惊讶。几十年前他就对公众的愚蠢见怪不怪了。很可悲，暴力和死亡已经成为日常生活中不可或缺的一部分，震撼带来的价值早就销声匿迹了。讽刺的是，他也要负一部分责任，这种讽刺一直如影随形。

相比之下，TRN放出的是泰德·马利身着军礼服的照片。他立正站着，胸前别着许多奖章，怎么看都像个英雄。他的脑袋转向右边，正好遮挡了伤疤。既然观众想要罗宾汉，为什么不满足他们呢？

马利有着硬汉式的帅气，他体魄结实健壮，灰色的眼睛似乎能洞察一切。塞特甚至想象得出他徒步前往南极的样子，或去野外狩猎野鹿、睡在星空下的样子。塞特也可以想象得出，他住在中西部某个小地方，家里藏着足以发动一场小规模战争的枪支和弹药，坐等世界末日的到来。就是他的这种眼神，这眼神传递出意气风发，也传递出无所顾忌。

主屏幕上，卡罗琳一脸庄重望着镜头：“阿尔菲围困事件最新消息，歹徒的身份已经确认，泰德·马利，现年四十九岁，曾经是一名军方拆弹专家，军衔为中士。马利自幼在田纳西州长大，2005

年退役后一直住在爱达荷州的特温福尔斯。”

通常情况下，接下来卡罗琳会简要回顾先前的重要信息：死亡人数、死者姓名等。塞特瞥了眼左边的屏幕，两块小的调了静音，不过他不需要听声音就能确认，Fox 和 CNN 正准备照老路子进行。

“好了，卡罗琳，”他低声对着麦克风道，“我们手里有独家报道。亮相的时间到了。”

主屏幕上，卡罗琳轻轻碰了碰耳机：“现在我收到了一条新的进展。此次独家新闻依旧由 TRN 为您呈现，TRN 致力于播送一流新闻。”

2

西蒙举起手，大家随即扭头看去。

歹徒立刻做出回应，就好像他时刻准备着：“有什么可以帮你的吗？”

“我需要尿尿。”或许是因为压力，她的挪威口音比 JJ 印象中的更加浓重了。

“那就尿吧，没人拦着你。”

西蒙挪开目光，凝视着地板。歹徒缓缓走上前去。他的靴子踏在地板上，听起来好像是炸药引爆的声音。

他举起枪瞄准她的头：“有问题吗？”

西蒙低头看看纸尿裤，一言不发。

“我说，有问题吗？”

“赶紧啊！”JJ 心想，“穿上纸尿裤。”她知道接下来会怎么发展。西蒙会继续呆坐着，歹徒会再给她一次机会，然后就会把她的头打开花。她不怎么喜欢这个模特，可是她觉得自己对西蒙有责任，毕竟西蒙是因为她才来的。

“亲爱的，看来我得说得再明白一点儿。你想尿尿就穿上纸尿裤。弄湿地板就别指望活命了。‘纸尿裤’‘尿尿’，我用词够直白了吧。听明白没有？”

西蒙点点头，然后拿起纸尿裤。除了歹徒大家都把头扭开了。JJ 可以用余光瞟到他。他放下枪，头微微倾斜，仔细盯着西蒙。房间里安静了很长一段时间。

“搞定了？”歹徒问道。

西蒙一句话都没说，不过她肯定做出了正确的反应，因为她现在还活着。

“还有谁要尿尿？尿之前记得想想我说的话，别忘了滴到地板上是什么后果。”

珍和迪安德尔·亚历山大举起手，JJ 再次扭过头去。她能听到些许动静，理解他们的尴尬。她也想尿尿，不过没那么急。

“珍，你负责清理工作。把这些脏纸尿裤收集起来，堆到那边的角落里。”两人摘下纸尿裤，随之又是一阵响动，接下来是脚步声。JJ 轻轻一瞥，正好看见珍穿过房间。珍五十多岁，不过衣着打扮很显年轻。她染着一头金发，看得出来经常健身，身材保持得很好。可现在，压力正一步步把她压垮，她动作僵硬，一脸担忧，露出深深的皱纹。珍把用过的纸尿裤放在一张桌子上，然后回来坐下。

“还有人要去吗？”

这次没人再举手。歹徒又等了一秒，然后走到电脑前。JJ 趁机环顾四周，放眼望去全是死亡的场景。往左看是伊丽莎白·海沃德，往下层看是那位会计，她不敢往右看，因为丹·斯通和凯文·唐纳修的尸体被抛在那里。每当想到斯通，JJ 心中就免不了一阵愧疚。

唐纳修死了之后只剩六名人质了。托尼、西蒙、艾德·理查兹、迪安德尔·亚历山大、珍，还有 JJ 自己。只剩他们了。不难发现，每个人都状态不佳。艾德·理查兹状态最糟，他仿佛已经从悬崖边跌落至深渊，即便有幸活着出去，他也需要大量的心理治疗才能重新振作起来。JJ 也很担心西蒙，并不是因为她会做傻事，而是因为她是个冷酷无情的婊子。只要能出去，她可以不惜牺牲房间里所有人，而且绝不会有片刻犹豫。

保持乐观可不容易。不到五分钟前，艾德·理查兹和托尼拖开了唐纳修的尸体，毫无仪式感地把它抛在斯通的尸体之上。这五分钟充满了内疚、控诉和末日幻想。JJ 比以往任何时候更相信自己会死。就在这里，就在今天，就在现在。控制权掌握在歹徒手里，而他似乎要走上自我毁灭的道路。JJ 不确定还会有多少人要因他丧命。

可他的动机是什么呢？谁做事都不可能无缘无故。原因好坏无关紧要，动机可以十分简单。瘾君子们知道自己注入的是毒药，可依旧反复吸毒，不然就得忍受脱瘾症状的煎熬。同样，好莱坞一流演员会不惜一切代价挽救职业生涯，否则就会恶名昭彰，落得凄惨下场，直至最后默默无闻。

找出人们的动机是 JJ 的本行，也是她的强项。通常几秒之内她就能把人看透，可这位歹徒让她困惑不已。他们被困近三个小时了，可她还是没明白歹徒的动机。很容易想到是为了钱，可尽管他刚刚从唐纳修那里得了三百万，JJ 还是不相信。

如果动机不是钱，那到底是什么？

JJ 一开始就排除了政治攻击，但是不是太仓促了？她知道媒体是什么德行。围困接近三个小时，意味着消息已经全世界传播开来。这种情况在所难免。这样的新闻要不了一个小时就能传遍全球。这是歹徒想要的吗？他是不是想等到舞台足够大，才表明自己的动机？

这个假设似乎说得通，可是 JJ 还是不相信。有些地方不太对劲，可她又说不上来为什么。在 JJ 看来，这个歹徒不是激进主义分子，也不是武装分子，他似乎没有什么政治立场。

不过他绝对是个虐待狂，看看他是怎么玩弄大家的！他还是个变态狂，看看他杀人不眨眼的样子！或许他只是喜欢杀人，或许这就是他唯一的动机。她可能真的把非常简单的情况复杂化了。或许他只是为了杀人而杀人。

但是肯定有些因素导致了他大开杀戒。你不可能早上一觉醒来，突发奇想就要去杀人。应该有导火索，万一真是这样，那事态比她想象的还要糟糕。越过界限就没有回头路了，结束的唯一的方法就是他的死亡。

JJ 醒了醒神，目光从地板上的一个小点移开，抬起头四下张望。众人愈发害怕，个个眉头紧锁，面容憔悴，眼神也更加呆滞暗淡，一动不动地漠视远方。他们还得对抗周围的味道。人们常说，时间久了你就能习惯任何味道。狗屁，JJ 知道自己无论如何都适应不了这味道。一天不行，一周不行，甚至一个世纪都不行。这种味道能渗透你的身体，永远挥之不去。

歹徒坐在电脑旁，盯着 TRN 的新闻头条。JJ 看不到屏幕，不过女主播的一字一句都清清楚楚。首先跳出来的是一个名字，泰德·马利。这个名字对她来说毫无意义。她唯一能联想到的就是鲍勃·马利[1]和雅各布·马利[2]。既然电视台已经打探到名字，找到照片也是理所当然的。她不禁好奇他到底长什么样。她习惯脸和名字搭配记忆，所以她是视频会议的忠实粉丝。

---

[1] 鲍勃·马利（1945.2.6—1981.5.11），牙买加唱作歌手，雷鬼乐鼻祖。

[2] 雅各布·马利是查尔斯·狄更斯作品《圣诞颂歌》中的人物。

女主播沉默了，再次开口的时候语气里满是兴奋。

“现在我收到了一条新的进展。此次独家新闻依旧由 TRN 为您呈现，TRN 致力于播送一流新闻。据我们得到的消息，泰德·马利患有脑肿瘤，并且无法进行手术治疗。六个月前他被确诊，医生判定他还有不到一年的时间。”

JJ 瞬间就反应过来了，也随即想到了后果。之前她觉得局面已经不能再糟了，可刚刚又进一步恶化了。

3

整理厨房的时候金一直很小心，生怕收拾得太干净。厨房太整洁跟太乱一样糟。任何不同寻常的细节都会引人注目。引人注目也很糟糕，因为这样会引起质疑：比如谁躲在这里。这些质疑足以让人送命。金看过的人质电影足够多，无须旁人提醒。

他扫视四周，试图确认是不是整理得太过火。看起来还不错，不过还不错离恰当差得远呢。他怎么努力都回忆不起来之前的厨房到底什么样子。他拿出手机，盯着没电的黑屏，只要能跟斯图尔特通一次电话，哪怕是最后一次，他愿意放弃一切。斯图尔特是他第一个认真交往的对象，搞不好也是最后一个。

这段感情发生在《杀戮时刻》之前。后来经纪人向他保证，他会成为全球最火的动作电影明星。经纪人明确表示，长期稳定的感情不利于事业发展，任何形式的都不可以。金表示理解，自那以后就一直很谨慎。后来他慢慢明白了，他是动作片英雄，而动作片英雄是不会跟其他男人交往的。好莱坞的游戏规则就是这样。

他得考虑女粉丝们的感受，必须让她们相信他是单身。这是他大火的一个必要条件。只要粉丝们的幻想在，事实如何并不重要。一夜情和短暂交往可以，只要约会对象是女性就没问题。粉丝们期待他跟西蒙之类的女星交往，手挽手进进出出。不这样反而奇怪。这些都是个人形象的一部分，都是表演的一部分。

JJ 花了很长时间跟他解释。即使讲过无数遍，即便他满口答应，她还是会继续，直到把他逼得想勒死她。一想到 JJ，金就情绪低落，所以他不再想她了。他无论如何都不敢相信 JJ 已经死了。

他再次环顾四周，是不是太过火了？斯图尔特经常说他是洁癖狂人，不过这纯属胡扯。他只是比斯图尔特更爱干净，仅此而已。爱干净并不等于洁癖，他只是不想周围乱七八糟罢了。他现在满脑子都是斯图尔特的样子。斯图尔特很帅，而且他都意识不到自己有多帅。不过金最欣赏的还是他的幽默感。斯图尔特总是笑呵呵的，喜欢开玩笑，他笑点不高，笑起来还经常很难停住。

想到旧日的美好时光，金顿时心痛不已。为了出名，他亲手葬送了爱情，当时还觉得很划算。当时他前程一片大好，会有更多斯图尔特出现——他这么告诉自己，而且他也真心这么以为的。

与魔鬼签订协议之后，他觉得自己完全清楚其中的条款。现在他不这么想了。金钱和名誉从来都无法跟幸福和爱相提并论。蓦然回首，他觉得自己不是赚了，而是赔了。他用稳定换来了诸多一夜情，不知不觉慢慢迷失了自己的心智和灵魂。

斯图尔特若是收到了短信会怎样？他很可能看一眼就删了。金不怪他，不过转念一想，斯图尔特还是有可能回复的，金收不到只是因为手机没电了。即便希望渺茫，金还是坚持这么想。一想到心爱的人主动联系自己，虽然只是通过短信，金就觉得自己可以撑下去。

金贴着后门，有气无力地瘫坐在地，口袋里放着钥匙，腰间别着刀。太令人崩溃了。那扇门只有四五厘米厚，他离自由只有这点距离，差不多跟小拇指一样长。几厘米不值一提，可这几厘米却又能决定一切。

如果能侥幸活命，他一定要脱胎换骨，开启新生活。首先要戒毒，彻底摆脱这种不良嗜好。接着他要宣布“出柜”，经纪人可以“去死”了，不乐意又能怎样，大不了换一个。他没办法继续虚伪下去了，他已经把日子过得乱七八糟了。变成这样当然还有别的原因，童年经历显然算一个，不过他会求助心理咨询师帮自己疗伤。

最重要的是，他要跟斯图尔特道歉。他不敢奢望能跟斯图尔特复合。分手时那么决绝，肯定没办法破镜重圆。他只希望能当面郑重道歉。

他绝对要脱胎换骨。

金用手指把麦克风按到嘴上，转而想起无须这么做。他拿开手，一边啜泣一边说道：“布莱德，你有没有在听。求你了，求你了，求你把我救出去。”

4

“别紧张。”塔拉说。

罗伯抬起头。手机屏幕上是卡罗琳，她满面风光，罗伯感到愈发受挫。他离移动指挥部不足百米，比媒体界任何人都接近阿尔菲，可是他就好像空气一样没有存在感。这是他最讨厌的一点——等待，他快要气疯了。下一个人质出来之前他就困在这里了。可能需要等几分钟，也可能是几小时。

“我没紧张。亲爱的，倒是你，弦绷得再紧点儿就要断了。”罗伯朝着移动指挥部点点头，“你觉得里面在忙什么？”

塔拉耸耸肩："不知道。要不去敲门问问？"

"好啊。"

"我没开玩笑。"

罗伯盯着她的脸，仔细研究了一番，这才意识到她是认真的。

"有什么用呢？沃尔特斯肯定会说自己在忙，或者直接拒绝透露任何消息。"

"或者他能给我们提供21世纪最劲爆的新闻。只要你别再哭丧个脸，我做什么都愿意，哪怕你只是短暂笑一下呢。我才不管你干吗，我只想找回我快乐的罗伯。"

罗伯努力挤出一丝微笑，可是却成了鬼脸。

塔拉哈哈笑了起来："你最多也就只能这个样子了？"

"抱歉，我尽力了。"

塔拉突然一脸严肃："记住，事情没结束之前，我们要一直抓着沃尔特斯不放。反正又不会有损失，是吧？"

"你说得或许没错。"

"不是或许，这是绝对真理。"她停顿道，"我知道你在纠结什么。你生气是因为卡罗琳·布拉德利这会儿出尽了风头。"

"我有那么小气，有那么肤浅吗？"

"当然有。我就喜欢你这点。不需要太费劲就能觉察到你的小心思，因为你心里根本就藏不住事。"

罗伯不由得放声大笑："这话真刻薄。"

"话糙理不糙。在我看来，你有两条路，要么闷闷不乐守在这儿，要么过去敲门，让沃尔特斯提供一条独家新闻，把卡罗琳·布拉德利拉下马。"

"这么说我好像没得选。"

"说对了，就是没得选。"

5

JJ 脑袋里的想法一个接一个冒出来。这样就说得通了。她一直在找导火索，现在一下找到了两个。女主播先是丢出一枚重磅炸弹，说他患有脑瘤，接着又谈到了撞死他妻子的肇事司机。

前因后果都连上了，局势突然如此清晰。马利发现自己时日无多，已经被逼到了悬崖边。JJ 猜测，他没有纵身跳下是因为还有妻子在。而等到妻子不幸身故，他就彻底爆发了。

马利合上电脑盖子，纹丝不动地坐着。所有人齐刷刷看着他。他一动不动的样子让 JJ 深感不安，枪和炸弹不会比他更可怕。他太平静了，太沉着了。若是在拍电影，这时候导演肯定会来个特写：屏幕上他的手指放在扳机上，谜团揭开之后，他的脸上只剩下平静，紧接着他会引爆炸弹。

JJ 竭力搜寻快乐的思绪，希望可以从一个世界安然进入另一个世界。她想到了一件童年往事。当时她只有七岁，依然相信存在圣诞老人。那一年她给圣诞老人写信，说自己是个好孩子，想要一辆新自行车，因为原来那辆太小了。

圣诞节早上，圣诞树下出现了一辆包装精美的粉红色“施文”车，跟她渴望已久的一模一样，床下藏的商品目录里她圈中的正是这一款。她简直不敢相信，圣诞老人竟然知道她的心思。那天早上，她和爸爸一起去骑自行车，两个人相伴骑行了好几公里。那是最美妙的圣诞节了。当时她的父母依旧相爱，也很爱她，生活无忧无虑，简简单单。多么美好的时光。

马利站起来，举起手。JJ 料想他准备去拉背心上的引爆器。不过他并没有。他的手越过背心，一直往上抬，抓住了面罩下沿，一下子把面罩摘掉了。

JJ 始料未及，不过令她意外的还在后面。除了脸上的伤疤，他看起来挺普通的。如果在大街上与他擦肩而过，JJ 绝对看都不会看一眼。他大概五十多岁，也有可能不到五十，只是看起来有点老。他皮肤黝黑，一看就是常年在户外工作，不像有些人为了作秀故意晒黑。

他头发黑白相间，留着寸头，虽然没有短到紧挨头皮，但也相差无几。这发型非常实用，显然是作战发型。即便没听女主播说他是退役老兵，他右脸颊上的疤痕也能说明一切。伤口是匆匆忙忙用对缝法[1]处理的，战地手术就是这样，美国没有哪家医院会缝成这个样子，甚至最穷的医院也不会。

JJ 猛地意识到自己正盯着他看，急忙扭过头去。她手掌汗津津的，十指扭曲在一起，像拼图一样，彼此交叉。大家只敢轻轻动一动，发出一星半点低沉的声音，看样子她并不孤单。

她再次快速偷看了一眼。马利正在研究人质，目光在众人当中来回穿梭，偶尔短暂停留在某个人身上。JJ 第一次真正看到了他的笑容。一点儿都不超乎寻常，一点儿都不邪恶。JJ 有些惊讶，按照她的想象，这笑容应该是恐怖片里怪诞阴森、不怀好意的笑容。事实上不是。这笑容温暖而友好，充满了幽默感。

“是时候给大家交个底了。”他说，“之前我没有做到坦诚相待。”

[1] 对缝法可类比棒球上的走线，即左右交替，明线缝合。

6

“肇事司机已经死了。”

黑人小伙子站起来，故作镇定，力图掩饰自己的紧张不安。塞特可没有上当，他真想喝个倒彩，看看这家伙会不会吓得尿裤子。

“时间，地点，人物，事件，原因。”他厉声说。

“肇事司机名叫艾伦·阿特金森，”亚洲小伙子补充道，“昨天上午在家中被杀。阿特金森住在达特福德，这个小镇距特温福尔斯只有几公里。凶手将他倒挂在车库里，还挖出了他的内脏。等他妻子发现的时候，内脏都垂到了体外。”

“基于此，我大致猜到了‘原因’。警方已经对马利发出了通缉令，是吗？”

那个亚洲小伙子点点头。

“我还猜测，艾伦·阿特金森不知为何没有被判刑，所以他没坐牢，而是在家。”

小伙子又点点头。

“好了，我要你们把阿特金森查得一清二楚，再跟他妻子约个访谈。没有什么比悲伤的寡妇更能拨动大家的心弦了。”塞特拍拍手，大家都惊得跳了起来，“赶紧的，还等什么，新闻可不会自己跳出来。”

“是啊，要记住新闻是谁挖掘出的。”那个白人女同性恋嘀咕着。

塞特狠狠瞪了她一眼：“亲爱的，有什么要补充的吗？”

“我说‘好的’。”

“那是当然。傻子才相信你。”塞特摇出一根“万宝路”，点上火。

他凝视着三位助理，故意停顿片刻，然后长吸一口烟，“好了，各位，回去干活儿吧。别忘了新闻是谁挖掘出的。”

7

JJ 等着马利进一步解释刚才所说的话。她一直在等待。他隆重亮相，隆重发言，然后却走到了电脑旁。他现在正坐在那儿看着大家。餐厅电话紧紧贴在他耳朵上。

“路易斯，真开心，又听到你甜美的声音了。想出答案了吗？就是你我都知道的那个问题。那个大问题。那个让你手忙脚乱、摸不着头脑的问题。我想要什么？”

马利边说边直勾勾看着 JJ。没有任何误解的余地，没有曲解的可能，没有或许，没有怀疑，他好像在期待一个答案。可是她怎么知道他在干吗？她之前一直不认识他。如果认识，那她肯定会记得那道疤痕。他是战斗英雄，来自爱达荷州一个不知名的小镇。她是好莱坞公关。他们来自两个完全没有交集的世界，简直像两个平行的宇宙。JJ 又突然开始迷恋地板上的纹理，她像研究毕加索绘画一样研究这些纹理。脑中的声音震耳欲聋，JJ 很难再专注下去，没有一个想法是积极的。

“你还要跟我说想不到答案？我必须告诉你，我很失望。你们都拿着哈佛、耶鲁，或者其他什么常春藤名校的花哨学位，可这么简单的问题都答不上来。”

马利停住了：“告诉你，你们赶紧调整好窃听设备，记得要对准我，因为接下来我要帮你把问题简化一下。”

他挂断电话，轻轻把座机放到桌子上。有那么一刻他只是那么呆呆站着，一副若有所思的样子。然后他转身直直盯着 JJ，“乔迪，站起来，”他朝之前她坐过的那把椅子点点头，“过来坐下。”

JJ 浑身直哆嗦，感觉站都站不起来了。站起来已经够困难了，走两步到椅子边更是困难。她瘫坐在椅子上。现在她只能看到丹·斯通坐过的那把椅子，椅子一点都没动，周围的地板上还有片片血迹。她努力不去看他的尸体，可还是没忍住。这位经纪人眼睛大开，目光凝滞，似乎在控诉她看到尸体才满怀愧疚。她知道自己害死了斯通，无须任何提醒。

“看着我。”

马利的声音分外冷静理性。JJ 几乎要相信这个人不难相处。可是当她抬起头，目光扫过炸背心和手表上红色的心跳时，幻觉瞬间破灭了。

“你不知道我要干吗，是吧，乔迪？”

JJ 摇摇头。马利也摇摇头。

“你这个样子我真是太伤心了。”

8

最后，罗伯选了个省事儿的办法。他没去敲移动指挥部的门，而是给亚伦·沃尔特斯打了个电话。塔拉凑上去仔细听，罗伯打开扬声器，这样俩人都能听清楚了。

“泰勒先生，什么风把您给吹来了？”

“我要知道有关泰德·马利的全部信息。”

“我也想啊。”

“我是认真的。”

“我也是。”沃尔特斯叹了口气，“能不能替我考虑考虑。你的对手们都在说我有意偏袒，他们说得没错，我真是自作自受。下一个人质出来还是由你报道。等到尘埃落定，大家发现是你想办法把亚历克斯·金救了出去，你肯定会成为英雄。我不能再给你更多信息了。水井已经干枯，我做得够出格了。我欠塞特·艾伦的已经悉数还清了。”

“你有压力是你自己的问题，不是我的错。”

“不，泰勒先生，我的压力都是你造成的。”

罗伯本想做一次非正式采访，不过很快就打消这个主意了。首先，Fox 和 CNN 立马就会明白消息来源。更重要的是，他的目的不是得到信息，而是压过卡罗琳的风头。除非他拿着麦克风站在沃尔特斯面前，不然约拿只会拿走他提供的信息，转而给卡罗琳播报。

“好了，”罗伯说，“我听够了你这做不来，那做不来。要不你跟我说说，你能做点儿什么？”

沃尔特斯叹了一口气，然后沉默了，好像在认真思考，“我可以再安排一场新闻发布会。你可以第一个提问。”

听起来像是给了罗伯一个巨大的人情，可是他的口气免不了让人心生疑虑。罗伯反复琢磨刚刚过去的三十秒，原因立见分晓。

“得了吧，亚伦，你觉得我是个彻头彻尾的傻瓜吗？为了让其他家电视台不再纠缠你，你肯定已经答应召开新闻发布会了。”

电话那头一片沉默。

“你保证我能第一个问问题？”

“只要你第一个举手，我绝对没问题。”

罗伯挂上了电话。

“新闻发布会可以，”塔拉说，“约拿肯定得直播，这样我们就能扳回局面了。比你站在这儿用手机看卡罗琳·布拉德利强千百倍。”

“我本来想一对一采访沃尔特斯的。”

塔拉笑了：“我也想啊。”

9

“放松。”马利说，“很快就结束了，我保证。”

JJ 顿时浑身一阵颤抖。这话是什么意思，“很快就结束了”？但愿他准备放她走，不过她是靠面对现实谋生的，而眼前的现实恐怕很难带来好的结果。他口气里有种听天由命的味道，JJ 不由得感到恐惧，这个身处悬崖边缘的人终究要一跃而下了。

或许他准备放剩下的人质离开。

不，怎么可能。马利不会再放人出去了。接下来是最后阶段，游戏要接近尾声了。剩下的人质要么死在这儿，要么被救出去。现阶段看来，救援的可能性越来越小，真有营救方案的话为什么还不执行？

答案显而易见，同时又令人不安。根本没有可行的计划。有的话她现在就不会还困在这里。警察借助扫描仪进行监听，所以肯定知道大家有生命危险。他们会探索每一个角度，衡量可能的幸存者更多，还是附带伤害更严重。他们没有任何行动，这就意味着可能幸存人数没有增加。附带伤害太大，幸存者不足。除非警方和 FBI 想到了扭转局面的办法，否则他们还是得困在这里。不幸的是，正如马利所言，什么都不做甚至都有相应的后果。

“艾德，站起来。”马利喊道。

艾德·理查兹慢慢站了起来。他面色惨白，头发凌乱，前额上鲜红的红色已经被他抹花了。他低头盯着地板，一副有气无力的样子。这个版本的艾德·理查兹跟全球大银幕上的相差甚远。银幕上，即便他化妆化得看上去在鬼门关走了一遭，依旧是帅气迷人的。区别在于，这里是真实的，没有伪装，没有手段，没有化妆，也没有表演。

马利抬起刚才丹·斯通坐过的椅子，把它摆在其他人质的正对面，示意理查兹上前。这位演员慢吞吞穿过房间，好像每一步都是最后一步。他重重坐下来，椅子被他的体重压得咯吱直响。

“乔迪，你也转过来面对大家吧？”

JJ 站起来，重新调整椅子，然后又坐下。

“好了，我有个问题要问你俩。一条人命值多少钱？”

10

卡罗琳·布拉德利凝视着摄像机说道：“现在做客我们演播室的是埃里克·巴塞洛缪教授，洛杉矶西西奈医疗中心知名神经外科医生。”

巴塞洛缪双腿交叉面对摄像机坐着，看起来很放松。他衣着考究，风度翩翩。西装、黑色的头发，还有举止都堪称完美。塞特明显感觉到，这个家伙考虑问题总会超前十几步，很有远见。

卡罗琳转向这位教授：“感谢您的到来，巴塞洛缪教授。”

“荣幸之至。”

卡罗琳瞥了一眼夹板上不存在的问题，脸上的严肃表情恰到好处：“巴塞洛缪教授，脑瘤会影响性格吗？”

巴塞洛缪考虑了片刻：“概括说来会的。不过具体取决于大脑中肿瘤生长的位置。我们必须知道，大脑是一个高度复杂的器官，每个区域各有分工。例如，小脑控制复杂的运动功能，如步行、平衡和姿势。”

控制室中，塞特满腹牢骚。专家说话都没法简洁明了吗，为什么这两者总是不可兼容？“让他说人话，”他低声说道，“赶紧，不然我就切到罗伯的街头采访去。”

“性格呢，大脑的哪一部分控制性格？”卡罗琳问得流畅自然，可塞特看得出她已经很恼火了。

“前额叶。”

“说人话。”塞特怒不可遏低声道。

“性格改变会极端到什么程度？”

“性格改变可能非常显著，比如，一个通常温和的人突然变得很暴力。对于周围爱他、关心他的人来说，这种改变令人畏惧。”

“那么战斗英雄是否有可能变成精神变态者？”

“真棒。”塞特悄声说，他绝对敢肯定，卡罗琳露出了一丝难以觉察的得意微笑。这微笑转瞬即逝。

“理论上是可能的。当然，我们需要考虑一些因素。例如，肿瘤的大小及其在大脑中的位置。对暴力行为的偏爱也有影响。值得一提的是，并非患脑瘤的人都会自动成为精神病患者。这种概率极低。只有一系列独特的因素才会带来这样的结果。”

“赶紧收尾，我快无聊死了。”塞特低声道。他拨开麦克风，躺在椅背上，又点了支万宝路。主屏幕上，卡罗琳正在对巴塞洛缪的到来表示感谢。

“罗伯的电话。”亚洲小伙子喊道。

塞特吐出一缕烟，然后重新调整麦克风：“请告诉我更多人质要出来了。”

“抱歉，没有。不过亚伦·沃尔特斯准备再召开一场新闻发布会。”

塞特叹了口气。

“我可以第一个提问。”罗伯急忙补充说。

“聊胜于无吧。什么时候开始？”

“沃尔特斯说十分钟以后。”

“那得差不多十五分钟。去吧，准备准备。我这里不用你操心。”

“好的。”罗伯挂了电话。

塞特叹了口气，又吸了一口烟。脑瘤新闻已经播了一阵了。想持续领先得再来一条独家新闻。不过可以肯定的是，新闻发布会上是得不到独家新闻的。

11

亚历克斯·金背靠门坐着，不停把玩着钥匙。几分钟前他跟布拉德·卡特联系过，这位FBI特工满口承诺，说正在尽全力救他出去，末了告诉他要保持镇定。

问题是，卡特上次也是这么说的，上上次也是这么说的。说到保持镇定，金一直都老老实实坐着，坐到屁股都麻了。

金一遍又一遍摆弄着钥匙。明亮的灯光下，金属向四面八方投射出细微的闪光。他不知不觉站了起来，把钥匙推到锁眼里，直到感觉到了阻力。打开锁是明智的举动，他不敢相信，卡特竟然没有提醒他。机会来的时候必须迅速行动，节省一秒可能起到决定性作用。他又拧了一点儿，然后停了下来。

万一门连着警报呢？或许正因为如此，卡特才没有告诉他把锁打开。他现在百分之九十九确定，打开门不会触动警报，因为先前人质交接时都不曾有警报声。可问题就在于那百分之一的疑虑。不管他怎么开导自己，还是觉得打开门会有坏事发生。

“布莱德，在吗？”

“在的，兄弟。”

“我想把门锁打开，这样最终行动起来速度能快点儿。但我担心会触发警报。”

“等我核实一下再回复你。保持镇定，稍等片刻。不要擅自行动，好吗？”

耳机那头沉默了。又是“保持镇定”。沉默似乎永无止境。金可以想象，一大堆 FBI 专家正聚在一起商量对策。然而，他们一点儿思路都没有，他们根本无法理解事态有多凶险。他们怎么会有概念呢？他们在外面，而他困在里面。他们无法体会金的处境，再等一百万年也体会不到。

即便警报响起，他们还是能照常回家，照常亲吻自己的妻儿。他们可能会良心不安，不过慢慢会习惯的。假以时日，他们终究会释怀，接受自己害了金这一事实。假以时日，你什么都可以适应。这一点金很有经验。

“嗨，亚历克斯，可以打开锁。警报没有开启。”

“你确定？”

卡特笑了：“我们是 FBI，我们手里的设备你们这些明星只能想象罢了。你知道要提前跟我们确认，做得很好。”

“谢谢。”

耳机那头再次沉默。金盯着钥匙。开还是不开呢？厨房里的气氛瞬间变得更为沉重。他没必要这么做。他完全可以坐下来，假装这是最愚蠢的想法。他没来得及阻止自己，终究还是转动了钥匙，同时暗自祈祷，希望卡特判断正确。锁好像叹了口气似的打开了。

没有咔嗒的声响，只有缓缓的压力，紧接着一阵空虚感悄无声息地涌上心头。金屏住呼吸，等待警报响起。他准备好迎接铃声和警笛声，不过什么都没听到。

外面的世界在一点点前进，可里面的一切却毫无进展。厨房依旧是一片人为制造的混乱状态。或许太混乱，又或许不够混乱。那个胸前捆着炸弹的疯子依旧在餐厅里耀武扬威。金若是跟布莱德·卡特通话，这个 FBI 特工肯定还会说他们在全力以赴救他出去，还会让他保持镇定，坚持住。

一切照旧，可一切又都在变化。门开了，这就意味着他离自由更近了。现在唯一阻挡在他和自由之间的只有卷闸门。他握着门把手，开始往下用力，然后突然意识到自己的所作所为，像触电一般退了回去。

他瘫坐在地，愣愣看着双手，就好像手不是长在自己身上似的。打开锁是一码事，打开门完全是另一码事。他知道歹徒在追踪新闻。他不确定是否有哪家电视台的镜头正对着两扇门。歹徒如果看到后门开了可就完了。

他简直不敢相信，自己差点儿就搞砸一切。银幕上他或许无坚不摧，可内心深处，他始终觉得自己还是拖车里那个一无是处的家伙。他抽出密封塑胶袋，轻轻摸了几下粗糙的表面。吸一口简单。太简单了。他把袋子又塞回口袋里，顺手把刀拿了出来。哭脸正看着他。他翻到背面，勉强笑了笑。一滴泪水流下脸颊，滴到了牛仔裤上，留下了一个小小的深色印记。

12

“一条人命值多少钱？”马利再次问道。他朝凯文·唐纳修冰冷的尸体点点头，“在凯文看来，一条命值三百万。要知道，他表示只能拿出那么多，但其实根本没说实话。他命悬一线，可还是选择撒谎，糊弄我说需要变卖一些资产。他能很容易拿出四百万，天啊，或许五百万也拿得出来。胡说八道绝对瞒不过我的眼睛。你们最好记住这一点。”

JJ的目光与他相遇，假装隐身已经没有任何意义了。他的打算她看得明明白白。他会每次叫起来两个人，给自己的生命标上价格，大家肯定都会拿出最好的报价。看看唐纳修的下场，大家肯定都不敢糊弄他了。看样子终究还是为了钱。

JJ环顾四周，看看其他人质，估计马利可以轻而易举入账三千万。艾德·理查兹和迪安德尔·亚历山大或许不费吹灰之力就能各自拿出一千万。不论以什么标准来衡量，这都是一笔巨款。可她不明白到底为什么。马利时日无多，三千万有什么用，一亿有什么用，哪怕十亿又有什么用？

除非他想全部捐给慈善机构。可是这样也没道理。是的，这样能赢得人心，但是尘埃落定之时，律师们肯定要争着抢着为遇害者家属讨要这些钱。律师和亲属们肯定都巴望得到这么一大笔钱。

“好了，”马利说，“我们来回顾一下四十年代。知道纳粹为什么不再枪杀犹太人，而是使用毒气吗？简单说来，毒气更廉价高效。所以，对于希特勒和他的同党而言，生命的价值不超过一颗子弹。”他摇摇头，勉强一笑，“为了方便讨论，我们就假设制造一颗子弹的成本是五角。这么算的话，凯文的三百万能抵六百万条人命。换句话说，这个数字等于大屠杀中所有的人数。这么想算是比较客观了，不是吗？”

他看看其他人质。

“一千五百万，”理查兹轻轻说道，“汇到什么地方都可以。我只想再看看妻子和孩子们。”

马利缓缓扭头，面对这位演员：“有趣。所以你的命值五个大屠杀。那可是三千万人，抵得上一个国家的人口了。”他转向 JJ，“你呢，乔迪？你值几个大屠杀？”

“我只拿得出一百五十万。”

“只有一百五十万啊，”马利说，“只有这些吗？你有没有想过，这也值半个大屠杀。你觉得你的命抵得上三百万人的命。”

“没有。你问我能拿出多少钱，我只有如实回答。我的命不比任何人金贵，也不比任何人低贱。”

“小心了。我的谎言识别机能快要启动了。”

“这是实话。”

“不，不是的，乔迪。我们都把自己放在宇宙的正中心。你，我，所有人，都是如此。”

每当他叫她乔迪，JJ 都觉得公然受到了侮辱。更重要的是，他似乎察觉到了 JJ 的不自在，故意要捉弄她。

“不要拿我跟你作比较。我们不是一类人。”

“不是吗？你看到想要的就会去争取，我也一样。我们都失去了心爱的人。面对现实吧，乔迪。仔细想想，我们的共同点可多了去了。”

“我从来没杀过人。”

“是吗？可怜的丹是谁杀的，你丈夫呢？”

JJ 无言以对。马利说得没错。日复一日拖延到了尽头，汤姆便死了。斯通的死则是因为自己今天邀请了他。

“还有一个问题。倘若特里西娅·马利还活着，她的命值多少钱？”

马利笑了，JJ 感觉跳入了陷阱。就好像她一只脚被绳套缠住，身体被倒挂起来。尽管她这会儿头昏脑涨，她还是想到了一个非常重要的问题。

特里西娅·马利是谁？

13

“重磅新闻！”亚洲小伙子喊道。

塞特掐灭手里的烟，接着又点了一根。头顶上萦绕的薄雾熏得他眼睛发疼，喉咙作痒。再来几根控制室就该乌烟瘴气了。这位亚洲小伙子脖子里夹着电话，把椅子转到塞特对面。

“我听着呢。”

“马利刚刚又给洛杉矶公益戒毒捐了一笔钱。这次是三百万。”

“你是怎么知道的？”

“因为我叮嘱过我的线人，再有捐款一定要告诉我。”

“看来你料定还会再有捐款。”

小伙子脸红了，急忙坐回到椅子上。

“放松。你做得很好，特别好，比你两个同伴都要好。哎哟，搞不好有一天你能成为一名真正的记者。”

塞特瞥了眼左边的两块小屏幕。目前 Fox 和 CNN 都还没提到这笔捐赠。主屏幕上，卡罗琳·布拉德利正流利地念着新闻提要。

他调整麦克，轻声说道："卡罗琳，乖，告诉我们亲爱的观众们，泰德·马利又给洛杉矶公益戒毒捐了一笔钱，这次是三百万。记得一定要加上'独家'二字。"

塞特看到卡罗琳抬起手放在耳边。他看到她眼睛一亮，就好像收到了上帝的信息。他看到她对着镜头投射出最热烈的表情。他可以盯着她看一整天。

"请听 TRN 的最新独家报道。我们刚刚得到消息，泰德·马利为洛杉矶公益戒毒捐赠了三百万。这是这位'当代罗宾汉'捐出的第二笔七位数巨款，捐款总额度已高达九百万。"

塞特关掉卡罗琳的声音。他感觉好像少了点儿什么，就像挠痒挠不到位置一样难受。为什么马利单单选了洛杉矶公益戒毒，用意何在？九百万可是一笔巨款。单从数额来看，这一行为可谓善举。注入这么多资金后，这家慈善机构能帮助千千万万人。有可能下个世纪他们都不用再筹款了。

可是归根结底，这一举动也没什么大作用。洛杉矶公益戒毒专门和无家可归、穷困潦倒的瘾君子和妓女打交道。公益项目一结束，大部分受帮助的人就又会重新回到街头，或者重新开始吸毒。但是谁也不会无缘无故捐款，更别说捐这么大数目。塞特心想，九百万估计都能摆平他几任前妻了。

"各位，听着，"他高声喊道，"我要知道泰德·马利和洛杉矶公益戒毒之间的关系。这家慈善机构微不足道，只有一间办公室，而且在一条破落的小街上。除非有非常充足的原因，否则你是绝对不会把九百万捐给它的。我要知道原因，就现在。"

14

“死了？”JJ 心想。马利问的是，倘若特里西娅·马利还活着，她的命值多少钱。想到这里，JJ 忍不住心烦意乱。

“跟你们讲讲特里西娅吧。”马利说，“她是上帝派来的天使，是你见过的最开心阳光的孩子。她喜欢微笑，喜欢大笑。总之，她是那种走进房间就能感染别人的姑娘。”

马利拉过一把椅子，对着 JJ 和艾德·理查兹。这次他没有窃笑，他的脸上是大大的微笑，肯定是美好的回忆。

“她也很聪明，能力极强，做什么都会很成功，医生、科学家，只要她下定决心，当上总统都不是问题，治愈癌症也不是奇迹。”马利收起微笑，转而开始皱眉。他的眉毛都挤在了一起，手表上的心跳更快了，“这么有潜力，可是你知道她想做什么吗？”

他盯着 JJ，盯着艾德·理查兹，其他人质好像蒸发了一样，只有他们三个。JJ 什么都不说，也反过来盯着他。这问题是不用回答的。

“她想做演员。”最后这个词说得恶狠狠，就好像做演员无异于做连环杀手。“特里西娅得了加州大学洛杉矶分校法学院的奖学金。第一学年她的成绩在班里是前百分之一。她就是这么聪明，我甚至都骄傲得说不出话来。第二年开始变了。她决定辍学，随后和男朋友搬进了一套小公寓。她觉得做律师太辛苦了，想做明星。她告诉我：‘我会跟安吉丽娜·朱莉一样红。’我说她疯了，说她这是自毁前程。她说自己已经长大了，可以自己做决定，让我别多管闲事。我们就这么你来我往吵了一阵，然后她就挂了电话。”

马利摇摇头，露出了忧伤的微笑。JJ 从没见过有人笑得这么哀怨。

“那是我最后一次跟她通电话。我这一辈子没有太多遗憾，可这件事真的让我很后悔，每一天都在后悔。妻子说我太骄傲了，她说得没错。我太骄傲了，这种骄傲推动了女儿的死。这一点我深信不疑。假如我能拿起电话打给她，假如我能好好道歉，或许今天她还活着。”

马利不再看 JJ 了，也不看艾德·理查兹了。他只是自顾自讲着，表情漠然地望着远方。JJ 不知道他是不是看到了女儿的身影，真看到的话是什么样的呢？完美的孩子，大学生，还是那个做着明星梦的女孩？

“我常常跟自己说，我们会和好的，她最终会醒悟过来，知道自己犯了大错，而我会帮她收拾烂摊子，因为这是父亲的职责所在。可惜，不是那样的。”

马利看看 JJ：“我今天死在这儿不要紧。人终有一死，正好我的大限到了。不过奇怪的是，经历了这么多，我竟然都活下来了。我以为自己注定要死在肮脏的街道上，被某个混蛋安置在厨房里的炸弹炸飞。好多次我都险些丧命，这才有了脸上的伤疤。上帝那天肯定注视着我，如果当时我再往左站几十厘米，我现在就不会在这儿了。我脸上扎进了一些弹片，也因此在胸前别上了紫心勋章。其他兄弟就没这么幸运了，他们没能活着回家。我始终无法明白自己为何成了上帝的宠儿。为什么他们死了，我却活了下来？人生真是无常。”马利朝着房间那头唐纳修、斯通和弗兰克尸体的方向点点头，“可死亡是注定的。任何时间任何地点都可能降临，这是实话。车祸、空难、脑瘤、吸毒过量……”

JJ 等着他继续说下去，可是他停住了。马利低着头，看着自己的长靴。他似乎要永无止境地坐着，纹丝不动。突然他又有反应了。他抬起头看着 JJ 和理查兹。

“帕特丽夏·马利这个名字你们有印象吗？”

这问题也无须回答，不过 JJ 还是慢慢摇了摇头。马利聚精会神盯着她。

“塞布丽娜呢，这名字应该能让你们想到点什么吧？”

15

“马利有个女儿！”黑人小伙子叫道。

塞特盯着他。小伙子笑容满面，亮白的牙齿都露出来了，再有一条尾巴他就能摇尾巴了。

“至少，他曾经有过一个女儿。”小伙子补充道。

“好了，我知道了。不要再卖关子了。我很烦。”

“对不起。”

“我不需要你的道歉。我要时间、地点、人物、事件和起因。”塞特点上最后一根烟，把烟盒拧成一团。“你！”他朝着那个白人女同性恋吼道，“亲爱的，我有个十分重要的任务要交给你。”

“尽管吩咐。”她跟黑人小伙子一样殷勤。

“你出去一趟，给我买包烟。浓郁型‘万宝路’，不要那种差劲的清淡型。”女孩拉下脸来。“什么，你还要抽？你是这么想的吧。我看活儿都被男生干了，你就只顾着混日子，还是找点事儿做吧。”

塞特无奈地摇摇头，又吸了一口烟。主屏幕上是卡罗琳·布拉德利，看上去比平时还要惊艳。她正在告知观众们不要走开，因为接下来前方的新闻发布会随时可能开始。塞特转向黑人小伙子：“刚才说到哪儿了？”

“他女儿名叫帕特丽夏·马利。她自幼在特温福尔斯长大，后来搬到了洛杉矶，她拿到了加州大学洛杉矶分校的奖学金。”

塞特举手示意他打住，小伙子停了下来。“请直奔主题，不然我很快就会无聊死的。”

“帕特丽夏·马利大二的时候辍学了，想做一名演员。她没能如愿，最后沦落街头，成了一名妓女。”

“所以她就开始吸毒了？”

小伙子点点头。

“那就轮到洛杉矶公益戒毒发挥作用了。她需要求助他们戒毒。后来呢？”

小伙子笑了：“接下来就越来越有趣了。”

16

“塞布丽娜”，JJ 记得，许久之前的一天清晨，自己接到过一个电话，顿时浑身一阵寒意袭来。她看看艾德·理查兹，这位演员已经彻底惊慌失措了。她低头看看木地板，上面的线条和图案让她痴迷，连划痕都很迷人，她尽力忽视那些血滴，可终究还是失败了。她余光看到马利正微微歪着头盯着自己，暖光灯下，他脸颊上的疤痕发出柔和的微光。

“看你这兔子受惊似的表情，估计记起塞布丽娜了。”他说。

JJ 默不作声。她又看看理查兹，惊慌失措已经变成了恐惧。他双手不停颤抖，从头到脚都在哆嗦。这时候如果她照照镜子，估计会看到自己也同样难以置信和恐惧。她一直想知道马利的动机，现在她知道了，可是却又拼命想忘记。

“那么，塞布丽娜的命值多少钱？一个出卖肉体供自己吸毒的瘾君子，你给她的命定个什么价格？”

马利看看凯文·唐纳修的尸体，这位制片人死后跟生前一样苍白无生机。

“不值三百万吧，肯定的。要知道，我几乎要放弃等你俩凑到一起了。你俩都日程满满。可我还是等下去了，告诉自己要耐心，这可是我的强项。我比你们见过的任何人都有耐心。为了完成拆弹任务，我双手练得特别稳，耐心也够强。”

阿尔菲四下一片安静，马利的笑声听起来非常不合时宜。这笑声无比兴奋，打破了宁静。理查兹猛地抬起头，看起来愈发恐惧。也难怪。他目睹了马利是如何对待海沃德、唐纳修以及其他死者的。他本以为，他们已经够惨了，还能怎么糟呢？这下好了，马利针对的是他，一切都变了。

“每周日我都要检索阿尔菲的订位系统，可每次都很失望。乔迪，你经常来，没有太大问题，问题是艾德·理查兹。大明星可能就是这样，总是坐私人飞机跑来跑去，很少在一个地方待太久。”

马利笑了，紧接着又叹了口气。

“一个月之前，你俩在这儿用餐只相隔七个小时。乔迪，你订了一点的午餐，艾德，你定的是八点的晚餐。这七小时真是差劲，你们都想象不到我有多生气。这里没有窗户，特别适合劫持人质，环境堪比监狱。另外，狙击手一点儿办法都没有，警察和 FBI 肯定也要疯了。就像我说的，这里简直完美。”

他再次停顿片刻，“总之我忍住了，决定继续等下去。可是慢慢地我开始怀疑。等得越久我越认定，你俩不可能同时出现。我几乎决定要在你俩中间选一个了。可是我告诉自己要忍耐，然后你们知道怎样？他们说得没错，机会是留给随时等待的人的。”马利摆了个姿势，好像是主演在感谢全体配角。他张开双臂，轻轻点点头，像是为了表达敬意，“我等啊等，现在我们终于聚在一起了。要知道，我们三个可有好多要聊的。”

JJ 一动不动，低头看着地板。她脑袋里萦绕着一阵低语，昔日的回忆再次浮现。

“你真有那么神通广大？”

“你最好相信我，这可都是为你好。”

17

“你会喜欢听的。”黑人小伙子说道。

“你真要把我气死了。”塞特答道。控制室瞬间鸦雀无声，所有人的目光都锁定在黑人小伙子身上，为此他非常受用。

“马利的女儿为了戒毒去过几次洛杉矶公益戒毒。问题在于他们的成功率太低，戒毒的人十有八九又重染旧习。不是这家慈善机构的错，而是社会的问题。”

塞特举起手，小伙子说了一半停住了。“直奔主题。赶快。”

“他女儿的最后一位顾客是艾德・理查兹。”

“你是说就是那个妓女？你怎么到现在才提？”

小伙子点点头。

塞特无须他进一步解释，大家都知道那个妓女，哪怕你住在北极冰屋里也不可能不知道。这个新闻可是超级劲爆。警方在一个肮脏的汽车旅馆里发现这位好莱坞头号男星，当时他身边有一大堆可卡因和一个死掉的妓女。更劲爆的是，还有一张理查兹用吸管往妓女屁股里吹可卡因的模糊照片。渐渐地，事态没有好转，但也没有扩大，这场丑闻几乎毁了理查兹。不过他终究挺过来了，因为好莱坞对于自己的“皇室”极度宽容，尤其是那些身价类似理查兹的人。

消息传开后，理查兹动用一切力量，发起了声势浩大的公关战，负责降低破坏的那个人工作做得很漂亮。理查兹通过媒体向公众道歉，妻子和孩子们也在一旁坚定地维护他。他表明自己是一时鬼迷心窍，绝对不会再有下一次。他以前从来没做过这种事，以后也不会再犯同样的错误，他已经开始戒毒，并且承诺以后会洗心革面重新做人。那是他演艺生涯中最棒的一次表演。他必须如此。

那个死掉的妓女生前混得可不怎么好，毕竟只是另一个死去的妓女，她只算得上故事的细枝末节。好莱坞对自己的巨星给予最高礼遇，其他人则都是过眼云烟。

只不过情况要变了。马利的女儿一下子变得万众瞩目。

塞特心跳在加速。他往后推算二十步，思考游戏的结局。理查兹可能要彻底毁了。死了一个妓女是一码事，这个可以原谅。但是，为好几位好莱坞顶级人物之死承担责任又是另一码事。从现在开始，人们一想到艾德·理查兹就会联想到阿尔菲事件。塞特恍然大悟，他扒了扒办公桌上的一堆纸，把人质名单挑了出来。他要找的那个名字就列在最后一个。

“各位，”他喊道，“谁帮我确认一下，为艾德·理查兹处理那次丑闻的公关是不是乔迪·约翰逊。”

三十秒后他得到了答案，这次是那个亚洲小伙子。“是的，是‘光线’公司负责的。是的，正是乔迪·约翰逊一手处理的。”塞特暗自笑了，疑云迎刃而解。为什么？不为其他，只为报复。想想倒是老掉牙的故事。

黑人小伙子又开口了，不过塞特没听进去。他伸手要去拿烟，这才想起来烟盒已经空了，于是大声骂骂咧咧，搞得大家都跳了起来。

“谁有烟？”他喊道。

“我有。”一位技术人员回应道。

这位技术员拿出一包“长好彩”抛了过去。塞特单手接住，点上一根，然后又躺倒在椅背上。他闭上眼睛，试图屏蔽所有的分心之事，专注消化刚刚获取的信息。然后他深吸一口烟，琢磨着要怎么样才能让信息为他所用。

18

“请告诉我，你们很快就会把我救出去。”金平静地说。

“我们在努力，兄弟。”卡特回复道。

“上次你就是这么说的。”

“坚持住。我们会救你出去的，我们保证。保持镇定，好吗？”

“上次你也是这么说的。得了吧，布莱德，我需要看到你们的行动，而且要尽快。我快要疯了。”

“不会的，亚历克斯，我们都在夸你临危不乱。”

“这话听起来像是从导演口中说出来的。就好像女主角崩溃罢演，而导演则努力劝她回到片场。”

耳机里传来这位FBI特工的笑声：“说真的，兄弟，你状态很好，好得不得了。”

金没有回应，该说的都说了。他靠着门，那扇已经开了锁的门。如此接近自由让人不堪忍受。他闭上眼睛，揉揉太阳穴。压力和厨房的亮光联合起来，使得他头疼不已。他揉得更用力了，希望头疼能够消散，希望自己有镇痛药。

突然他左腿一阵剧烈的绞痛，感觉是有人抓住他的肌肉旋转了整整三百六十度。他之前也抽过筋，但从来没有这么严重。这疼痛让他始料未及，他一下子单脚蹦起来，肌肉痉挛得更厉害了。他疯狂地揉着腿，一心想要快点儿消除疼痛，可不管怎么做都不见效。

“嘿，兄弟，你还好吧？”

金说不出话，疼得已经喘不过气来了。他更加用力地揉，可还是没有任何缓解。情急之下，他开始在厨房里四下蹦跳，希望来回动动能有所帮助。可惜还是没用。不仅没用，反而更严重了。他身子往左边晃了一下，胳膊肘碰到了厨房中央操作台上的平底锅。平底锅碰到操作台边沿，叮叮咣咣了几下，然后开始下落。金猛冲过去，差点儿就抓住了。他的手指略过铜制表面，平底锅“咣当”一声掉在地板上，这声音比原子弹爆炸还要响亮。

19

“怎么回事？”

马利歪着脑袋，仔细听着下层的动静。他正在盯着餐厅主要区域和走廊之间的那道墙，就好像能看穿一样。JJ 也听到了噪音，大家都听到了。

“有什么要分享的吗？”马利挑托尼来回答。

“我不知道你什么意思。”

马利举起手臂，指着手表上跳动的红色心脏，“是不是闪得更快了？这玩意儿可是精良的测谎仪。我们再试一遍，有什么要分享的吗？”

“我不知道你在说什么。”

托尼盯着地板，浑身不停颤抖。这是 JJ 见过的最勇敢的举动，勇敢却愚蠢。马利会继续逼问，直到托尼供出亚历克斯·金，这是肯定的。唯一需要担心的问题是，待会儿到底会多出一具还是两具尸体。

马利拿枪对准托尼的头，“第三次，也是最后一次。你刚刚从那边回来，我要知道是谁发出的噪音。就现在。”

托尼一言不发。

“你们到底什么时候才能明白，消极抵抗是没有用的？”

马利发出一声长长的、疲惫的叹息，把枪略微向左移动，然后扣动了扳机。迪安德尔·亚历山大左胸喷出一股鲜红的血液，他脸上突然一惊，随即向后一倒，正好躺在了西蒙大腿上。这个超级名模顿时尖叫起来，努力扭动着想要甩开他。更多尖叫，更多扭动。其他人质已经撤得远远的，她周围空出很大一片区域。

马利拿枪对着她的头：“小声点儿，亲爱的。”

“亚历克斯·金。”她低声道。

“你刚才说什么，亲爱的，我没听太清楚。”

“亚历克斯·金在洗手间。”

“你是怎么知道的？”

“因为他是我的男伴，在你进来之前他去上厕所了。”

沉默。表上的数字跳到了每分钟一百零八下，一秒之后又跳到了一百一十三。“我不记得预订名单里有亚历克斯·金。”

“名单里根本就没有，”JJ 说，“他是跟西蒙一起的。由于某些原因，他们的名字并没有录入名单。我让托尼额外准备一张桌子给他们。这是为了作秀，我已经安排好人，等他们一同离去时‘偷拍’。”

马利看看西蒙：“是这样吗？”

西蒙点点头。

“好了，我就不绕弯子了。过去的三个小时里，你一直都知道亚历克斯·金躲在那儿，可你现在才告诉我，你是不是容貌和智商成反比啊？”

“对不起，我应该早点儿说的。”

“是的，早该说了。”

马利扣动了扳机。

20

平底锅静止了，金只是愣愣地看着。抽筋慢慢缓和了，肾上腺素掩盖了最难以忍受的疼痛。

“亚历克斯，兄弟，你还好吗？”布莱德·卡特一改之前的淡定口气。

“不怎么好。”

“刚才是什么声音？”

“我撞翻了一个平底锅。”

“别慌。我们会想到应对策略的。待在原地别动，好吗？”

金反而感觉到了前所未有的平静。后门就在他面前，他已经不记得自己曾走上前去，也记不得自己曾伸手去摇门把手。

21

“有动静了。”塔拉说。

罗伯收起手机抬起头。塔拉说得没错，所有人——警方、FBI还有反恐特警们都突然动了起来，而且更有目的性了。气氛一时紧张起来。塔拉已经动了起来，边跑边调整摄像机，她不到二十秒就跑了将近一百米，火速来到阿尔菲停车场。罗伯紧跟其后，到她面前来了个急刹车。这时塔拉已经调整好摄像机。

塔拉往罗伯手里塞了个麦克风，“快看厨房门。”她说。

罗伯看过去，阳光照得他眼睛一片昏花，结果什么都没看到。他抬起手罩住前额，勉强看到有个人贴在卷闸门上，要么是鬼魂，要么是幻觉，不过他知道并非如此。

“天啊！那是亚历克斯•金吗？”

“就是他，如假包换。”

“完了完了。”

“好了，罗伯，想点儿高兴的事情。现在你必须开口说话，该你上场了。”

22

亚历克斯•金鼻子都要碰到栅栏了。他想要贴上去，这样好像就能离自由更近一点儿，可是金属太烫了。阳光照在卷闸门上，给他的皮肤和衣服打上了明亮的条纹，就好像在监狱里那样。他深吸一口气，鼻子里充满了炎炎夏日中沥青的味道。他不禁又想到了俄亥俄州的童年时代，那时他每天都梦想着逃跑。这么多年后，他还是同样的心愿。

“亚历克斯，兄弟，你得回去，别忘了关上门。”

亚历克斯再次深吸一口气。沥青味之下是一股汽油味，汽油味之下则是这座城市被太阳炙烤的柔和香味。

“亚历克斯，请你立刻进去！你必须藏起来。”

可是问题就在这儿，他无处可藏。这个 FBI 特工还没明白，金也懒得解释了。生命太短暂，他的一生太短暂。他能从燥热的空气中闻到自由，简直近在咫尺。他抬起头，想象着头顶这片蓝天会永远存在下去。永无止境的天空，想到这儿，他不禁心醉神迷，只可惜未来给他准备的只有终结。

走廊里传来了脚步声。完了。他不想死，可如果必死无疑，他希望自己最后一口气能呼吸到自由，希望最后一眼看到的是蓝天。

厨房门开了。

“抱歉。”一个声音说道。

脚下的大地在颤抖。金感觉头晕目眩，恍恍惚惚。不是歹徒的声音，不然他肯定早就听出来了。他转身，看到托尼站在门口。托尼魁梧的身躯挡住了走廊里的光线。

“你得跟我来。”

23

“塞特！”亚洲小伙子叫道，“我们的电话快被打爆了，洛杉矶警察局、Fox、CNN 和一堆其他电视台都要跟你通话，而且都要现在。”

“拖住他们。”塞特喊道。

“怎么拖？”

“告诉他们我出国了，告诉他们我因为参与戴安娜王妃刺杀案被控告了，怎么说都行。”

塞特盯着主屏幕。屏幕下方的标语上写着“阿尔菲直播”，生怕有人不明白是怎么回事。罗伯语速飞快，好像这是目前为止最激动人心的事件，这是电台的黄金时刻。亚历克斯•金贴在卷闸门上，你可以看到他脸上的绝望，你可以感受到他的恐惧。

这些电视时刻异常扣人心弦，真实历史与媒体历史罕见地在这些时刻交织重叠。最早的一次是1937年的兴登堡灾难[1]，那是媒体第一次捕捉到重大新闻事件。之后有肯尼迪总统刺杀案、首次登月、柏林墙的倒塌，以及“9·11”事件。只要人们愿意记录这些历史性的时刻，只要人们愿意见证，这个列表便会无限延续下去。

所有电话都响个不停。电视台追着要直播，洛杉矶警察局肯定要他趁马利动手之前停止直播。塞特还在播，并不是因为他冷血无情，而是为时已晚。除非反恐特警两秒之内能带着金属切割器出现，否则金必死无疑。

塞特盯着屏幕，脑袋里默数着秒数。他数到了五，门口一个模糊的身影晃了几下，然后这位演员就消失不见了。塞特盯着卷闸门后的空间，希望金能奇迹般地重新露面，可心里也明白不可能。

“塞特！”黑人小伙子叫道，“Fox总裁的电话，他威胁说如果再不提供直播影像就起诉我们。”

“告诉他我们现在就发，好好跟他道个歉。”

塞特爽够了。TRN再一次领先。Fox想要多少就给他们多少，再也无关紧要了。生活中只有第一名才重要，没人记得失败者。

[1] 1937年5月6日，“兴登堡号”飞艇在一场事故中被大火焚毁。悲剧全程都被拍摄下来且现场直播。当时地面有22架摄像机捕捉到了惊心动魄的“兴登堡号”坠毁的瞬间。

24

“真是浪子回头啊。”歹徒说，“上来让我好好看看你。”

金双腿如灌了铅一般沉重，费力走上台阶。动起来真困难，他简直无法呼吸，空气似乎越来越稀薄，他如同站在珠穆朗玛峰之巅。

“坐下，托尼，我一会儿再收拾你。”

金看着这位餐厅老板坐在额头上写着 JEN（珍）的女士旁边。不知为何，JJ 和艾德·理查兹隔着一段距离，分别坐在椅子上。两人面无血色，紧张兮兮，看样子似乎世纪末日要到了。金没想到 JJ 还活着，看来命大的不仅仅是他。两次他都确信她已经死了，可是她依旧好好的，依旧在呼吸。

迪安德尔·亚历山大和西蒙的尸体堆在一边，像亲密的恋人般缠绕在一起。若是经过塔伦蒂诺[1]处理，这两人简直就是罗密欧与朱丽叶。这位超级名模脑袋边是一片凝固了的血迹。她即便死了也同样美丽动人，若不是前额上有个小小的弹孔，她看起来就像是睡着了。

西蒙脑袋后面就完全是另一番景象了。子弹射出时带出了一大片头骨，血液溅到地板上，现在都还在顺着缝隙往里渗。金手足无措，只能傻傻看着。他怎么都不敢相信，西蒙就这样白白丢了性命。他四下瞥了一眼，看到了其他的尸体。一点儿都不像电影里的样子，差别太大了。死亡的气息似乎入侵了他的身体。眼前的一切让人无法承受。他跪倒在地，吐得满地都是。呕吐物太难闻了，于是他变

[1] 昆汀·塔伦蒂诺（Quentin Tarantino），美国后现代主义导演、编剧、演员、制作人。

得加倍恶心，又吐了一阵。吐到最后他只剩胆汁了，胃里空空如也。

“好点儿了？”

金抬起头，发现歹徒正盯着自己。这话里更多是嘲笑，而不是关心。

“拿张餐巾好好擦擦。收拾好了过来。”

金挣扎着站了起来，从就近的桌子上抓了条餐厅。他擦了擦脸，然后朝歹徒走去。他双腿颤抖，几乎已经感觉不到腿的存在了。他在歹徒面前站定，先看了看炸弹背心，接着是枪，然后是手表上跳动的红心。背心，枪，手表。那块手表让他疑惑不解。看上去就是慢跑者戴的那种东西。看他枪法奇准，视力应该没有问题，那干吗需要这么大的手表呢?

歹徒上下打量了他一番：“摘掉麦克风。”

金照做了，把耳机、麦克风和电线捆成一束递过去。歹徒把设备往地板上一扔，用靴子后跟使劲儿踩了踩。他再次上下打量金。

“明日之星原来就是这个模样。说实话，我没觉得你有多厉害。你没我想象中那么高。英雄动作片只不过是吓唬孩子的小把戏。我看过你的电影，简直是笑话。真在军队里你活不到一天就被活活吃掉了，还特种部队? 我可不这么认为，”他停顿片刻，“好了，要不你来讲讲过去的三个小时躲在那儿都干吗了？”

歹徒举起枪，顺着枪管看过去，金开口了。

25

JJ 心不在焉，只听到了几个词。FBI，隐藏的相机，麦克风。她正试图寻找积极面，同时拼命思考活命的办法。不过更多的时候，她只是努力骗自己，假装金不在这儿，因为这种愧疚感着实难以承受。

这个演员其实还是个孩子，而且要因她而死了。她试图告诉自己，拿枪的不是她，要扣动扳机的也不是她。她试图告诉自己，不能为别人的行为负责，不应该承担责任，可是没有用。都是她的错。金和西蒙的约会是她一手安排的，是她预订的午餐，是她不顾他又踢又叫，执意拉他来的。

金前前后后交代了一遍。马利让他掏空口袋，口袋里的东西都被扔到附近的桌子上。手机、皮夹子，还有一个皱巴巴的密封塑胶袋。马利拿起袋子，对着灯光研究了一番。

“海洛因还是可卡因？”他问道。

“可卡因。”

马利把袋子颠倒过来，看着里边的东西像雪花一样飞落到地板上，他摇摇头，“你这个傻孩子，放着大好的前程不要，干吗要往鼻子里塞这种破烂玩意儿。”

“只是可卡因而已。”

“只是可卡因！接下来你是不是要告诉我你不是个瘾君子。”

“我不是个瘾君子。”

“然后呢，你只是偶尔吸两口，只是为了派对上活跃气氛，是吧？”

“不，你弄错了，我已经戒了。”

马利大笑一声：“你肯定是吸的。不然裤兜里怎么会有这么个袋子。这座城市里的人们都怎么了，你们都傻了吗？要知道，我今天本可以舒舒服服赖在床上，顺其自然，任由你们自生自灭。只要时间足够久，你们终究要完蛋。”他摇摇头，“我不明白，我真的不明白。你是天之骄子，却选择吸毒毁掉自己。拜托了，帮帮我吧，告诉我你为什么要这么做？”

金耸耸肩："我也不知道。"

"就这么个答案？"

"抱歉。

JJ 感觉心都要碎了。金就像一个受惊又茫然的小孩，这位演员再次耸耸肩，然后摇摇头，直勾勾看着马利。

"怎么了？我嘴里有比萨，我裤子拉链没拉？"

金略带自嘲地低声笑了起来，然后摇摇头："我知道这样挺愚蠢的，可躲在后面的时候我就答应自己，如果能活着离开，我一定重新开始。我要尽全力，我要去戒毒，彻彻底底戒毒。我是认真的。"他摇摇头，"我都不知道干吗要费劲跟你说这些，反正你也要开枪打死我，不过说实话，我已经有四十三天没碰过毒品了。我随身带着这个袋子，是因为我觉得这样有帮助，就像吸烟者总是带着一包香烟。我知道这么说听起来很假，但真相就是如此。我用生命发誓。你要是不相信，那就看看这个袋子有多破旧。如果我还在吸毒，袋子肯定是新的。"

马利看看袋子，然后目不转睛盯着金。这位演员移开目光，低头看着自己的袜子。

"你发誓没撒谎？孩子，千万别想骗我。我相信真相经得住时间考验，不过我的测谎仪可超级准确，准到你都不敢相信。"

金点点头，马利又盯着他看了一会儿，"或许每个人都值得拥有改过自新的机会，"马利终于开口了，"毕竟我们今天聚在一起就是这个目的。假如我能再给特里西娅一次机会，结局肯定大不相同。"

金一言不发。

"亚历克斯，你对我坦诚相待，我也得同样对你。我本来是要杀掉你的，不过我改主意了，我准备放你走。"

金如释重负，一下子瘫坐在地。他张开嘴想要说点儿什么，不过歹徒挥挥手示意他闭嘴。

“先别激动，我是有条件的。出去之后你再也不能碰这破玩意儿，明白吗？永远不再碰。虽然你跟我的特里西娅境遇不同，可是哪怕只挽救了你，那也值了。不过你要记住，如果你再吸毒，即便只有一次，我就是死了都不会放过你的。听明白了吗？”

金点点头。JJ估计他连特里西娅是谁都不知道，估计他也不关心。重要的是他能出去了。她听到马利让他脱掉衣服，接下来局面急转直下。金的手伸到衬衫下面，JJ看到了一把闪亮的钢刀，知道大事不妙了。没有时间思考了。她猛地从椅子上跳起来，争分夺秒奔过去，拼命想要拦住他，可是她也知道为时已晚。最可怕的噩梦将要在现实中上演，这个蠢货竟然想逞英雄。

时间仿佛凝滞了，可凝滞得又不够久。JJ动作飞快，可还是没能及时拦住金。就像汤姆自杀的那一晚，不管你迟到一秒，还是十分钟，还是一个小时，结果都一样。马利抬起手臂要保护自己，一切看起来都像慢动作。金打下他的手臂，操起那把厨房刀，深深扎进了马利脖子里。一秒之后，JJ冲到两人中间，直到现在她还在懊悔自己动作太慢。

26

JJ睁开眼睛，看到马利躺在她旁边的地板上。他眼皮乱颤，竭力保持清醒，可是败局已定。不需要医学学位也看得出他伤势严重，伤口处血液喷涌得厉害。他再次闭上了眼睛，这一次很久没有睁开。手表上的心跳每分钟90下，她看着看着又变成了89。

JJ 猛地跳了起来，一把推开金。她从桌子上抓起一些餐巾，然后跪在马利身旁。她从电视中学到，拔掉刀只会让伤势更加糟糕，而且必须不停对伤口施压，不过她也就知道这么多。她把餐巾放在刀子周围，用力按压。刀柄上刻的哭脸虽说奇怪，倒也应景。金站在她身旁，一脸困惑。他一直看着自己空无一物的双手，就好像不知道手是什么东西了。

“你这个蠢货！”她朝他吼道。

“我必须这么做。他会发现这把刀的。”

JJ 瞪了他一眼。

“你干吗？我刚刚救了大家的命。”

“不，你或许把我们都给害了。”

“我不明白。”

“没时间跟你解释。”JJ 转向托尼，“赶紧送大家离开，就现在！”

托尼挣扎着站起来，开始推着艾德·理查兹和贝弗往门厅的方向走。他们的脸上写满担忧，眼神里充满恐惧。JJ 看看马利的表，心跳已经降到 87 了。再降 37 下炸弹就要自动引爆了。金一动不动，凑在一旁观察。

“赶紧走！”她朝他吼道。

这位演员像遭到电击一般跳了起来，然后追着其他人跑了过去。

“JJ，听话，”托尼扭头吼道，“你必须跟我们一起走。”

“我没办法走，”她喊着回答道，“我走了马利就死得更快了。你们需要时间撤出去。”

“你不能留在这儿。”

“求你了，托尼，走吧。”

托尼看了她最后一眼，然后就从门厅处消失了。JJ 更加用力地按压伤口，指间都渗出了鲜血。她要是离开，马利必定会更快流血身亡。他的心跳必然会骤降，而她或许还没走到下层就已经死了。如果她继续待在这里，他的心跳可以慢慢降到 50。不管怎样，她是死定了。

突然间她感到前所未有的孤独，甚至汤姆去世后那段时间她都没有如此孤独。太疯狂了。她从来不会贸然行事，可这回她一时冲动决定留下，现在她跪在地板上，双手上歹徒的血液尚有余温。

她紧紧注视着刀柄上的哭脸，这哭脸好像在嘲讽她。事实上，她也确实活该被嘲讽。收集数据，制定策略，然后执行策略，她的世界是这样运行的。可这次不是，她一时冲动，现在要承担后果了。JJ 几乎要发笑了。正如马利所言，做任何事都要承担后果。

一秒之后，餐厅突然产生一次爆炸。JJ 本能地闭上眼睛。再次睁开的时候，她发现自己还活着。她耳朵嗡嗡作响，脑袋里满是噪音，可是心脏仍在跳动，肺也依旧在呼吸。又来了一次爆炸。这次听起来弱了一些，因为第一次那声音都快把她震聋了。她意识到是前后的门和卷闸门炸掉了。一定是这样。

80。

JJ 又抓起一些干净的餐巾，放在已经浸满鲜血的餐巾上面。她努力按压，小心翼翼不碰到那把刀。她满手都是血，脑袋里萦绕着警报声。她看看表，马利的心跳变成了 79。他身上的味道再次袭来，廉价的须后水和肥皂味，不过跟血腥味相比立刻黯然失色。

“不要死，”她反反复复低声道，“不要死，不要死。你要是敢死就试试看，你这个浑蛋。”

78。

马利突然睁开了眼睛，伸出手抓住她的手腕。他毫无力气，就像被鬼魂控制住了。他开口想要说些什么，结果只有一点点微弱模糊的声音。JJ 反应片刻才意识到他是在对她微笑。

76。

托尼安全撤离了没有？她希望他已经脱险了，否则自己做的一切都是白费力气。她还是觉得满是讽刺。对于一个毕生都忙着规划未来的人来说，这回她是彻底搞砸了。

一只手重重拍在她肩膀上。她抬起头，看到了一名全副武装的反恐特警，他示意她让开。

JJ 摇摇头：“不行。我得让他活着。”

另一名反恐特警抓住她，把她扛在肩上，然后飞奔着朝楼梯跑去。她回头看看马利，两名反恐特警在他身边，一个给伤口施压，另一个试图拆除炸弹背心。背着她的那个警察跳下最后一级台阶，飞快穿过下层朝门厅跑去。他们从破碎的前门挤出去，一口气跑到了停车场。阳光触摸着她的皮肤，就像天使的亲吻。

尾　声

于是这次你准备怎么玩?

首先，你抠掉手机电池。这种想法实在奇特，你尝试了好几遍才做到。你感觉与外部文明切断了联系，你也正是这么做的。警方最终把手机还给你时，里边未接电话和短信加起来有二百六十三条，不过大多数来自电视台。

围困结束以来，TRN 还在不间断播放你半裸着被背出来的镜头。镜头截图占据了晨报的头版，确切地说，是所有晨报的头版，《纽约时报》《南华早报》《悉尼先驱晨报》。不经意之间，你已经成为此次围困事件的代表性面孔。仅存的体面之处就是，你的内衣、内裤还算搭配，而且相对端庄得体。全世界都看到了你的赘肉，你会学着接受这个事实的。相比八名遇害的人质，这些都不值一提。你精心策划过大量的媒体焦点，可自己成为主角还是头一次。成为这样的角色真不舒服。

反恐特警争分夺秒，在马利断气之前成功拆除了炸弹。情势极度危急，马利没有虚张声势，那个炸弹足够炸毁整个街区。如果他的意图是确保特里西娅不被遗忘，那么他成功了，她的名字和面孔已经传开了。

特里西娅之死是个悲剧，可最大的悲剧在于，她的死并没有改变什么，未来还会有更多的特里西娅。只要还拍电影，就不乏这样的年轻女孩互相倾轧践踏，争抢角色。残酷的是，每有一个成名，就会有成百上千个不成名。成百上千的人生毁于一旦，都是为了什么呢？谁才是赢家？有赢家吗？

艾德·理查兹已经与“光线”切断了所有联系。你还不至于为此辗转反侧，忧心忡忡。经历了这一切，你没法再用原来的眼光看待他了。这种感觉是双向的。他新换的公关公司已经发起了一场声势浩大的公关战。可以理解，毕竟艾德·理查兹是个价值连城的品牌。至于效果如何，时间会检验一切的。不过你也有疑虑，这样的事情肯定会留下伤疤。今天对着镜头微笑的艾德·理查兹已经不是三天前走进阿尔菲的艾德·理查兹了。

他的婚姻会率先成为牺牲品。他是挺过了塞布丽娜丑闻，但也仅限于此。不堪的历史会被挨个重新翻出来，成为致命一击。他的下一部电影或许不久之后就会开拍，但是没落也会随之开始。三年之后，他或许要挣扎着寻求二类电影中的角色。五年之后，他要么戒毒成功，要么已经死了。这是你的猜测。或许你想错了，但是你不这么认为，你比任何人都清楚这座城市是怎么回事。

至于亚历克斯·金，他已经从地球表面消失了。你听到的第一种传闻是，他去印度寻找自我了。你估计他的经纪公司会第一个找到他，现在他比以前更火了。再过几年，他会凭自己的本事成为一个价值连城的品牌。

你听到的第二条传闻是，他并非独身前往。如果传言属实，你祝他一切好运。他或许挺好的，至少你希望他如此。你还是有点儿喜欢这孩子的。

托尼状态不错。你欣赏他的一点就是，什么事情都不会困扰他太久。他鼻子已经痊愈，瘀青也已经消散，而且最终会找到办法继续前行。各种邀约已经纷至沓来。电影，电视，书。出于对受害者的尊重，他一直默不作声。他说没想开口，但是估计不会坚持到最后的。酬劳逐渐攀升，最终他必然是坚持不住的。到那时候，你会建议他把收入的百分之一捐给洛杉矶公益戒毒组织。这么一来，那些指责他从中牟利的人也无话可说了。

阿尔菲现已停业，未来很长一段时间都会是这个样子。等到它最终重新营业时，订位会比以前更难。人们自然而然会好奇，而且乐意花上大价钱满足自己的好奇心。一顿美味的饭菜固然很好，但是他们更希望炫耀自己在阿尔菲吃过饭的经历。

鉴于你已经与二十一世纪隔绝，现在可以进入计划的第二阶段了。逃离这个国家，洛杉矶国际机场无异于吸引狗仔的大磁铁，所以这地方都不用考虑了。所以，你要雇一辆车，廉价又低调的车。换句话说，跟你的玛莎拉蒂完全不同的车。然后你会一路南下来到国界线，安安静静地进入墨西哥。

或许你会留在墨西哥，又或许你会搭最早一班飞机，前往你所能找到的最遥远的海岛。无论结局如何，你始终不会打开手机，也不上网，不读报，不看电视。接下来的两周里，阿米什人[1]跟外界的接触都会比你多。这段时期里，你唯一需要做的就是把自己晒成健康的古铜色，唯一需要担心的就是晚餐在哪儿吃。

你预计这么大规模的媒体风暴两周足以平息。好莱坞沉重的哀悼期通常会持续五天到一周，不过这次情况特殊，肯定要持续得更

[1] 阿米什人，又称亚米胥派，基督新教再洗礼派门诺会信徒，以拒绝现代设施、生活简朴而闻名。

久一点。以前从来没有类似的事情发生，你祈祷以后再也不会发生这样的事情。你可以想象情况的走势，许多虚情假意的眼泪、空洞虚伪的陈词滥调和发自内心的自言自语会相继出现。随后，几周之后，眼泪干掉，生意照旧。

归根结底，媒体才是唯一的赢家。他们的工作就是煽风点火，然后坐视不管，让其他人处理劫后余波。一直都是这样，将来也是这样。此次事件还会再播报一阵，不过电视台已经在寻找下一个重磅新闻了，什么都可以，飞机坠毁、恐怖袭击、明星丑闻等。再过几周就没人关心你了，这样正合你意。

风波一旦完全平息，你就会进入计划的第三阶段。

你还有机会，这就意味着你要更加认真地审视生活。和往常一样，你要列两个清单：一为利，一为弊。然后你要重拾生活的碎片。有些事情会归为利，可是大多数事情不可避免要归入弊。不会有变通，也不会有形象打造，至少这次不会。不会再有乾坤扭转。你会造访你不愿意去的地方，你会面对让人不舒服的真相。你不想这么做，但终究会做，不然就是对遇害者的亵渎，对那段回忆的亵渎。

你叫乔迪•约翰逊，这次你也不知道未来会怎样。你唯一能确定的是，你还有未来，并为此永怀感恩之心。

詹姆斯的来信

亲爱的读者朋友们：

感谢您花时间读完了这本书。不得不说，这是一场冲击。但愿能带你带来些许思考；至少我应该给了你一点儿惊吓。再不济希望这本书给你带来了片刻欢愉，毕竟我的使命就是如此。我得到的最高表扬来自一位女士。她带着孩子们到佛罗里达度假。孩子们迫不及待要去迪士尼看米奇等卡通人物，而她则告诉孩子们得等一等，因为她要看完这本书。我不知道是要为孩子们感到抱歉，还是应该为自己的书收到了理想的效果而开心。

现在您已经看完了这本书，那不妨更进一步，对我们进行点评。作为一名读者，我最钟情的事情之一就是发掘新书和新作者，而途径就是口口相传。有人告诉我他们喜欢一本书，我就会亲自去读读看。发现之旅就是这样的。

真诚欢迎您来信，我会非常开心的，最简单的途径是我的网站。您还可以通过网站了解我的新书动态。我们不定期有新作推出。或许是杰弗逊•温特系列故事的新一期，或是独立的故事。无论如何，希望新作会富有吸引力，引得您不禁要拿起一本，拉一把椅子，沉迷于书中，享受几个小时的静谧时光。

点击以下链接可获取邮寄清单，方便我们告知您新作的出版时间。无须担心，您的邮件地址我们会保密，并且随时可以退订。

www.bookouture.com/js-carol

总之，希望您享受我的作品，也欢迎您将好的作品推荐给我！

下次再见。

詹姆斯

@JamesCarolBooks

www.james-carol.com